KB236976

사랑의 유통기한

사랑의 유통기한

이희근 수필집

오늘의문학사

바보의 변명

　기상천외하고 엉뚱한 행동으로 사람을 놀라게 하는 자들이 있다. 바보들이다. 병아리를 깨겠다고 알을 품고 있었던 에디슨도 그랬다. 그러나 그런 바보들의 호기심과 창의성 때문에 우리는 지금 편리한 삶을 영위하고 있다.

　바보는 하는 짓이나 모양새가 격에 어울리지 아니하여 멋쩍은 사람을 얕잡아 이르는 말이다. 바보는 자기가 하는 일이 부끄러운 일인지도 분간하지 못하고 항상 열심히 한다. 어쩌다 잘한다고 칭찬을 들으면 죽을 둥 살 둥 모르고 기를 쓰며 계속한다. 그것이 바보의 용기다.

　바보들이 그 용기 덕으로 잘하는 것이 하나 있다. 춤이다. 흘러나오는 선율에 맞춰 남들이 춤추는 것을 보면 흥이 나서 덩달아 용감하게 뛰어든다. 그리고 한번 불이 붙으면 판이 끝날 때까지 중단하지 않는다.

　비틀비틀하고 못난 나무가 산을 지킨다는 말이 있다. 쓸모가 없을 것으로 생각되어 많은 사람들의 관심 밖에 있는 나무들이 남아서 산을 푸르게 하고 나무로서 제 구실을 한다는 말이다. 사람도 마찬가지다. 별로 사랑을 받지 못한 사람이 사람 구실을 하는 경우가 허다하다.

독창성이 없이 남을 따라하는 바보도 있지만, 남과 다른 창의성을 가진 바보도 있다. 남이 보기엔 바보짓만을 골라서 자기 생각대로만 하는 바보다. 남이 참이라고 말하는 것은 믿지 않고, 거짓이라고 말하는 것만을 믿지만, 그들의 독특한 행동 때문에 나날이 새로운 것들이 나타나 사회는 달라지기도 한다. 그것이 성장이요 발전이다.

부끄러운 일이지만, 수필이 무엇인지도 모르고 제2집을 내놓는다. 펜가는 대로 쓰는 것이 수필이라고 얻어들은 귀는 있어 다행이라 자위하지만, 바보가 터무니없이 하는 짓이다. 남이 춤을 추니 덩달아 추는 격이고, 바보짓인 줄 알면서도 열심히 흉내를 내고 있으니 고등바보다.

비록 이집 저집을 기웃거리며 문전만을 어지럽히는 난봉꾼처럼 실속도 없이 허랑방탕스레 살았지만, 내 딴에는 젖 먹는 힘을 다하고 있다. 그러니 코가 막히고, 눈치도 없고, 어리석은 바보라고 비아냥거리지 말라. 들은풍월은 있으니 트인 바보라고 자위한다. 그리고 격조 높고, 품위 있고, 또 창의성이 있는, 의젓한 바보가 되려고 열심히 낙서를 계속하고 있다. 그러니 잘 한다고 칭찬하면 날이 새는 줄도 모르고 더 열심히 할 것이다. 트인 바보의 용기는 가지고 있으니 말이다.

2012. 봄에.

李 義 根

제1부 벌이 따먹은 채송화

제3부 어느 가을날의 착시현상

제5부 무대 위의 세 화분

제1부

벌이 따먹은 채송화

채송화의 이파리는 살이 찐 솔잎 모양이다. 어렸을 때 가을에 키가 작은 소나무 밑이나 숲에서 채취하던 국수버섯처럼 생겼다. 채송화는 꽃이 아침에 피었다가 저녁에 오므린다. B선생님이 그 오므린 모습을 보고 벌이 꽃을 다 따먹었다고 말한 것이었다.

나리꽃 인생

개살구나 개떡처럼 일부 명사 앞에 붙은 접두사 '개'는 '참이 아니거나 좋은 것이 아니다'는 뜻을 나타낸다. 그리고 전혀 사리에 맞지 않은 허튼소리를 하는 사람에게 '개나발 불지 말라'고 욕설을 하며 핀잔을 주기도 한다.

그러나 비록 접두사로 '개'가 앞에 붙어 있으나 사람들로부터 호감을 받는 것이 있다. 개나리다. 꽃의 모양이 나리꽃과 비슷하지만 작아서 개나리라고 부른다는 속설도 있으나 확실치는 않다.

개나리는 물푸레나뭇과 속으로 노란 꽃을 피우는 낙엽 관목이다. 높이는 3m 가량이며, 이른 봄 잎이 피기 전에 꽃이 피어, 봄을 기다리는 사람들을 기쁘게 해주는 꽃이다. 그래서 꽃말은 희망이다. 그러나 꽃이 진 나무 자체는 별로 사랑을 받지 못한다.

흔히 나리라고 부르는 참나리는 백합과에 속하는 다년생 초본식물이며 많은 사람들은 백합으로 혼동하는 경우가 많다. 백합은 나리 속이지만 나리라고는 부르지 않는다.

흰 꽃을 피우는 백합과는 달리, 나리는 산야에서 자라는 식물로서 높이는 1~2m이며, 잎겨드랑이에 주아(珠芽)가 달려있다. 꽃은 7~8월에 피며, 노란 빛이 도는 붉은 색 바탕에, 검은 빛이 도는 자주색 점이 빽빽하다.

'호랑이 꽃'이라고도 불리는 나리꽃은 꽃 덮개는 6개이고, 6개의 수술과 1개의 암술이 길게 꽃 밖으로 나온다. 또 꽃 밥은 짙은 붉은 빛을 띤 갈색이다. 열매를 맺지 못하고 잎겨드랑이에 붙어 있는 주아가 땅에 떨어져 발아한다. 꽃말은 '깨끗한 마음'이라고 한다. 욕심 없이 다 비웠다는 뜻이다.

네덜란드에서 개량종이 된 한국의 나리와 비비추가 가장 인기 있는 화훼라는 보도를 읽은 기억도 있다. 오늘날 화훼 기술의 발달로 지금은 화원에서 여러 가지 색의 꽃이 핀 나리를 볼 수도 있다.

그러나 나는 나리꽃은 '화가 난 여인이 발가벗고 누워있는 모습'이라고 말하고 싶다. 꽃은 화려하지만 실속이 없다. 열매를 맺지 못한다. 향기가 없어 벌 나비도 모여들지 않는다. 따라서 임이 찾아오지 않아, 화가 난 여인이 발가벗고 누운 모습이다. 꽃 덮개를 뒤로 젖히고 말아, 6개의 원을 그리고 있어, 꽃 속까지 훤히 들여다보인다. 6개의 꽃술이 전부라며 전 재산을 공개하고, 완전히 벗고 누워있는 모습이다. 더 이상 숨길 것이 없으니, 볼 테면 보라는 듯이 완전 나체로 속살을 다 드러내 보이며 누워있는 여인의 모습이다.

친구 중에 병태라는 친구가 있다. 부산 출신이며, 혈혈단신으로 전북에 건너와 교육계에서 내로라하는 경쟁자들을 물리치고 성공한 사람 중에 하나다. 굴러온 돌이 박힌 돌을 빼낸 셈이다. 키는 훤칠하고, 얼굴은 갸름하며, 생김새가 화사하여 기생오빠 같다. 어떤 친구들은 그를 초봄에 핀 개나리꽃이라 부르기도 한다. 또 그 친구가 노래를 하며 춤을 출 땐, 차마 제비라고는 부르지 못하고, 부산갈매기라고 부른다. 고향이 부산이기 때문이다.

시기심이 많은 친구들은 그를 '쪼다'라고 비하하기도 하고, '봉'이라고 부르기도 한다. 그래도 마냥 좋다고 희희낙락이다. 남을 속이거나 숨기는 일이 전혀 없다. 그래서 친구들은 그를 사나이 중에 사나이라고 한다. 만일 내가 그를 누워서 속을 들여다보이는 나리꽃 인생을 살아가는 사람이라고 말한다면, 나더러 개나발 부는 소리 하지 말라고 말하는 사람이 있을까?

며칠 전의 일이었다. 부산에 사는 친구들이 자기를 찾아오는데 시간이 있으면 함께 식사를 하자고 했다. 나는 몇몇 친구와 함께 식당으로 갔다. 식당에 도착하자마자 한 친구가 일어서더니 경상도 사투리로 자기 친구에게 말했다.

"야 병태 이놈아야. 니 출세했데이. 친구들 얼굴을 보니까니, 니 부산으로 내려오지 않은 이유를 알았다. 니 정말 좋은 친구들 많다."

병태는 아무 말 없이 싱글벙글 웃기만 했다. 나는 그 모임의 계기와 지금까지 지내온 과정을 설명 듣고 놀랐다. 62년도에 대학을 졸업하면서 결성된 20여명의 모임이 지금까지 계속돼 온다는 거였다. 50주년 특별모임도 계획하고 있단다. 나는 초등학교 죽마고우들이나, 같은 직종의 직업을 가진 사람들, 또는 같은 지역에서 근무하는 사람들 모임은 많이 보았으나, 직장도 다르고 생활근거지가 다른 대학 동기동창들끼리 이렇게 오랫동안 모임을 계속하는 경우는 본 일이 없었다.

그 비결이 무어냐고 물었더니, 그들은 모두 어렵게 고생을 하며 함께 대학을 다녔고, 서로 다른 직장을 가졌지만 남을 속이려 하지 않고, 서로 이해하고 도우려는 마음으로 생활을 하기 때문이란다. 그 이야기를 듣고 나는 그 회원들 역시 아낌없이 벗고 자기 알몸을 보여주는 나리꽃과 같은 인생을 살아가는 사람들이라고 생각했다.

그 가운데는 아주 특별한 친구가 하나 있었다. 원래 병태가 전라북도로 와서 처음 교사로 부임할 때, 부산 친구들 4명이 함께 발령을 받았으나, 3명은 중도에서 고향으로 돌아가고 병태 혼자만 남게 되었다. 그 중에 한 사람이 오늘 이곳에 와, 6개월간 하숙집에서 동숙을 하며 지낸, 50여년 된 옛 친구를 찾고 있었다. 물론 병태의 주선으로 그들은 만났지만, 그들의 재회는 정말 의미 있었다.

이 염천에 부산에서 전주까지 하루 일정으로 여행하는 것이 무리라고 생각됐다. 웬만한 우정이 아니라면 불가능한 일이기 때문이었다. 허지만 친구를 찾아와 전주비빔밥을 맛본 그들이 전주 한옥마을을 거쳐, 전동성당과 경기전을 둘러보고, 새만금과 육십령고개를 거쳐 귀향하기로 계획했단다. 나는 귀향하는 내내 즐거운 여행이 되길 진심으로 바랐다. 그리고 육십령고개 양 길가에 한 점 부끄러움 없이 발가벗고 활짝 핀 나리꽃이 귀향길에 오른 그들의 무사귀향을 기원하며 환송해주길 바랐다.

단감나무의 추억

내가 30대 중반에 단독주택을 구입하여 이사했을 때였다. 처형이 기념식수를 하라고 감나무 한 주를 주었다. 나는 그것을 앞뜰에 심고, 여름철 가물 때는 물도 주고, 정성을 다해 키웠다. 3년이 지나자 감이 몇 개 열렸지만 첫해는 수확을 하지 않는 것이 좋다고 하여 그냥 따내 버렸다.

그 다음 해에는 제법 많이 열렸다. 어른 주먹만큼 큰 대봉이었다. 감을 본 사람마다 크고 탐스러워 먹음직스럽게 생겼다고 군침을 삼키며 욕심냈다.

9월 말경이었다. 내가 퇴근하여 집에 돌아올 때마다 열린 감의 수가 점점 줄었다. 내가 아내에게 그 이유를 묻자 아내의 답이 예상 외였다. 우리 집 감이 단감이어서 오는 사람마다 먹음직스러워 보인다며 따먹는다고 했다. 나는 그럴 리가 없다면서 닥치는 대로 하나를 따먹어 보았다. 그랬더니 떨떠름하여 먹을 수가 없었다. 내가 뱉는 것을 보고 아내가 말했다.

"아무거나 따먹는 거 아니고, 표시 있는 것을 따먹어야 된대요. 둥그런 링이 그려진 거 말이요. 자기가 심은 감이 단감인지 땡감인지도 모르니 정말 어이없네요. 알아야 면장을 하지!"

아내의 핀잔에 나는 얼굴을 붉히며 감나무 밑으로 다시 가 감을 자세히 살펴보았다. 감꼭지 부분에 둥그런 가락지 모양의 링 그림이 있는 것을 골라 하나를 따먹었다. 그 때서야 나는 우리 집 감이 단감인 줄 알았다.

묘목을 가져다 준 처형은 좋은 감나무라고만 말했지 종류는 알려 주지 않았다. 그래서 감의 종류는 알 수 없었다. 내가 감을 따먹어 보고도 단감인지 땡감인지도 몰랐으며, 아내의 설명을 듣고서야 알았으니, 감에 대한 내 실력은 말 안 해도 알 만 했었다.

나는 감에 둥그런 링이 그려지는 대로 따서 보관했다. 감이 커서 한 개 이상 먹을 수 없었기 때문에 훗날 생각나면 두고두고 하나씩 먹을 요량이었다.

"여보 감이 왜 이래? 감이 아무 맛이 없어요?"

나무에 붙은 감이 다 떨어진 어느 날, 아내는 보관한 감을 먹어 보더니 소리를 질렀다. 아내는 먹던 감을 뱉었다. 내가 먹어 보아도 속이 검게 변하고 아무 맛이 없었다. 아깝지만 버릴 수밖에.

우리 집 단감은 특별했다. 다른 단감처럼 노랗게 익지 않고 푸르스름했다. 그래도 꼭지 부근에 둥그런 링 그림이 생기는 것을 따먹어야 했다. 홍시가 되어도 물러서 맛이 없었다. 보관하기 위해서는 냉장고가 필요했지만 그땐 냉장고가 보편화되지 않았다. 그냥 오래 보관하면 물러서 맛이 변했다. 그것이 일반 감과 달리 우리 집 단감의 특징이었는데 그것을 모르고 보관하려다가 일어난 실수였다.

다음 해 여름이었다. 감나무가 제법 커서 전년보다 감이 더 많이 열렸다. 이젠 보관하지 않고 바로 따먹어야겠다고 벼르며, 매일 감나무 밑으로 가서 감을 쳐다보았다. 그런데 어느 날, 감나무 이파리에 이상한 벌레가 붙어 있었다. 털이 많은 송충이 같은 큰 벌레였다. 여기저기 벌레가 갉아먹고 줄기만 남은 이파리도 보였다. 나는 나무젓가락으로 잡아내기도 하고, 벌레가 붙은 이파리를 따서 밟아버렸다.

그런데 며칠 후에는 나 혼자 주체하기 힘들 정도로 많은 벌레가 눈에 띄었다. 아내는 벌레를 보자마자 질겁하며 달아나 버렸다. 나는 모기용 F킬러를 가져다 뿌려 보았다. 곧장 벌레가 땅에 떨어져 죽었다. 용기에 남아있는 것을 다 뿌리며 벌레를 잡고 나서야 나는 안심했다.

그 다음 날 아침, 아침밥을 지으러 일찍 밖에 나간 아내가 큰소리로 나를 깨웠다. 감나무가 죽었다고 했다. 무슨 뚱딴지같은 소리를 하느냐고 반신반의하며 밖으로 나가 보았더니, 감나무 이파리가 다 떨어져 벌거숭이가 됐고, 붙어 있던 감이 하나도 없었다. 어이없어 말도 못했지만, 엎질러진 물이 되어버렸으니 별도리가 없지 않은가.

나는 그 다음날 학교에 가서 생물선생에게 그 사실을 말했다. 그러자 나무에는 휘발성이 강한 액체를 뿌리면 숨구멍이 막혀 호흡을 할 수 없기 때문에 잎이 떨어지고, 열매도 다 떨어진단다. 따라서 손으로 일일이 잡던지, 아니면 농약을 살포해야 한다고 말했다. 그러나 그땐 농약을 살포한다는 것은 엄두도 내지 못했다. 초가을에 가마니 조각이나 지푸라기를 나무 밑동 부분에 감아놓았다가, 봄철에 풀어 소각하는 것도 해충방지에 도움이 된다고 했다. 다행히 감나무는 죽지 않았지만 나는 큰 공부를 했다.

그 다음해에는 감도 제법 많이 열렸고 벌레도 생기지 않았다. 감농사가 제법 잘 되었다. 9월 말경이 되면서부터 나는 매일 감나무 밑으로 가, 둥그런 링 그림이 있는 감을 열심히 골라 땄다. 그리고 그 감을 보관하지 않고 먹기도 하고, 옆집에 한 바가지씩 가져다주기도 했다.

생각지도 않은 단감 선물을 받은 이웃들은 고마워하면서 다음 해에도 감 농사를 잘하라고 격려해 주었다. 그때 우리 집 감나무는 내가 이웃 사람들과 친교를 나눌 수 있는 기회를 제공해 준 유일한 것이었다.

민들레

국화과의 다년초인 민들레는 금잠초(金簪草)라고도 부른다. 주로 들이나 산기슭의 양지바른 곳에서 자라지만, 주택가 골목길이나 길가에서도 자주 볼 수 있다. 원줄기가 없고, 잎은 땅속줄기에서 무더기로 나며 이파리의 가장자리가 톱날처럼 들쭉날쭉하다. 봄에 꽃자루가 나와 그 끝에서 노랗거나 흰 꽃송이가 두상꽃차례로 피는데 밤에는 오므라든다.

서양민들레는 키가 작고 앙증스러우며 땅에 엎디어 있는 것 같아 '앉은뱅이'라는 별칭도 가지고 있다. 그리고 당차고 야무져 보이는 노란 꽃을 피운다. 주로 미국 지역에서 왔다고 한다.

반대로 토종 민들레는 서양민들레보다 잎과 꽃이 약간 크며 역시 노랑과 흰 꽃을 피운다. 그 중 하얀 꽃을 피우는 민들레를 포공영(蒲公英)이라고 하며, 그 뿌리는 한방에서 유종이나 결핵 따위의 치료제로 쓰이기도 하고, 발한(發汗)이나 강장(强壯)의 약재로도 사용된다.

민들레는 어렵게 밀어 올린 꽃대에서 핀 꽃의 열매를 하얀 관모(冠毛) 속에 포장하여 바람 길에 올려놓아 날려 보낸다. 바람이 닿을 수 있는 곳은 어디에나 이를 수 있으니 무소부지(無所不至)이다. 그리고 장소를 탓하지 않고 어디에서나 생명을 되살리고 있어, 많은 시인들은 민들레의 강한 생명력을 노래한다.

그러나 공들여 가꾸어 놓은 잔디밭에 앉으면 수난을 당한다. 잔디밭을 망가뜨린다 하여 사정없이 뽑히기 때문이다. 잔디를 가꾸는 사람들에겐 클로버와 함께 경계대상 1호이다. 그래서 잔디밭은 민들레가 마음 놓고 발붙일 곳이 못 된다.

최근에는 산책이나 등산을 하는 여인들의 눈에 띄기만 하면 여지없이 칼로 도려내진다. 주부들에겐 민들레가 인기상한가의 건강식품이기 때문이다. 민들레에게도 설 자리가 중요한 이유다.

좁은 골목 보도블록 사이에 핀 민들레꽃/ 한낮 정오의 햇살이 예쁘게 보듬는다/ 하루에 단 한 번 안겨 보는 햇빛에/ 노란 민들레는 행복하다/ 척박한 곳이라 제대로 자라지 못했지만/ 당차고 야무지고 튼실하다.

푸른 들녘 옥토에 피었으면 좋았겠지만/ 외진 골목이면 어떤가/ 처지를 탓하지 않는다/ 푸른 하늘과 산들바람 마음껏 만나지 못해도/ 보이는 만큼의 하늘 대할 수 있고/ 가끔 경이롭게 반겨 주는 눈길도 있다.

때로는 밟히거나 뽑힐까 두렵지만/ 날마다 최후라 생각하니 괜찮다/ 민들레라는 이름으로 번식의 씨앗 품고/ 또 하루를 산다.

매일 걷는 좁은 골목길 보도블록 사이에 피어 있는 민들레꽃을 보고 양연화 시인이 지은 '골목 민들레'라는 시의 전문이다. 척박하고 좁은 공간에서 꾀죄죄하고 볼품없이 자라는 민들레는 사람들 눈에 별로 띄지 않는다. 눈에 띄더라도 많은 사람들의 발에 밟혔을 거라 생각하고 사람들은 별로 관심을 갖지 않는다. 그러나 밝은 햇살을 받으며 당차고 야무진, 그리고 튼실한 노란 꽃을 피운 민들레를 보는 사람들은 그 질긴 생명력과 개화에 감탄하며 환호하고 노래한다.

넓은 옥토는 아니지만, 그래도 콘크리트나 아스팔트 포장도로 위가 아니어서 운이 좋은 편이다. 어려운 환경에서도 고고한 자태를 뽐낼 수 있는 꽃을 피운 민들레는 사랑을 받는다. 자신의 처지를 비관하지 않고 현실에 만족하며 살아가는 낙천적이고 긍정적인 삶을 사람들은 칭송한다.

오가는 사람들의 발에 밟히고 뽑힐 것이 두려우나, 그 또한 자기의 숙명인 걸 어쩌랴. 그래도 남의 눈치를 보아가며 어렵게 핀 꽃이니 열매를 맺어 자기의 소임을 다하고 생을 마감하면 더 이상 바랄 것이 없다. 그 이상은 사치다.

요즘은 건강에 좋다면 무엇이나 눈에 띄는 대로 동나는 세상인데, 골목길 척박한 곳에서 살아가는 민들레는 눈을 부릅뜨고 찾고 다니는 여인들에게도 도림질을 당하지 않고 예쁜 꽃을 피울 수 있어 천만다행이다.

어려운 처지에서도 묵묵히 최선을 다하며 생명력을 이어가는 민들레는 현실에 만족하며 긍정적인 삶을 살아가는 강한 모습을 보여준다.

백일홍과 명화

더운 여름 어느 날이었다. 아파트 베란다 창 너머로 밖을 내다보니 늘 보이는 푸른 소나무 이파리 사이로 울긋불긋한 것이 눈에 띄었다. 소나무가 붉은 꽃을 피울 리는 없어 이상하다고 생각하며 자세히 쳐다보니 백일홍 꽃이었다. 쓰레기장 옆에 나란히 심겨져 있는 몇 주의 백일홍이 붉은빛과 자줏빛 꽃을 피워 옆에 있는 소나무 이파리 사이로 보였다.

나무 둥치를 손가락 끝으로 간질이듯이 살살 긁기만 하여도 가지가 살랑살랑 움직여 간지럼나무라고도 불리는 백일홍이 꽃잎 하나 움직이지 않았다. 밖은 바람 한 점 없는 후텁지근한 날씨였다.

백일홍은 100일 동안 꽃이 핀다고 해서 붙여진 이름이다. 한 번 꽃을 피우고 열매를 맺는 보통 나무와는 달리, 백일홍은 여름에서 가을에 걸쳐 여러 번 붉은 꽃을 피운다.

나무껍질은 연붉은 자줏빛이다. 그리고 마치 사람의 손으로 일부러 껍데기를 벗긴 것처럼 나무 표피가 매끈매끈하고 깨끗하며 단단해 보인다. 그래서 많은 사람들의 사랑을 받는다.

꽃은 붉은 색이다. 그런데 귀신은 붉은 색을 싫어한다. 그래서 우리 조상들은 이 나무를 울안에 심지 않았다. 선조들의 영혼이 울안으로 들어오지 못하면 제사를 지낼 수 없기 때문이었다. 백일홍은 정자나 학교 그리고 공공건물의 뜰이나 마을 입구에서만 볼 수 있었다.

요즘은 백일홍 꽃의 색이 다양해졌다. 붉은 색 외에도 자주나 흰색의 꽃도 있다. 그래서 요즘은 아파트 단지 내에서도 쉽게 볼 수 있으며 내가 소나무 이파리 사이로 보이는 백일홍을 즐길 수 있는 이유였다.

내가 고등학교 1학년 때였다. 학교 화단에 있는 백일홍나무가 언제 개명을 했는지 배롱나무라는 표찰을 달고 있어서 헷갈렸다. 다른 백일홍을 찾아보았다. 그런데 그 나무는 배롱나무라 쓰고 그 옆 괄호 안에 일명 백일홍이라고 쓰여 있는 표찰을 달고 있었다. 불리는 이름이 여러 개였다.

어렸을 때 백일홍이 꽃피는 시기는 농한기였다. 그리고 알람시계가 흔치 않았던 그 시대에는 백일홍 꽃이 알람시계 역할을 했다. 사람들은 백일홍 꽃을 보면 잊지 않고 하는 일들이 있었다.

백일홍이 꽃피면 어머니와 할머니들은 시원한 그늘에 앉아 길쌈 준비를 했다. 마을 아주머니들과 삼삼오오 짝을 지어 그늘에 앉아 삼베나 모시 타래를 들고 긴 오라기를 하나씩 입에 물고 손톱으로 째거나, 걷어 올린 치마 사이로 내민 하얀 무릎 위에 째진 두 오라기 끝을 올려놓고 침을 바른 손바닥으로 밀어 이었다.

백일홍이 꽃피우고 마당에서 붉은 고추잠자리가 나는 것을 보고, 누나들은 봉숭아 이파리와 꽃을 따서 찧어 백반을 넣고, 아주까리 이파리로 정성스레 손가락에 감아 물을 들였다. 옆에서 얼쩡거리는 내 손가락도 물들여 주었다.

나는 어렸을 때 백일홍이 빨리 세 번째 꽃피우기를 손꼽아 기다렸다. 하루 세 끼 먹는 껄끄럽고 미끈미끈한 보리밥이 지겨웠기 때문이었다. 백일홍이 세 번째 꽃을 피워야 쌀밥을 먹었다.

내가 전주고등학교 평교사로 근무하고 있던 70년대 중반이었다. 나는 교내에 식재된 백일홍 나무 옆에서 멋진 그림을 감상한 일이 있었다. 지금도 백일홍을 볼 때마다 그 장면이 떠오른다.

그땐 각 학교마다 학교 공개행사가 많았다. 전주고교도 개교기념일을 전후하여 학교 공개행사를 하고 있었다. 개교기념일은 6월 16일이었다. 체육관에서는 전국과학작품전시회가 열렸고, 교내 여러 공간에서는 시화전이나 미술작품전시회도 열려 많은 학부모들이 학교에 다녀갔었다.

점심시간 무렵이었다. 나는 더위를 피해 몇몇 선생들과 함께 교사 정면에 있는 임간교실에 앉아 있었다. 임간교실 바로 옆에는 백일홍 나무 몇 주가 심겨져 있었다. 졸업생들 중에서 30주년 기념행사로 식재한 것이었다. 그리고 그 앞에는 화재로 화상을 입어 튼실하지 못한 히말라야시다 몇 그루가 일정한 간격을 두고 서 있었다.

선생님들과 그 백일홍을 보면서 그 나무에 대한 대화를 나누고 있을 때였다. 운동장 한쪽에서부터 회오리바람이 가볍게 불어오기 시작하더니, 운동장 여기저기에서 휴지와 나뭇가지 나부랭이들이 빙글빙글 돌면서 날아가고 있었다. 그때 학교를 방문하는 한 여인이 양산을 들고 걸어오고 있었다.

그 여인이 우리 코앞에 있는 히말라야시다 나무 밑에 이르렀을 때 갑자기 바람이 그 여인을 덮쳤다. 여인은 날아가려는 양산을 놓치지 않으려고 두 손으로 손잡이를 꽉 쥐고, 손을 높이 들며 안간힘을 다하고 있었다. 순간 입고 있는 치마가 바람을 타고 훌랑 뒤집혀 위로 올라갔다. 당황한 여자는 양산을 잡은 두 손을 놓고 땅에 주저앉았다. 그리고 바람이 멈추자 양산을 들고 걸음아 날 살려라 하고 본관으로 뛰어갔다. 순간적이었지만 정말 환상적인 멋진 그림이었다. 요즘 같은 스마트폰이 없어서 아쉬웠다.

벌이 따먹은 채송화

"어어 큰 일 났네."

내가 처음 교단에 발을 디딘 줄포고등학교에서 근무하고 있을 때였다. 여름 어느 날 오후, 더위를 피해 학교에서 몇몇 선생님들과 시간을 보내다가 어둑어둑할 무렵 하교하려고 현관문을 나섰을 때, 함께 걷던 B선생님이 느닷없이 걸음을 멈추더니 하는 말이었다. 까닭을 몰라 내가 무슨 일이냐고 묻자, 그 선생님은 채송화를 가리키면서 말했다.

"벌이 꽃을 다 따먹어 버리고 하나도 안 남았어."

그 말을 듣고 채송화를 바라보니 낮에 피었던 꽃이 전혀 보이지 않았다.

줄포는 부안군의 면소재지였다. 수산시장 등 많은 시설이 곰소로 옮겨져 면세(面勢)가 약해졌지만, 성했던 조기잡이 덕으로 위도에 파시(波市)가 형성될 때는 상당히 활기찬 포구였다. 지대가 낮아 바닷물이 소재지로 유입되는 것을 막기 위해 밀물 때는 수문을 닫았다. 그러나 공교롭게도 장마철에 큰 비나 갑작스런 폭우가 밀물과 겹치면 가끔 침수되어 물난리가 났다.

학교는 지대가 상당히 높은 지역에 위치하고 있어서 돌계단을 한참 올라가야 교문이 나왔다. 황토 위에 건물이 세워져 있어서 비가 오면 질척거리고, 신발에 달라붙은 흙이 떨어지지 않아 애먹었다. 교문에서부터 현관 입구까지 진입로가 만들어진 이유였다.

그 진입로 양 가에 블록벽돌로 경계석을 세우고 돌멩이를 깔았다. 그리고 농업 선생님이 그 블록벽돌 구멍에 흙을 채우고 채송화를 심어 물을 주며 열심히 가꾸었다. 여름부터 가을까지 빨강, 노랑, 하양 등 많은 꽃이 피어 그 길을 걷는 학생들이나 선생님들을 흐뭇하게 했다.

어렸을 때 나는 채송화와 쇠비름을 잘 구분하지 못했다. 이파리는 약간 다르지만 통통하고 붉은빛이 도는 줄기가 비슷하기 때문이었다.

어느 날 내가 밭을 매는 어머니한테 갔을 때, 어머니와 누나는 내가 학교 화단에서 보았던 채송화를 호미로 마구 뽑아버리고 있었다. 왜 꽃나무를 뽑느냐고 항의했더니 꽃나무가 아니라 잡초라며 뽑아야 한다고 했다. 참 이상하다고 생각하며 손으로 만지자 냄새가 별로 좋지 않았다.

일년초인 쇠비름은 줄기에 살이 통통하고 약간 붉은빛이 나는 풀이다. 초여름부터 가을까지 노란 꽃이 피는데, 아침에 피었다가 한낮에 오므린다. 여름에 밭을 매는 여인들은 이 쇠비름 때문에 속깨나 썩이었다. 실컷 땀 흘려 매어서 모아놓거나 흙으로 약간 덮어놓고 나중에 가서 보면 생명력이 질긴 쇠비름이 다시 살아나기 때문이었다.

그런데 그렇게 천대를 받던 쇠비름이 요즘 사찰에서는 물론이고 주부들한테서 건강식품으로 각광을 받는단다.

채송화는 쇠비름과의 일년초로 남아메리카가 원산인 관상용화초다. 통통한 줄기는 붉은 빛깔을 띠는 가지를 많이 치고 가로 퍼지는데, 길이는 10~20cm이다. 콩나물 머리 반쪽을 쪼개놓은 것과 비슷하게 생긴 쇠비름의 이파리와는 달리, 채송화의 이파리는 살이 찐 솔잎 모양이다. 어렸을 때 가을에 키가 작은 소나무 밑이나 숲에서 채취하던 국수버섯처럼 생겼다. 채송화는 꽃이 아침에 피었다가 저녁에 오므린다. B선생님이 그 오므린 모습을 보고 벌이 꽃을 다 따먹었다고 말한 것이었다.

"쓸데없는 소리하네. 벌이 꿀을 따먹지 꽃을 따먹는 벌도 있소?"

내 말에 그 선생님은 혀를 입술 위로 한바퀴 돌려 입맛을 다시는 특유의 표정으로 말했다.

"낮에 보니까 꿀벌들이 많이 와 있었는데, 지금은 그 꿀벌도 보이지 않고 꽃도 보이지 않으니 그 꽃이 어디로 갔겠는가? 틀림없이 벌이 다 따먹었지."

내가 꿀벌은 절대로 꽃을 따먹지 않는 법이라고 아무리 열변을 토하며 말해도 소용이 없었다. 그렇다면 그 꽃이 어디로 갔겠느냐며 계속 우기면서 대드는 데는 별 수가 없었다. 그렇지 않다는 사실을 명료하게 설명할 수 없어서 가슴이 답답할 뿐이었다.

식물들을 자세히 관찰해 보면 가끔 재미있는 현상들을 발견할 수 있다. 미모사는 잎을 건드리면 곧바로 아래로 축 늘어지면서 마치 시든 것같이 오므라든다. 이런 현상을 평압운동이라 한다. 그리고 결명

차나 자귀나무의 싱싱하던 이파리는 해가 지면 사랑을 나누는 한 쌍
처럼 꽉 달라붙는다. 수면운동이다. 또 채송화나 민들레는 꽃이 아침
저녁으로 피고 지는 주기성을 가지고 있다. 광주성운동이라 한다.
　그런데 나는 젊었을 때 이런 현상들을 잘 알지 못하고, 어리석게도
벌이 꽃을 따먹었다느니 그렇지 않다느니 하면서 동료들과 설전을
했다. 지금 생각하니 참 어처구니없는 대화였었다.

상사화와 꽃무릇

어렸을 적 시골에 살던 8월 어느 날이었다. 나는 집 모퉁이에 있는 화단에서 황당한 일을 목격했다. 아무것도 없는 맨 땅에서 꽃대가 올라오더니, 며칠 후 그 꽃대에 연한 홍자색의 예쁜 꽃이 몇 개 피었다. 색깔은 다르지만 꽃의 모양이나 크기로 보아 백합과 흡사했다. 많은 사람들에게 물어보았지만 무슨 꽃인지 아는 사람이 없었다. 형님이 이름도 모르면서 친구 집에서 가져다 심은 꽃이었다. 얼마 후 꽃이 지자 전처럼 흔적이 없어졌다.

초봄이 되자 꽃이 진 자리에서 푸른 이파리가 나왔다. 수선화 이파리처럼 보였으나 수선화 이파리보다는 컸다. 난초라고도 생각했으나 모양이 난초와 달랐다. 나는 이파리가 다치지 않도록 밑 빠진 단지로 씌워 주었다. 그런데 초여름이 지나자 또 잎이 시들었다. 나는 죽은 것으로 생각했는데 8월이 되자 또 꽃이 피었다. 상사화였다.

상사화가 꽃이 필 무렵에는 잎이 시든 뒤여서 꽃은 잎을 보지 못하고, 잎은 꽃이 시든 뒤에 피기 때문에 잎도 꽃을 보지 못한다. 이와 같이 잎과 꽃이 서로 보지 못한다 하여 붙여진 이름이 상사화다.

이성을 그리워하면서 만나지 못하여 생기는 병을 상사병이라고 한다. 그리고 상사화란 잎과 꽃이 서로 그리워하다가 상사병에 걸린 것과 같은 꽃이란 말이다. 그러나 상사화를 보고, 상사병에 걸려 초췌한 모습을 하고 있다고 말할 사람은 아무도 없다. 실제로 애련한 모습이란 찾아볼 수 없이 꽃과 잎은 아주 튼튼하다.

나는 상사화란 꽃의 의미를 달리 생각해 보았다. 상사화 이파리는 봄과 여름 동안 뜨거운 태양 아래에서 열심히 동화작용을 한다. 그리고 이파리가 없더라도 충분히 꽃을 피울 수 있는 에너지를 비축하고 생을 마감한다. 그러면 기대에 어긋나지 않게 예쁜 꽃으로 이파리에게 화답한다. 꽃 중에 꽃이라고 부를 수 있을 만큼 튼실한 꽃이다. 그래서 나는 상사화란 이파리와 꽃 사이의 상호 신뢰와 믿음의 산물이라고 말하고 싶다.

사람들이 상사화와 혼동하는 것이 있다. 꽃무릇이다. 꽃무릇은 석산이라 부르는 수선화과의 여러해살이풀이다. 그런데 많은 사람들은 또 상사화라고도 부른다. 그러나 그것은 잘못이다. 전혀 별개의 것이다.

내가 꽃무릇을 처음 접한 것은 70년대 늦가을 고창 선운사에서였다. 나는 그곳에서 파란 난(蘭) 모양의 부드러운 이파리에 매료되어 한 움큼을 떠왔다. 그러나 이름은 몰랐다. 주위 사람들에게 물어 보아도 아는 사람이 없었다. 꽃이 피느냐고 물었더니 꽃은 핀다고 했다.

집에 돌아와 화분에 담고 현관에 놓아두었다. 오보록이 화분에 가득 차 있는, 파랗고 연한 이파리들을 보는 사람마다 깔끔하게 생겼다고 말했다. 그런데 여름이 되자 이파리가 시들기 시작했다. 나는 관리를 잘못하여 죽은 거로 생각하고 화분 채 아무 데나 놓아두었다. 가을이 지나자 화분에서 파란 싹이 돋기 시작했다. 나는 이상한 풀이라고 생각하고, 다시 현관에 들여놓아, 물도 주고 정성을 다했다. 여름이 되자 또 시들기 시작하여 이번에는 화단에 심어버렸다. 그랬더니 몇 년 후 가을에 꽃이 피는 것이 아닌가. 멋진 꽃무릇 꽃이었다.

나는 그것을 꽃무릇이라고 부르게 된 동기가 궁금했다. 무릇과 비슷하지만 꽃이 핀다고 해서 꽃무릇이라 부르게 되었다는 말을 들은 적도 있다. 그렇다면 무릇은 꽃이 피지 않는다는 말 아닌가?

나리과의 다년초인 무릇은 잎이 보통 두 장이고, 초가을에 잎 사이에서 꽃대가 나와 많은 담자색의 꽃이 총상 꽃차례로 핀다. 보통 잔디밭이나 띠밭에서 살기 때문에 묘지나 풀밭에서 자주 볼 수 있다. 그리고 꽃무릇의 이파리는 무릇의 그것과 비슷하다. 그러나 꽃은 전혀 다르다. 그런데도 그것을 꽃무릇이라 부른 것은 잘못이라고 생각했다.

꽃무릇의 생태는 상사화와 비슷하다. 이파리 싹이 나는 시기가 다르고, 크기는 다르지만, 싱싱한 이파리를 초여름까지 볼 수 있다. 이파리가 시든 후 가을철에 아무것도 없는 맨땅에서 꽃대가 나와 꽃이 핀다. 그래서 꽃무릇보다는 개상사화라 부르는 것이 더 적합할 거라 생각했다.

꽃무릇의 꽃은 나리꽃의 축소판이다. 꽃대와 꽃의 크기는 다르지만 나리꽃과 비슷하다. 꽃대는 세찬 바람에 부러질 것처럼 연약해 보이지만 바람이 불어도 유연하게 흔들거리며 용케 잘 버티어 낸다. 그리고 나리꽃처럼 날렵한 여섯 개의 붉은 꽃잎을 뒤로 젖히어 둥그런 원을 그리며 속을 훤히 보여준다. 여섯 개의 꽃잎 사이로 삐죽이 뻗은 여섯 개의 꽃술도 보기엔 아슬아슬하다. 꽃은 화려하지만 사랑을 고백하지 못하고 애간장이 타서 얼굴을 붉힌 숫처녀의 모습이다. 따스한 가을 햇살과 소슬바람에 온몸을 맡긴다.

나는 상사화는 신뢰와 믿음을 상징하는 꽃이라고 생각했다. 그래서 사찰의 뜰에서 자주 볼 수 있다. 그리고 꽃무릇은 자기가 가지고 있는 모든 것을 숨김없이 보여주며, 진실과 결백을 주장하는 꽃이라 생각했다.

십년일득(十年一得)

어느 날 모악산으로 등산을 가고 있을 때였다. 일행 중 이교장이 길가에서 무엇을 찾는 듯 기웃거리고 있기에 까닭을 물으니 손가락으로 가리키는 것이 있었다. 토란꽃이었다. 자세히 들여다보니 토란에서 노란 봉오리가 달린 꽃대가 올라오고 있었다. 며칠 전 '백 년 만에 피는 꽃'이란 제하로 신문에서 본 그 꽃이었다. 일행은 상상도 못했던, 처음 보는 꽃이라 걸음을 멈추고 그 꽃을 감상했다.

어릴 적 시골집 울안엔 토란 밭이 있었다. 여름 날 아침이면 어머니는 호미로 밭을 매고 북돋우며 토란의 겉꺼풀을 뜯어내어 말리셨다. 얼마 후 속에서 새 대가 올라와 원형을 회복하면 다시 겉꺼풀을 뜯어내어 말리기를 반복하셨다.

토란 이파리는 연잎처럼 물이 스미지 않았다. 비가 오면 이파리에 닿은 물이 물방울이 되어 빙그르르 굴러 떨어졌다. 미처 떨어지지 못하고 이파리에 고인 물방울은 나의 장난감이 되었다. 이파리를 두 손으로 잡고 이리 굴리고 저리 굴리며 놀았다. 가랑비가 올 땐 커다란 이파리는 나의 머리를 가려주는 우산이 되기도 했지만 토란꽃은 구경도 못했었다.

추석에는 으레 토란국을 먹었다. 털을 다듬은 알토란에 들깨를 갈아 넣고 국을 끓여 먹었다. 명절엔 토란국을 먹어야 좋다는 애기를 들었지만, 그 이유는 알지 못했었다. 고기를 과식하기 때문에 토란국을 먹어야 배탈이 없다는 말을 들은 것은 상당한 나이가 되어서였다. 토란은 뱃속에 있는 기름기를 제거해 주는 건강식품이란다.

또 토란대는 섬유질이 많아 건강에 좋다고 한다. 그렇다면 토란은 버릴 것이 없는 최고의 다이어트식품 아닌가. 그래서 금년 추석에도 아내는 어김없이 토란국을 끓여주었다.

토란은 우자(芋子)라고도 하고 토련(土蓮)이라고도 불리며 열대 아시아가 원산이다. 오랜 세월 기후가 전혀 다른 북쪽 지방에서 재배되어 오는 동안 개화습성을 상실하여 토란꽃을 쉽게 볼 수 없다.

하지만 마치 갑작스런 외부의 충격으로 신체에 이상이 생긴 지체아가 예기치 않은 다른 충격으로 정상을 회복하는 경우처럼, 유난했던 더위와 열대야 때문에 토란은 자기가 처한 위치를 아열대로 착각하고 향수에서 벗어났다. 그리고 오랜 이국생활로 퇴화된 개화본능을 회복하고 꽃을 피웠다. 금년에 토란꽃을 많이 볼 수 있는 이유였다.

일행 중 이교장은 시골에 약간의 농토가 있어서 정년퇴직 후 취미생활로 여러 가지 농작물을 가꾸고 있었다. 어느 날 밭에 갔을 때 심어놓은 토란에 꽃이 피어있는 것을 발견했다. 그래서 혹 길가에 있는 토란도 꽃이 피어 있는지 궁금하여 살펴보았다. 그 덕에 우리 일행은 드문 토란꽃을 직접 눈으로 보고 감상할 수 있었다.

이교장은 토란꽃에 얽힌 재미있는 일화도 가지고 있었다. 결혼한 지 몇 년이 지난 딸아이가 태기가 없어 애태우던 어느 날, 우연히 토

란꽃 이야기를 들었다. 불임인 경우 토란꽃을 달여 마시면 효과가 있
다는 말을 듣고 건제약국에 가서 말린 토란꽃을 구했다. 그것으로 효
험을 본 이교장은 손자를 얻지 못해 애태우는 다른 친구에게 그 사실
을 말해 주었더니 그 친구도 효과를 보았단다. 그때부터 이교장은 토
란꽃에 더욱 관심을 갖게 되었다.

집으로 돌아와 나는 아내에게 토란꽃 이야기를 했다. 또 이교장이
말한 이야기도 들려주었다. 그랬더니 아내는 나에게 토란꽃을 구할
수 없느냐고 물었다. 40이 넘어서야 결혼한 아이 때문일 거라 생각하
고 나는 구해보겠다고 했다. 아내는 내가 구해다 준, 덜 마른 꽃대를
잘게 자르고 말리더니 한 대만 더 있으면 좋겠다고 욕심을 부렸다.
내가 다시 이교장에게 부탁하여 한 대를 더 구해오자 아내는 알토란
같은 손자 하나만 얻기를 바라면서 열심히 정성을 다해 햇볕에 말리
고 있었다.

토란은 좋은 다이어트 식품이지만 현재로선 식탁에서 많은 사람들
의 사랑을 받을 만큼 일반화된 식품이 아니다. 그러나 백년 만에 핀
토란꽃이 약재가 되어 아내의 지극한 소망이 성취된다면, 토란은 다
이어트식품으로서 뿐만 아니라 출산을 촉진하는 약재로서도 인기가
있어서, '대단위 토란농장 출현'이라 대서특필한 기사도 읽을 날이 있
을 거라고 기대해 본다. 사람들은 나더러 가당치도 않은 말을 억지로
지껄이는 견강부회(牽强附會)의 우를 범하고 있다고 말할지도 모르
지만 나는 개의치 않겠다. 토란꽃 덕택으로 아내의 오랜 소망이 이루
어질 수만 있다면 그것이 바로 십년일득(十年一得)이라 생각되기 때
문이다.

아카시꽃향기에 취한 고양이

계절의 여왕 5월의 신록이 화산공원을 신장개업했다. 성장(盛裝)과 성장(盛粧)으로 한껏 멋을 부리고 이팝나무와 아카시나무를 동원하여 호객행위를 하고 있었다. 이팝나무는 가지 끝마다 하얀 산발로 멋을 부리고 산책로 양가에 두 줄로 늘어서서 사람을 유혹하고 있었고, 아카시나무는 휘늘어진 가지 끝마다 꿀이 넘치는 새하얀 꽃잎을 주렁주렁 달고 자태를 뽐내며 사람을 부르고 있었다. 아름다운 꾀꼬리와 뻐꾸기, 그리고 이름 모를 작은 새소리, 또 이따금 들리는 산비둘기와 꿩의 둔탁한 소리가 이루는 화음이 봄의 아름다운 정경과 분위기를 한층 더 고조시키고 있었다.

나는 그 유혹에 끌려 화산공원으로 길을 나섰다. 공원에 도착하기 전부터 진동하는 아카시꽃향기를 한껏 들여 마시며 서서히 발걸음을 내디디었다. 매일 걷는 길이었지만, 뒷짐을 지고 천천히 걷는 내 발걸음이 오늘 따라 여느 때완 달랐다. 아카시꽃향기 때문이었다. 화산서원비 입구에는 분홍색 립스틱을 바른 자은 병꽃들이 입을 방긋이 벌리고 웃으며 환영하고 있었다.

서원비를 지나 막 올라가고 있을 때였다. 묘지 뒤 넓은 공간에 7~8명의 산책객들이 웅성거리고 서 있었다. 모두 한 방향으로 무엇인가를 열심히 바라보고 있었다. 가까이 갔을 때 고양이를 쳐다보고 있다는 말을 듣고 나는 대수롭지 않게 생각했다. 고양이는 자주 볼 수 있는 동물이기 때문이었다. 그런데 손가락으로 가리키는 나무 위를 보니 하얀 고양이가 눈에 띄었다. 하얀 고양이는 가지가 옆으로 뻗어있는 곳에 힘없이 걸터앉아 있었다. 7~8m의 높이에서 미동도 하지 않고 앉아 있었다.

나는 주택에서 살 때 고양이가 지붕에서 뛰어내리는 것을 자주 보았다. 고양이는 착지(着地)의 대가(大家)였다. 기계체조에서 마루운동이나 뜀틀연습을 할 때 코치들이 선수들에게 고양이의 착지 동작을 요구하는 이유였다. 그래서 나는 고양이가 그 정도 높이에서 뛰어내리지 못한다는 것을 이해할 수 없어서 대수롭지 않게 생각하고 가던 길을 계속 갔다.

길가 여기저기 작은 군락을 이루고 있는 국수나무들이 입에 솜사탕을 물고 손님을 안내하는 아르바이트를 하고 있었다. 하얀 찔레꽃도 열심이었다. 그들의 안내를 받고 반환점을 돌아서 그곳에 다시 돌아왔을 때, 구경꾼은 한 명도 없었다. 그러나 고양이가 궁금했다. 찾아보니 원래 있던 자리에서 방향만 약간 바꾸고 그대로 있었다. 목을 내밀고 밑을 기웃거리고 있는 모습이 몹시 겁먹은 표정이었다. 나무 밑에는 소시지가 몇 개 놓여있었다. 고양이를 유혹하기 위해 애완견용을 나무 밑에 던져준 모양이었다. 그러나 내려올 수 없는 고양이에겐 소시지는 그림의 떡이었고, 뜬금없이 횡재를 한 검은 파리 떼들이 우글거리며 향연을 벌이고 있었다.

나는 고양이가 아카시꽃향기에 취해 아카시나무를 타고 겁 없이 올라갔다가, 밑을 보니 아찔하여 겁이 났지만, 기운이 쇠진하여 내려오지 못하고 앉아 있다고 생각했다. 고양이에게도 고소공포증이 있다는 것을 처음 알았다. 나는 달아날 수 있는지 확인하기 위해 돌멩이와 나무 조각을 던져 보았다. 아무 반응도 없었다.

집에 돌아와서도 그 고양이가 궁금해 가만히 앉아있을 수 없었다. 그래서 해가 지기 전에 또 가보았다. 고양이는 여전히 그 자리에 앉아 있었지만 별다른 뾰족한 수가 생각나지 않았다. 나는 어두워지면 무슨 수가 생길 거라고 기대하고 그냥 돌아왔다.

그 다음 날 아침에 나는 예약된 건강검진을 마치는 대로 그곳으로 달려갔다. 고양이는 고개를 내밀고 기웃기웃했지만, 내려오지는 못하고 있었다. 나는 TV '동물농장' 프로에서 곤경에 처해 있는 동물들을 구조하는 모습을 여러 번 시청한 일이 있어 119구조대에 전화를 걸었다. 그런데 고양이와 자기들과는 아무 상관이 없다며 전화를 끊었다. 괜한 헛수고만 했다.

반환점을 돌아오는 길에 다시 고양이를 찾아보았다. 희한한 일이었다. 이번에는 고양이가 1m쯤 더 높은 곳에 올라가 있었다. 큰 가지가 둘로 뻗어 있는 곳이어서 제 딴에는 안전한 장소라고 생각하고 이동한 모양이었다. 내가 보기에도 떨어질 염려가 없어 보였다. 고양이의 머리부분도 제대로 볼 수 있었다. 새끼고양이었다. 나무타기에 익숙하지 못한 새끼 고양이가 아카시꽃향기에 취해 올라갔다가 훈련부족으로 내려오지 못하고 있었다.

내가 한참 구경하고 있을 때 한 아주머니가 다가왔다. 무엇을 그렇게 열심히 구경하고 있느냐고 묻기에 고양이를 가리켰더니 참 이상한 고양이를 보았단다. 내가 휴대전화기로 사진을 촬영하려고 하자 웬 고양이에게 그렇게 관심이 많으냐고 물으면서 그만 두라고 만류했다. 불쌍해서 그렇다고 말했더니, 고양이는 고양이지 무엇이 그렇게 불쌍하냐고 따지고 달려들었다. 자기는 교통사고와 많은 큰 사고를 여러 번 경험해서 동물들에게는 별 관심이 없단다. 그 여인이 떠나자 나도 더 이상 방법이 없어 집으로 돌아왔다.

사람들은 자기의 취향에 따라 동물에 대한 태도가 다를 수 있다. 실은 나도 고양이를 별로 좋아하지는 않지만 처해 있는 모습이 안쓰러웠다. 나는 집으로 돌아오면서, 고양이가 불쌍해 가슴조이며 내려오도록 유혹하기 위해 소시지를 던져주는 사람도 있는가 하면, 고양이쯤이야 죽어도 별거 아니라고 생각하는 사람이 있다고 생각하니 마음이 착잡했다.

그 후 나는 일주일 동안 출타했다가 돌아오자마자 고양이가 궁금하여 즉시 화산공원으로 달려갔다. 그 아카시나무 위를 쳐다보니 고양이는 온데간데없었다. 혹 떨어져 죽었는지 나무 밑을 찾아보았으나 아무 흔적도 없었다. 고양이를 유인하기 위해 던져주었던 소시지도 보이지 않았다. 대신 그 아카시나무 밑에는 상당히 긴 장대가 하나 놓여 있었고, 나무 밑 풀밭에는 여러 발자국이 있었다. 누군가 그 장대로 고양이를 구출해 준 것이 틀림없다고 생각했다.

계절의 여왕 5월에 신록으로 단장한 공원의 정취와 아카시꽃향기에 취한 고양이가 만들어 낸 멋진 그림이었다.

염화미소의 불두화(佛頭花)

화창한 5월 중순 어느 날 몇몇 친구들과 함께 모악산에 오르고 있었을 때, 울타리 가에 탐스럽게 주렁주렁 달린 하얀 꽃이 눈에 띄었다. 어렸을 때 풍악놀이에서 본 고수들의 고깔에 달린 꽃처럼 둥그렇고 탐스러워 보였다.

"야 저 함박꽃 좀 봐. 참 멋있다!"

한 친구가 감탄사를 연발했다. 울타리 옆에 탐스럽게 주렁주렁 달린 하얀 꽃을 보고 한 말이었다. 그러나 함박꽃은 아니었다.

사람들이 흔히 말하는 함박꽃은 작약이다. 꽃이 크고 탐스럽고 환하여 붙여진 이름이다. 그리고 또 다른 함박꽃은 목련과의 낙엽 소교목이며 깊은 산골짜기에서 나는데, 관상용으로 심기도 한다. 높이는 4m가량이며 잎은 길둥글며 뒷면에 털이 있다. 5~7월에 향기가 있는 흰 꽃이 핀다. 그러나 꽃이 작약처럼 탐스럽지는 않다. 그 함박꽃을 품종개량을 하여 김정일화로 지정했다는 말도 있다. 그러나 우리가 보고 있는 그 꽃은 분명히 작약도 아니고 함박꽃도 아니었다.

"저건 함박꽃이 아니라 수국이지 않아?"

다른 친구가 또 말했다. 많이 본 꽃이지만 이름을 확실히 알지 못해 자신이 없는 말투였다.

수국은 낙엽 활엽 관목이며 관상용 식물로 높이는 1m가량이다. 톱니가 있는 타원형의 잎은 두껍고 광택이 난다. 수국은 지금 보이는 것과 크기나 모양이 비슷하지만 초가을에 꽃이 핀다. 꽃은 둥글고 연한 자줏빛과 연분홍이다. 당연히 5월에는 그 꽃을 볼 수 없다. 그런데도 그 꽃을 수국이라 말하는 것은 꽃이 크고 둥글고 탐스럽게 생겨 혼동하기 때문이다.

"저것은 함박꽃도 아니고 수국도 아니야. 저것은 불도화라는 꽃이야."

두 사람의 말을 듣고 내가 말했다.

"그래 맞아. 어느 화단에 있는 나무의 표찰에서 '불두화'라고 쓰여 있는 것을 본 기억이 나네. 그런데 불도화라는 말이 무슨 뜻인가? 어느 나라 말 표기야?"

내 설명을 들은 한 친구가 물었다. 그는 '불두화'라는 말이 발음도 어렵지만 어감이 생소하다는 뜻으로 한 말이었다. 그래서 나는 불두화에 대해 자세히 설명했다.

그 꽃은 우리나라 중부 이남에 많이 분포하고 있으며, 부처님 머리처럼 곱슬곱슬하고 둥글며, 크고 탐스럽게 생겼다고 해서, 부처 불(佛)자와 머리 두(頭)자를 써서 '불두화(佛頭花)'라고 부른다. 나도 처음에는 불두화라는 말을 이해하지 못했으나 한자로 쓰인 것을 보고서야 알았다.

우리나라 사찰의 대웅전이나 극락전 앞에서 흔히 볼 수 있으며, 꽃은 석가탄일을 즈음하여 핀다. 수술과 암술이 퇴화하여 장식으로 피는 대표적 무성화(無性花)여서 향기가 없으니 벌·나비가 모이지 않고, 당연히 씨앗도 맺지 못한다. 스님들은 하얀 고깔모자를 쓰고 춤을 추는 승무화라고 부르기도 한다.

내 설명을 들은 일행들은 불도화에 대해 이해가 가는 모양이었다. 그러나 불도화를 볼 때마다 나는 새로운 느낌이 들었다. 하얀 바가지를 둘러쓴 탐스런 불도화 꽃봉오리는 눈이 오나, 비가 오나, 바람이 부나, 많은 중생들을 향해 항상 웃음을 잃지 않는 부처의 모습이란 생각이 들었다. 항상 무지한 중생들에게 미소를 잃지 않고 설법하고 있는 너그럽고 넉넉한 부처의 모습. 그래서 불두화는 염화미소의 꽃이다.

전주천변의 자귀나무

오랜 가뭄 끝에 단비가 내렸다. 봄철 내내 가물어 농부들의 애간장을 다 녹이더니 하지가 될 무렵에야 비가 내리기 시작했다. 그때부터 장마가 시작되었지만 태풍 '메아리'도 올라오고 있다는 일기예보였다.

가뭄 때문에 맥을 못 추던 삼라만상이 단비로 활기를 되찾고 말끔히 새 단장을 했다. 화산공원 아래 습지에서도 맥없이 숨죽이며 웅크리고 있던 맹꽁이가 모처럼의 기회를 놓칠세라 짝을 부르는 호객행위를 하고 있었다. 워낙 다급했는지 목청껏 부르고 있었다.

호우주의보가 내려졌지만 소강상태로 접어들어 비가 뜸한 틈을 타서 나는 전주천변으로 향했다. 생기를 되찾고 너울너울 춤을 출 냇가의 초목도 구경하고, 즐겁게 합창을 하며 신나게 흐를 물소리를 듣기 위해서였다.

천변에 이르자 초봄에 가지가 하나도 남겨지지 않고 윗동이 몽땅 잘려진 버드나무 가로수가 수난의 고통을 잊은 듯 새 이파리를 달고 활짝 웃고 있었다. 모처럼 빗물 샤워로 먼지 하나 걸치지 않고 깨끗해 보였다. 아직 냇물의 수위에는 큰 변화가 없어 돌로 된 징검다리는 건너뛸 수 있었다.

돌다리 옆에는 왜가리나 백로가 한 마리씩 자리를 잡고 서 있었다. 새 물맛을 보고 위로 올라오는 물고기를 겨냥하고 지키고 있었다. 너 더댓 마리의 새끼를 데리고 헤엄치는 어미원앙도 눈에 띄었다. 다리 부근에서 종종걸음으로 걸어 올라가는 모양을 보니 상류를 향하고 있었다. 새 물맛을 본 물고기들은 상류로 올라간다는 진리를 새끼들 에게 교육시키고 있는 것처럼 보였다.

오랜 가물에 시달려 윗대가 다 타버린 억새와 버들강아지마다 가 지고 있는 누런 상혼들이 비를 애타게 기다리고 있었음을 시사했다. 그러나 가물에도 불구하고 물가에서 제철을 만난 듯 시퍼렇게 우거 진 갈대와 비슷한 달뿌리풀들은 간밤에 내린 비와 바람에 견디지 못 하고 질펀하게 드러누워 있었다. 억새와 버들강아지에게 진객이었던 비가 달뿌리풀에겐 불청객이었다.

비가 오는데도 어은교 밑은 노인들로 문전성시를 이루고 있었다. 패를 나누어 장기, 바둑, 화투놀이를 하는 사람들을 둘러싸고, 호주머 니에 손을 넣고 서서 서성대며 구경하는 사람들이 더 많았다. 담배연 기 때문에 가끔 기침을 하면서도 죽치고 서 있었다. 그 축에 끼어 열 심히 구경하고 있던 퇴임한 Y교장은 나를 보자 반가운 듯 아는 체하 고 악수를 나누었지만, 겸연쩍은 듯 비가 와서 물 구경을 나왔다고 얼버무렸다.

억새밭 밖에는 사람들로부터 별로 사랑을 받지 못해 화가 난 하얀 망초들이 집단시위를 하고 있었다. 그 망초 꽃 사이사이로 등황색 종 모양의 원추리 꽃도 보였다. 원추리는 백합과의 다년초로 망우초라 고도 불린다. 아직 꽃이 피기엔 때 이른 감이 있었지만 지구온난화현상의 산물이라고 생각됐다. 그리고 제철을 만난 금계국과 이름 모를 꽃들도 한창이었다.

운동기구가 설치된 곳에는 일부러 식재한 느티나무 몇 그루가 일정한 간격으로 질서정연하게 서 있었다. 그러나 자생한 플라타너스, 포플러, 아카시나무, 오동나무, 산초나무, 뽕나무, 참죽나무 등은 볼품없이 무질서하게 드문드문 서 있었다. 내가 야생화들을 기웃기웃하며 둔치를 걷고 있을 때, 나의 시선을 사로잡은 나무가 하나 있었다. 멋진 자귀나무 한 그루가 환하게 웃으며 나를 반겨 주었다.

자귀나무는 콩과의 낙엽 소교목이다. 높이는 3~5m이며, 잎은 깃모양의 겹잎인데 밤이 되면 결명자처럼 오므라들어 잎이 달라붙는다. 그래서 남녀가 잠자리를 같이하며 사랑을 나눈다는 의미의 합환목이라고 부른다. 일명 사랑나무라고도 한다. 내 아이가 결혼할 때 결혼선물로 자귀나무 분재를 받기도 했다. 6~7월에 실처럼 길고 아름다운 연분홍 꽃이 핀다. 어렸을 때 소의 꼴을 베던 나에게 자귀나무는 반가운 손님이었다. 이파리가 연하고 부드러워 꼴로도 아주 좋은 나무였다.

자귀나무는 깨끗하여 귀태가 났지만, 수해로 떠내려 왔다가 그곳에 정착했다. 키는 그리 크지 않으나 예쁜 연분홍 꽃들이 이파리 위에 피어 있었다. 세월과 사랑에 폭 빠져 탈진한 성긴 노인의 머리카락처럼 가늘고 듬성듬성했지만 그 자태는 의연하고 제법 운치가 있었다. 그 자귀나무 덕분에 나는 피곤한지도 모르고 걸음을 재촉할 수 있었다.

청설모의 보릿고개

보릿고개란 산이나 언덕의 고개를 말하는 것이 아니라 배고픈 시기를 말한다. 지난해 수확한 양식은 바닥났는데, 보리는 아직 익지 않아 호구지책이 어려웠던 옛날 우리 조상들의 삶을 나타내는 말이다. 춘궁기라고도 하며 '배고픔'이란 산을 넘어가기가 힘들었다는 뜻에서 유래된 말이다.

그럼 보릿고개라는 말이 사람들에게만 해당되는 것일까? 먹을 것이 부족하여 어려움을 겪는 시기가 보릿고개라면 야생동물들에게도 반드시 보릿고개가 있을 거라 생각해서다.

겨울에 온 산야가 하얗게 눈으로 덮일 때, 산에 사는 산새들이나 야생동물들은 먹을 것을 찾지 못해 어려움을 당한다. 하는 수 없이 위험을 무릅쓰고 민가로 내려간다. 보릿고개를 모면하기 위한 모험이다.

여름철에도 가끔 도시 민가에 나타났다가 사살되는 멧돼지를 볼 수 있다. 먹이를 찾기 위한 목숨을 건 행동의 결과다. 멧돼지는 뿌리나 알곡을 주로 먹는 잡식성 동물이지만, 여름철엔 알곡이나 뿌리가 제대로 여물지 않아 먹을 수 없다. 그래서 여름철은 멧돼지의 보릿고개다.

산에 가면 쉽게 볼 수 있는 다람쥐과인 청설모가 있다. 청서라고도 불리는 이 놈은 귀에도 털이 나 있고, 등이 갈색이나 검정색이며, 꼬리가 예쁘고 일품이다. 그 꼬리를 흔들며 아주 민첩하게 나무를 타고 다니기도 하고, 이 가지에서 저 가지로 사뿐사뿐 뛰어다니는 것을 보면 영락없이 곡예사다.

크기가 작은 토종 다람쥐는 청설모의 힘에 밀려 생활근거지를 잃고 방황 중이다. 다람쥐는 청설모의 완력을 피해 주로 산꼭대기로 달아나 살고 있단다. 약육강식의 철칙이 엄존하는 동물의 세계에서 삶의 터전을 확보하려는 영역다툼의 결과가 낳은 어쩔 수 없는 약자의 설움이다.

청설모는 나무 열매를 먹고 살지만 때론 곤충이나 새순 그리고 새알을 먹기도 한다. 그런데 지역에 따라서는 청설모가 잣 농사를 망치게 하는 주범으로 낙인찍혀 수난을 당하고 있다. 현상금이 걸려 사살되기도 한다. 지역감정을 모르는 청설모에게도 출신지역이 중요한 이유다.

그러면 청설모의 보릿고개는 언제일까? 땅에 떨어져 있는, 이미 발아된 나무열매는 청설모의 먹이가 될 수 없다. 그렇다고 영글지 않은 열매를 먹을 수도 없다. 대체식품을 찾아야만 한다.

어느 날 공원으로 산책을 갔을 때였다. 공원입구에 서 있는 소나무 밑이 몹시 지저분했다. 자세히 보니 작은 솔방울 껍데기 조각들이 나뒹굴고 있었다. 그러나 나는 별 관심 없이 지나쳤다.

그 다음날 그곳에 다시 갔을 땐 껍데기 조각들이 더 많이 떨어져 있었다. 이상한 생각이 들어 나무 위를 쳐다보았다. 아뿔싸, 청설모두 마리가 나뭇가지에 걸터앉아 솔방울을 두 손으로 들고 열심히 씹고 있었다. 그 껍데기 조각들이 땅에 떨어져 지저분했다.

먹을 열매는 없고, 아직 여물지는 않았지만 그래도 다른 열매보다는 커 보이기 때문에 그 거라도 따서 열심히 먹고 있을 거라 생각했다. 녹음방초로 산은 만산(滿山)인데도 이 작은 청설모에겐 입에 풀칠할 먹을거리가 없으니 이런 경우 풍요 속의 빈곤이란 표현이 제격이 아닐까.

7월은 틀림없이 청설모의 보릿고개였다. 그 보릿고개 때문에 채 익지 않은 솔방울이 청설모의 대체식품으로 이용되고 있었으니, 소나무가 예상치 못한 수난을 당하고 있었다.

칠엽수와 마로니에

"혹시 이게 무엇인지 아세요?"

우리 일행이 모악산 입구에 도착했을 때, 우리보다 먼저 등산을 마치고 내려오는 두 여인이 손에 들고 있는 것을 보여주며 물었다. 알밤처럼 보였으나 알밤을 가지고 그런 질문을 할 거라고는 생각되지 않았다.

"그거요? 마로니에 열매요."

일행 중 한 친구가 대답했다. 그 친구는 국궁을 하는데 사정(射亭) 뜰 안에 마로니에 나무가 한 그루 있어서 잘 알고 있었다. 사정에서도 많은 사람들이 마로니에 열매를 보고 알밤으로 착각했단다. 샹송이나 유행가 가사에서 듣던 마로니에라는 말에 나는 파리에서 있었던 일이 떠올랐다.

내가 파리에 갔을 때는 가을철이었다. 정원마다 한두 그루의 마로니에 나무가 있었고 알밤 같은 열매가 많이 떨어져 있었다. 나도 처음엔 그것을 알밤으로 착각하고, 프랑스인들은 알밤을 먹지 않고 버린다고 생각했었는데, 실은 그게 알밤이 아니고 마로니에 열매였다. 특히 몽마르뜨 언덕의 마로니에 가로수는 세계적으로 유명하지 않은가. 나는 친구의 말을 듣고서야 마로니에 열매가 생각나 고개를 끄덕였다.

그 여인들은 고맙다고 인사를 하고 하산했다. 그 여인들은 알밤 같은 열매가 많이 떨어져 있는 것을 보고 그 나무가 무슨 나무인지 정말 궁금했단다. 분명 밤나무 밑이 아니기 때문에 알밤이라고는 생각되지 않았지만, 만나는 사람마다 물어보면 아무도 몰라 더욱 궁금하기 이를 데 없었다. 어떤 사람들은 알밤을 가지고 조롱한다며 자기들에게 화를 내는 사람도 있었단다.

우리는 그 열매를 어디서 주웠는지 궁금했다. 틀림없이 이 산에도 마로니에 나무가 있을 거라 생각하며 금곡사 뒷산까지 올라갔다가 하산할 때였다. 달성사 앞에서 일행 중 한 사람이 무엇인가를 찾는 듯 주위를 두리번거렸다.

"아까 그 여인들이 물어본 열매가 이거 아니요?"

친구가 보여준 열매는 틀림없이 그 열매였다. 그런데 하필 그 열매가 내가 친구들에게 칠엽수라고 자신 있게 가르쳐 주었던 그 나무 밑에 있는 것 아닌가. 나는 칠엽수가 마로니에가 아닐까 하는 의문도 들어 정말 헷갈렸다.

5월 어느 날, 내가 서울 올림픽공원에 있는 몽촌토성 밑을 걷고 있을 때였다. 넓은 숲에 도착하자 그곳에는 많은 나무들이 여기저기 군락을 이루고 있었다. 공원 둘레에는 벚나무들이 많이 식재돼 있었고, 플라타너스, 향나무, 단풍나무, 산수유, 그리고 후박나무 등이 있어서 마치 생태공원을 방불케 했다. 그 가운데 나무가 우람하게 크고 잎이 무성한 나무가 몇 그루 있었는데 나는 그 나무의 이름을 몰랐다. 관리인들은 알고 있겠지 생각하고 관리사무소로 가서 물어보았다.

실은 전에도 그 나무를 본 적이 있었다. 분당 큰딸이 사는 아파트 단지 내에서였다. 그때도 그 이름을 알아내지 못했다. 나는 그때부터 그 나무의 이름이 궁금했었는데 그날 또 발견한 것이었다.

"그거, 후박나무 아니요?"

관리인들의 대답에 나는 실망했다. 잘 모른다고 말하면 될 터인데 오히려 나에게 반문하는 꼴이었다. 나는 후박나무를 잘 알고 있었다. 실제로 반대편 바로 옆에 후박나무 군락도 있었다.

나는 아무 말도 않고 그곳을 빠져나와 호숫가 조각공원 쪽으로 걸어갔다. 한참 걷고 있을 때 그 나무가 또 눈에 띄었다. 내가 혹시나 하고 다가가자 표찰이 눈에 들어왔다. 정말 반가웠다. 그 표찰에 '칠엽수'라고 쓰여 있었다. 집으로 돌아온 나는 인터넷을 검색해보았다. 그러자 틀림없이 칠엽수였다. 그때부터 나는 칠엽수를 잘 안다고 자부해왔다.

모악산을 등반하는 어느 날 달성사 앞에서 나는 그 칠엽수를 발견했다. 그리고 친구들에게 무슨 나무인지 물어보았지만 아는 친구가 하나도 없었다. 내가 칠엽수라고 가르쳐 주자 한 친구가 이파리를 세어보더니 정말 이파리가 일곱이라고 말했다. '칠엽수'라는 표찰도 붙어있었다.

그런데 내가 칠엽수라고 친구들에게 알려준 그 나무가 오늘은 갑자기 마로니에가 되었으니 할말이 없었다. 벙어리 냉가슴 앓는 꼴이었다. 나는 파리에 갔을 때 마로니에 나무를 자세히 관찰하지 못한 것을 후회했다.

집으로 돌아와 국어사전에서 마로니에를 찾아보았다. 나도밤나무과의 낙엽교목이란 말에 관심이 끌렸다. 그래서 열매가 알밤과 비슷할 거라 유추했다. 또 인터넷을 검색해보았다. 프랑스에서 마로니에라고 부르는 나무는 서양칠엽수라고도 한다는 글을 읽었다. 내 입에서 '유레카'라는 말이 저절로 나왔다. 정말 기뻤다.

나는 내 지식이 짧은 것을 후회했다. 같은 것을 놓고 헷갈려 고생을 했으니 얼마나 어리석었는가. 하나는 알고 둘은 모르는 엉터리 선무당이 된 셈이었다. 하나를 알더라도 똑똑히 알아야 한다는 생각이 들어서 나는 얼굴을 붉혔다. 허나 다음 번 등산할 때에는 친구들에게 칠엽수와 마로니에가 같은 나무라고 자신 있게 설명하겠다고 다짐했다.

히말라야시다의 변신

내가 전주고등학교 교감으로 재직할 때였다.

8월 어느 일요일 아침에 늦잠을 자던 나는 전화벨소리를 듣고 일어났다.

"교감 선생님, 큰 일 났어요. 운동장에 있는 히말라야시다 나무가 어제 밤 태풍에 넘어졌어요. 학교 뒤에 있는 정원수도 많이 쓰러졌고요."

숙직한 직원의 다급한 목소리였다. 밤새 불어온 태풍에 놀라, 아침 일찍 일어나 이상 유무를 확인하기 위해 순찰을 하던 중, 쓰러진 나무를 발견하고 전화를 걸었다.

나무가 쓰러졌다는 전화를 받고, 나는 상태가 좋지 않아 며칠 전에 전지를 한 나무인지 물어보았다, 그러나 어두워서 그것은 확인하지 못했다고 했다.

현장에 도착한 교장과 나는 기가 막혔다. 상태가 좋지 않아 사정없이 강한 전지를 한 나무는 의연한 자태를 뽐내며 꼿꼿이 서 있었고, 전혀 예상을 못한 싱싱한 나무가 벌렁 넘어져 통행로를 가로막고 있었다. 운동장 남쪽에도 한 그루가 넘어져 있었다. 가지 많은 나무 바람 잘 날 없다는 말이 실감났다.

학교 교문 왼쪽 서편 담장에 한 줄로 서 있는 히말라야시다는 내가 고등학생이었을 땐 운동장 한 가운데에 있었다. 아름드리 큰 나무들을 경계로 운동장을 둘로 나누어, 동쪽은 북중학교 운동장이었고, 서쪽은 고등학교 운동장이었다. 정문이 운동장 중앙에 있었기 때문에 중앙에 있는 그 히말라야시다 밑으로 매일 등교와 하교를 했다.

내가 고등학교를 졸업한 다음 해에 체육관을 건립하고, 교문을 운동장 서편 담 쪽으로 옮기면서, 그 나무들이 현재의 위치로 이식되었다. 그리고 둘로 나뉜 운동장도 현재의 운동장으로 하나가 되었다. 이 나무들의 수령은 학교의 역사와 비슷했다. 따라서 개교 80주년이 지났으니 나무들의 수령은 80년 이상이었다. 학교의 역사와 애환을 같이한 나무들이었다.

그 나무 밑에 설치된 목조 벤치들은 여름철 학생들에게 좋은 휴식처를 제공했지만, 주위 노인들의 휴식공간도 되었다. 그리고 70년대 중반에 내가 평교사로 근무할 때, 통로 우측 운동장 가에 히말라야시다 나무를 일렬로 심어 등하교할 때마다 학생들은 히말라야시다 아치 속으로 걸었다.

히말라야시다는 잎이 바늘처럼 가늘고 뾰족한 상록수로 키가 30m 이상 되는 거목이다. 수피는 회색을 띤 갈색으로 세로로 갈라지면서 얇게 벗겨진다. 고목이 될 수록 더 깨끗하고 푸르러 많은 사람들로부터 사랑을 받는 정원수다. 내가 중국에 여행을 갔을 때 어느 공원에서 설송(雪松)이란 표찰을 읽은 기억도 있었다.

그 나무는 은행나무처럼 암·수가 구별되며, 8월에 수컷은 땅콩만하고 끝이 뾰족한 것이 주렁주렁 열리나, 암컷은 주먹만큼 큰 솔방울

모양이 드문드문 열려, 멀리서 보면 새들이 앉아 있는 듯이 보인다. 그러나 내가 인터넷을 검색했을 때, 히말라야시다는 암·수 동주라고 돼 있어 정말 혼란스러웠다. 분명 암·수가 다른 나무다.

그런데 이상한 일이었다. 여름이 되었을 때, 그 큰 나무 한 그루가 가지부터 시들시들했다. 그 모습이 매일 달라지고 있었다. 가뭄 때문에 그런 줄 알고 주위를 파고 물을 주기도 하고, 막걸리도 부어 보았다. 그러나 별로 효과가 없었다. 오히려 며칠 뒤 다른 또 한 나무가 역시 시들시들했다.

하는 수 없이 도립수목원장인 교장 친구에게 도움을 청했다. 그분이 와서 보더니 강하게 전지를 하란다. 인부를 동원하여 전지를 하자 생기가 돋는 듯했다. 그러나 후에 발견된 사실이지만 나무 밑에 큰 하수구가 있었다. 그것도 영향이 있었을 거라 추측은 했지만, 수명이 다한 것 아닐까 하는 생각도 했다. 지금은 모두 소나무로 교체되었다.

태풍이 불어와 나무가 쓰러졌다면 그 약한 나무가 넘어졌을 거라 짐작했다. 그리고 쓰러진 나무들을 일으켜 세워야 한다는 일념으로 현장에 도착했을 때 앞이 캄캄했다. 그 큰 둥치를 세우는 것도 보통 어려운 일이 아닐 텐데, 나무뿌리를 보니 영 아니었다. 정말 상상 밖이었다. 뿌리가 마치 이식해 놓은 향나무뿌리 같았다. 설령 세워 놓는다 해도 그 뿌리로 그 큰 나무를 지탱할 수 없을 거라 생각했다.

그러나 교장과 교감의 의견만으로 그 나무를 처리할 수는 없어, 동창회 사무실에 연락했더니 동창회 부회장과 많은 선배들이 현장에 와 나무를 확인했다. 그분들도 그 나무는 세워야 아무 쓸모없다고 이구동성으로 말하면서 학교장이 알아서 처리하라고 했다.

동창회 간부들이 떠난 후, 가지를 잘라내고 그런대로 통행로를 만들었지만, 그 큰 둥치를 처리한다는 것도 쉬운 일이 아니었다. 우선 뿌리공예점에 연락했더니 사장이 직접 와서 보더니 아무 쓸모가 없다며 그냥 돌아갔다. 하는 수 없이 나무를 여러 토막으로 자르고 한쪽으로 치울 수밖에 없었다.

내가 다른 학교 교장으로 전출되었다가 모교를 방문할 때였다. 건물 입구 넓은 공간에 내가 전에 보지 못한 물건이 있었다. 상당히 큰 모형야구방망이 두 개가 세워져 있었다. 그러나 교장실에 들어갔더니 전에 교장실에 있었던 모형야구방망이는 그대로 있었다.

내가 궁금하여 밖에 있는 야구방망이에 대해 묻자, 교장선생님이 설명해 주었다. 모교의 역사와 애환을 함께한 나무가 쓰러졌다고 함부로 버릴 수는 없어, 어떻게 처리하면 좋겠느냐고 직원들에게 물었다. 많은 선생들이 대붕기전국고교야구대회에서 우승한 것을 기념하기 위해, 그 나무로 모형야구방망이를 만들어 현관에 비치하면 좋겠다고 했다. 선생들의 의견대로 모형방망이를 만들어 현관에 비치했더니, 오가는 많은 학생이나 동문 그리고 방문객들이 다 명물이라고 말하더란다.

나는 학교에 있는 쓰러진 나무 하나도 허투루 보지 않고 아끼고 활용하려는 교장선생님의 자상한 마음에 감탄했었다.

제2부

어제, 오늘 그리고 내일

연주가 성공적으로 끝나고 돌아서서 인사하는 지휘자의 모습은 연주자들이 보던 앞모습이다. 그때 관객이 보던 지휘자의 뒷모습은 이미 과거의 것이 되어 연주자들이 보게 된다. 연주자들에겐 뒷모습이 현재의 모습이다. 그리고 더 멋진 내일의 모습을 기약하며 지휘자는 연주자들과 함께 자리를 떠난다.

과유불급(過猶不及)

내가 동계중·고등학교장으로 재직할 때였다.

교사 뒤 산기슭에 기숙사가 있었고, 그 안에는 남녀 학생 30여명이 항시 기숙하고 있었다. 그러나 장소가 외지고 가로등 시설이 없어 해가 지면 학생들이 활동하기가 여간 불편하지 않았다. 나는 교문을 넓은 곳으로 옮기고, 진입로도 개설하고, 가로등을 설치하여 학생들의 야간활동에 불편함이 없도록 해주었다.

그런데 어느 날 지역주민 몇 명이 교장실로 찾아왔다. 그 중에는 학부모도 있었다. 학생들을 위해 교문도 새로 짓고, 진입로를 개설하여 학교 환경이 좋아졌다고 말하더니, 어려움이 있어 호소하러 왔다고 했다. 내가 그 연유를 묻자 그 중 한 사람이 나에게 설명해 주었다.

"학생들을 위해 밤에 가로등을 켜놓는 것은 좋으나, 그 가로등 때문에 주위에 있는 농작물의 피해가 심하니 선처해 주시라고 찾아 왔습니다."

나는 그 말을 듣고 처음엔 무슨 뜻인지 잘 이해가 되지 않아 그분에게 자세한 설명을 청했었다.

"밤마다 불을 켜놓으면, 그 부근에 있는 농작물이 밤을 낮으로 착각하고 수면을 취하지 않아 제대로 성장과 결실을 할 수 없습니다. 그래서 밤에 가로등을 오래 켜놓지 않도록 교장 선생님에게 부탁하러 왔습니다.”

나는 그때 처음으로 '빛의 공해'라는 뜻을 깨달았다. 그래서 그분들의 건의를 받아들여 조명시간을 조정한 일이 있었다.

생체리듬과 성장을 조절하는 멜라토닌 때문이었다. 멜라토닌은 낮보다 주로 어두운 밤에 많이 생성되는데, 밤에 불빛이 밝으면 멜라토닌 생성이 부족해 성장에 장애가 된다는 사실을 그때 알았다.

나는 우연히 KBS1에서 방영되는 '우리사는세상' 코너를 시청한 일이 있었다. 자기 아파트 바로 앞에 켜놓은 밝은 보안등 때문에 수면장애를 일으켜 어려움을 겪고 있다고 호소하고 있었다. 수면장애로 불면증은 두말할 나위도 없고, 스트레스로 생활리듬이 깨져 정상적인 생활을 할 수 없으니 보안등을 철거하라고 주장했다. 바로 빛의 공해를 호소하고 있었다.

태양이 발하는 햇빛이 있는 동안을 낮이라 하며, 낮 동안에는 세상은 밝고 뜨겁다. 모든 생명체는 햇빛에 의해 탄생되고, 햇빛에 의지하며 생명을 유지하고 성장한다. 그래서 태양은 모든 생명의 근원이라고도 한다.

반면에 햇빛이 사라진 어두운 동안인 밤엔 해 대신 달과 별이 세상을 비추지만, 그 조도의 정도가 너무 미약해 그 속에서 사람이 활동하기엔 부적절하다. 그래서 대용품으로 고안해 낸 인공적인 매체가 등이나 초 그리고 전등 등이다. 그것들 때문에 사람은 밤에도 실내활동이 어느 정도 가능해졌다.

그러나 어두운 밤 동안일지라도 인간의 활동이 실내로만 제한될 수는 없다. 실외에서도 활동할 수 있는 방법을 꾸준히 연구한 결과 조명시설을 고안해 냈다. 그 조명시설로 불야성을 이룬 도심의 밤거리와 공원지역이 대표적인 예이다.

나는 도심의 재래시장 근처에서 오랫동안 거주했었다. 시장 부근이어서 많은 사람들이 밤늦게까지 왕래하기 때문에 도로변이 항상 밝았다. 어쩌다 시간이 늦어도 어두움 때문에 불편을 겪는 일은 없었지만, 가끔 가로등이 고장 났을 땐 불편을 느꼈다. 그래서 야간활동에는 조명이 필수라고 생각했다.

요즘은 조도를 높이기 위해 많은 전구를 배열하는 전광판을 이용한다. 전광판을 이용해 경기장을 대낮 같이 밝히고 야간경기도 한다. 또 전광판의 전구가 자동으로 켜졌다 꺼졌다 하면서 문자나 그림으로 나타나도록 하여 여러 가지 생산제품 또는 기관이나 정부의 홍보 매체로도 활용된다.

또 각 나라마다 역사적으로 이름난 건물이나 다리 또는 마천루에 아름답고 휘황찬란한 조명시설을 설치하여 더 많은 관광객을 유치하려고 노력한다. 그래서 조명기술도 점점 발달되고 있지만 그에 따르는 역기능도 만만치 않다.

불꽃놀이를 실시한 외국의 어느 지역에서 야생조류가 떼죽음을 당해 땅에 떨어져 있었다는 보도를 읽은 일이 있었다. 원인이 정확히 밝혀지지는 않았지만, 만일 새떼들의 죽음이 불꽃놀이와 관련이 있다면 무심코 던진 돌멩이에 수난을 당한 개구리 꼴이 된 셈이었다. 새떼들의 입장에서 보면 억울하기 짝이 없는 일이었지만, 휘황찬란한

불을 보고 빛으로 착각하여 모여들다가 떼죽음을 당했으니 이도 역시 빛의 공해였다.

빛 때문에 일어나는 생태계의 변화도 자주 볼 수 있다. 가을철에 사람들의 정서를 풍성하게 하던 국화꽃이 요즘은 장례식장에 가면 아무 때나 볼 수 있다. 개화시기를 마음대로 조정할 수 있는 조명시설을 갖춘 국화농장에서 사시사철 생산되기 때문이다. 또 철 따라 먹던 채소나 과일도 지금은 때가 없다.

그 외에 여름인데도 가을인 줄 알고 꽃을 피우는 가로등 밑의 코스모스들, 밤인 줄도 모르고 울어대는 아파트지역의 매미들, 겨울인데도 사람을 귀찮게 구는 대형건물이나 아파트 단지 내의 모기떼들, 이런 것들은 모두 빛 때문에 생긴 생태계 변화의 결과다.

내가 현직에 있을 때 국화화분을 가꾼 일이 있었다. 아침저녁으로 물을 주기도 하고, 햇볕에 내놓았다가 들여 놓기를 반복했다. 그러나 여름방학 동안에는 손을 대지 못했다가, 개학했을 땐 국화가 웃자라 쓸모없이 되어 버린 일이 있었다. 과유불급이란 말을 실감케 하는 사례였다.

이제 햇볕이 따가운 계절이 다가오고 있다. 그리고 여인들이 가장 두려워하는 것이 햇빛이다. 그 햇빛 때문에 눈뜨고 볼 수 없는 풍경도 전개된다. 자외선에 대한 지나친 경계심 때문에 일어나는 현상이겠지만, 차단제로는 부족하여 얼굴 전체를 가리는 마스크를 쓰고, 거기에 파라솔까지 들고 다니는 여인들을 많이 볼 수 있다. 지나침은 미치지 못함과 같다는 말이 실감나게 하는 진풍경이다.

꽃매미의 교훈

어느 집단이나 시끄럽게 말썽을 부리는 사람이 있다. 그런 사람을 미꾸라지로 비유한다. 그리고 미꾸라지 한 마리가 온 방죽 물을 구정물로 만든다고 말한다. 그 미꾸라지를 제거하면 어떻게 될까? 물이 맑아질까? 아니다. 제거하면 다른 미꾸라지가 계속 들어온다. 추어탕이 보양식으로 인기가 있는 요즘은 미꾸라지라도 방죽에 가득하면 횡재인데!

세상에서 일어나는 문제를 해결하는 방식 가운데 가장 쉬운 방법은 가지치기이다. 어떤 문제가 발생했을 때 그 문제가 더 커지기 전에 그 가지를 잘라내는 방법이다. 그러나 말썽이 되는 가지를 잘라내는 방법은 임시방편에 불과하다. 근본적인 치유가 될 수 없다. 그것은 말썽을 일으키는 미꾸라지를 제거하는 방법과 같다. 우리 사회에서 세상을 시끄럽게 하는 동일한 범죄가 계속되고 있는 이유다.

나는 애지중지하며 간직해온 철쭉이 있었다. 내가 손수 접목해 20여년을 길렀기 때문에 더 애정이 갔다. 꽃도 크고 붉고 예뻤다. 그런데 어느 해인가 가지 끝이 부실해지기 시작했다. 나는 별다른 생각 없이 누렇게 변한 가지를 전정가위로 잘라내고 걸음을 주었다. 그러면 해결되리라고 생각했다.

그런데 그 다음 해에 죽었다. 서운했지만 버릴 수밖에 다른 뾰족한 수가 없었다. 병충해로 죽어가는 사실도 모르고 나는 가지치기만 했다. 원인을 알고 근본적인 대책을 강구했어야 했는데! 나는 그 철쭉이 죽은 후에야, 철쭉은 병충해 예방을 자주 해야 한다는 사실을 알았다.

우리 속담에 '달걀로 바위치기'라는 말이 있다. 너무 미약하여 상대가 안 되거나 실현 가능성이 없는 일을 이를 때 쓰는 말이다. 대적이 되지 않은 상대에게 쓸데없는 헛수고하지 말라는 뜻으로도 많이 사용되는 속담이다. 그런데 나는 그 말이 현실로 나타나는 것을 목격했다.

내가 꽃매미를 본 것은 2~3년 전이었다. 시골 집 뜰 안에 있는 목련 가지치기를 할 때였다. 가지를 잘라내자 드러난 나무 둥치에 낯선 곤충이 많이 붙어 있었다. 나중에 알고 보니 꽃매미였다. 나는 그것이 꽃매미인 줄도 모르고 잡아내지도 않았다.

꽃매미는 크기가 1.5㎝ 이며, 앞날개에는 검고 둥근 점무늬가 흩어져 있다, 느티나무 표피와 같은 검은 갈색이어서 나무에 붙어 있으면 눈에 잘 띄지 않는다. 뒷날개에는 둥근 주황색 모양이 있어서 날을 땐 울긋불긋한 나비 모양이다. 그래서 꽃매미라 부른다

꽃매미는 중국에서 수입되었다. 날 땐 선홍색을 띄기 때문에 붉은 색을 좋아하는 중국인들에겐 사랑받는 곤충이란다. 그러나 우리나라에서는 해충으로 분류된다. 수십 또는 수백 마리가 나무에 붙어 수액을 빨아먹어 나무가 고사하기 때문이다. 과수에 붙으면 과수원이 쑥대밭이 된다는 이야기도 들었다.

그러나 나는 그런 이야기를 듣고도 설마 했다. 그 작은 꽃매미가 그 큰 나무를 넘어뜨린다는 것은 상상도 할 수 없으며, 그런 사실을 확인할 수도 없었기 때문이다. 그런데 나는 이 작은 꽃매미가 수령이 수십여 년 된 나무를 실제로 고사시키는 현장을 목격하고 깜짝 놀랐다.

공원을 산책하고 있을 때였다. 눈에 띈 거목이 이상해 보였다. 무엇에 맞은 듯 가지 끝이 여기저기 부러져 있었다. 나는 처음엔 별로 관심을 두지 않았으나, 그 나무 밑에 설치된 운동기구에서 허리운동을 하다가 우연히 이상한 것을 발견했다. 나무 둥치에 알 수 없는 것이 새카맣게 붙어 있었다. 수를 헤아릴 수 없을 정도였다. 꽃매미였다. 자세히 보니 나뭇가지 끝만이 아니라 나뭇잎도 시들고 있었다. 꽃매미가 그 거목을 고사시키는 중이었다.

나는 시청홈페이지에 그 사실을 올렸다. 그러자 시청에서 직원이 나와 그 나무에 방제작업을 했다. 그러나 하루가 지나자 마찬가지였다. 옆으로 날라 갔다가 다시 날아오기 때문에 공원 전체를 방제작업하지 않는 한 쓸모없는 일이었다.

나는 그것을 보고 세상의 모든 문제를 해결할 때 단순한 가지치기로는 안 된다는 사실을 깨달았다. 어떤 사건이나 현상이 발생했을 때, 전체적인 맥락에서 근본원인을 파악하고 처방을 해야 한다는 말이다. 그리고 미약해 보이는 꽃매미라도 힘을 합치면 큰 나무도 넘어뜨릴 수 있다는 사실도 새삼 깨달았다.

꽃매미를 제거하는 방법을 속히 강구하지 않는다면, 앞으로 많은 수목과 과수농가의 피해는 예측을 불허한다. 가지치기로는 해결할 수 없는, 이 꽃매미가 나에게 준 교훈은 정말 의미심장했다.

나무의 반전(反轉)

　모든 생명체는 반전을 거듭하며 발전한다. 영원한 승자도 없고 영원한 패자도 없다. 어제의 승자가 오늘의 패자가 되고, 오늘의 패자가 또 내일의 승자가 되면서 계속 발전한다. 나무도 마찬가지다. 인간의 필요에 따라 어제 사랑받던 나무가 오늘은 천덕꾸러기가 되고, 어제 천대받던 나무가 오늘 사랑받기도 한다.

　어렸을 적 시골마을에는 집집마다 살구나무, 감나무, 대추나무 등 유실수들이 울타리 가에 있었다. 그 사이사이에 참죽나무와 오동나무도 한두 그루씩 있었다. 이 나무들은 키가 커서 까치들의 안식처였으며 농이나 가구를 만드는데 사용되기 때문에 살림밑천이었다. 그러나 가구산업이 기업화되면서 이런 나무들은 쓸모가 없어졌다. 고목이 되거나 많이 사라졌다.

　나무가 인간에게 주는 혜택은 헤아릴 수 없다. 인간의 힘으로 제어할 수 없는 풍수해 예방에서부터, 인간이 살아가기 위해 필요한 산소 공급까지 무궁무진하다. 인간은 무한한 혜택을 받으며 나무와 더불어 살아가지만 나무에게 배은한다. 자기 욕심대로 나무를 키우려고 잘라내기도 하고 휘어지게 만들어 나무가 수난을 당한다. 당연히 나무는 속성대로 자랄 수 없다.

모악산을 올라가는 도중에 정자나무와 모정이 있고 그 옆 길가에 공터가 있다. 돌담으로 둘러싸여 있는 것을 보면 옛 집터였음에 틀림없다. 거기에는 감나무, 앵두나무, 엄나무 등 상당히 큰 유실수들이 있었다. 모과나무도 한 그루 있었다.

잎이 다 떨어진 늦가을 어느 날이었다. 주인은 모과나무 윗동을 톱으로 자르고 가지들도 중간쯤 잘라내더니 잔가지들을 서로 엮어 놓았다. 봄이 되어 새 잎이 돋아나자 모가 난 부분의 가지치기를 계속했다. 그러더니 2~3년 후에는 제법 둥그런 모습이 되었다. 가을이 되자 잎이 떨어져 벌거벗은 나무에 주먹보다 큰 모과가 주렁주렁 매달려 있었다. 내 눈에도 명품처럼 보였다.

그런데 어느 날 그 나무가 사라졌다. 오가다 보고, 욕심을 낸 사람이 가져갔다. 밭주인은 재미를 보았는지 다른 나무를 그 옆자리에 이식하더니 똑같은 방법으로 윗동을 자르고 또 전지를 했다. 그러더니 지금은 제법 모양을 갖추어 가고 있다. 사람들의 욕심 때문에 나무는 반듯하게 자랄 수 없다.

이런 현상을 가장 잘 관찰할 수 있는 것이 분재(盆栽)다. 분재는 관상(觀賞)을 위해, 묘목이나 나무를 화분에 심어서, 줄기나 가지를 운치 있게 다듬거나 변형시켜 가꾼 나무를 말한다. 큰 뿌리를 잘라내어 성장을 더디게 하기도 하고, 가지를 잘라낸 후 철사로 감아 자기가 원하는 수형으로 키운다.

나는 분재원에서 분재를 보고 감탄한 일이 있었다. 대자연의 그 큰 나무들을 축소하여 좁은 공간에 오밀조밀 늘어놓은 느낌이 들었기 때문이었다. 사람의 끈기와 노력만 있으면 불가능한 일이란 없다는 생각도 했다. 그래서 관광지에 가면 분재를 구경하는 경우가 가끔 있었다.

허나 나는 그 많은 분재를 볼 때마다, 분재가 된 나무는 인간의 욕심 때문에 희생된 노리개가 된 느낌이 들었다. 나무의 속성을 완전히 상실했기 때문이었다.

내가 어렸을 때 산에 가면 나무가 반듯이 자라도록 가지치기하는 것을 종종 볼 수 있었다. 주택용 기둥이나 송판용 목재로 키워야 상품가치가 있기 때문이었다. 그러나 너무 못생기고 구불구불 굽은 나무는 가지치기를 안 한다. 가지치기를 해도 더 이상 쓸모가 없기 때문이었다.

그런 나무들은 벌목할 때도 그대로 남아 있었다. 결국 산이나 지키고 있어야 하는 신세가 되었지만, 제 멋대로 자랐기 때문에 제 명대로 사는 격이었다. 산에 한 그루씩 서있는 노거수가 그런 꼴이었다.

요즘은 기둥을 세우고 집을 짓거나 목수가 대패질하는 모습을 볼 수 없다. 산에 있는 나무는 더 이상 건축용이나 합판용 목재가 아니라 숲을 만드는 조림용이다. 따라서 가지치기 대신에 간벌하는 것을 볼 수 있다.

간벌은 나무들이 제약을 받지 않고 가지들을 마음껏 뻗을 수 있는 공간을 확보해주는 일이다. 자연히 나무는 잔가지가 많아지고 제멋대로 자란다. 나무가 이제 자기의 본모습을 되찾아 가는 중이다. 사람의 기호에 맞게 크는 것이 아니라 자기 뜻대로 자라는 것이다. 그래서 요즘은 정원수도 반듯하게 자란 것보다는 가지가 많고 제멋대로 자란 것이 인기가 있다. 특이하게 구부러진 것이면 더 사랑을 받는다.

　수종도 다양화 되었다. 반듯하게 자란 키 큰 소나무의 인기는 점점 하락하고 있다. 봄철엔 꽃이 예쁜 나무가 인기가 있다. 그래서 우리 선조들에게 천대받던 아카시나무들도 등산객들과 양봉업자들에겐 최고의 대접을 받는다. 여름철엔 가지가 많아 넓은 그늘을 제공하는 우람한 나무일수록 사랑을 받고, 가을엔 낙엽으로 산하를 예쁘게 물들이는 나무가 사랑받는다. 열매를 제공하는 참나무도 인기가 있다. 그리고 지금은 건강에 좋다는 편백나무가 사시사철 인기 상한가다. 바로 생활의 변화에 따른 나무의 반전이다.

나와 컴퓨터

내가 처음 교단에 발을 들여놓았을 때 가장 어려웠던 일은 각종 고사 때마다 출제하는 일이었다. 워낙 졸필인데다 속필이어서 다른 사람들이 내 글씨를 알아볼 수가 없었기 때문이었다. 설상가상으로 줄판에 등사원지를 대고 철필로 긁는 일은 정말 서툴렀다. 궁여지책으로 매일 영자타자기를 책상 위에 가져다 놓고 타자연습을 하느라고 진땀을 흘렸다.

컴퓨터가 도입되면서부터 나는 타자기 대신에 컴퓨터를 이용했지만, 타자기 덕으로 자판을 두드리는 일은 별로 힘들지 않았다. 컴퓨터가 일반화되면서 컴맹이 되는 관리자가 없도록 하기 위해 각종 연수에 컴퓨터과정이 신설되었을 때도, 많은 사람들은 e-mail로 과제를 제출하느라고 진땀을 흘리며 컴퓨터와 씨름했지만, 나는 별 어려움이 없었다. 그러나 나는 컴퓨터를 단순히 켜고 끄는 과정만 반복했지, 고장이 났을 때 그 원인이나 처치방법을 알려고 노력하지는 않았다. 기계조작에 서투른 나는 고장이 나면 정보부장을 불러 손을 보게 하거나, 전문점에 연락하여 수리토록 했다. 나는 워드를 치고, 인터넷을 검색하고, e-mail을 할 수 있는 것만으로도 컴맹은 면했다고 자부했었다.

정년퇴임 후 컴퓨터는 내 생활의 동반자가 되었다. 어깨에 무리가 되기 때문에 하루에 1시간 이상 컴퓨터를 사용하지 말라는 경고도 들었지만, 3~4시간씩 컴퓨터 앞에 앉아 있는 것이 생활처럼 되어 버렸다. 더구나 문단에 등단한 후론 컴퓨터는 없어서는 안 될 나의 필수품이 되어 버렸다.

'사랑을 연필로 쓰세요.'라는 유행가 가사도 있다. 연필로 쓰면 지우기가 쉽단다. 그러나 컴퓨터를 이용하면 지우기가 더 쉬울 뿐만 아니라 첨삭이 쉽다. 그 점이 컴퓨터의 매력 중 하나다.

여느 때와 마찬가지로 컴퓨터를 켰을 때였다. 부팅되기 전에 "삐익"소리가 나더니 이상한 파란 문자판이 떴다. 나는 당황했다. 사용하려면 F1키를 눌러 탈출한 후에 사용하라고 영어로 쓰여 있었다. 혹 컴퓨터에 바이러스라도 침투된 줄 알고 서울에 있는 아이에게 전화를 했다. 그것이 맨 처음 프로그램을 깔 때 사용하는 화면이란다. F1키를 누르고 탈출하자 한글과 인터넷을 사용하는 데는 별로 어려움이 없었다.

문제는 e-mail을 사용할 때였다. ID와 비밀번호를 입력하고 로그인을 했을 때 이상한 문구가 떴다. '계약기간이 경과했거나 만료되어 사용할 수 없음' 이란 문구였다. 다시 아이에게 전화를 했더니 컴퓨터 배터리의 수명이 다했으니 교체해야 하지만, 우선은 제어판의 시계를 열고 날짜를 정정해 보라고 했다. 제어판 시계에는 일자가 1996년 12월로 되어 있었다. 새 컴퓨터를 구입해서 프로그램을 깐 날짜였다. 시계를 현재의 날짜로 고치자 우선은 사용할 수 있었다.

그 다음날도 마찬가지였다. 전날처럼 두 과정을 거쳐야 컴퓨터를 사용할 수 있었다. 사용할 때마다 그 과정을 거쳐야 하니 정말 번거로웠다. 하는 수 없이 컴퓨터전문점에 연락하고 수리하겠다고 아들에게 연락했더니 배터리를 교체하기 위해 컴퓨터전문점에 연락하기는 무어하다고 말하면서 나더러 자기가 전화로 불러주는 대로 교체하라고 했다.

나는 자신이 없었다. 그러나 출장비가 문제아니라 컴퓨터에 대해 전혀 모르는 문외한으로 취급하여, 다른 부품이 고장이라고 말하면서 덤터기를 씌우는 경우도 있고, 또 오히려 컴퓨터를 더 망가뜨리는 경우가 있으니 조심해야 한다는 말을 듣고 걱정되었다. 그래서 번거롭지만 당분간 그대로 사용하기로 했다.

컴퓨터를 사용하는 친구들을 만날 때마다 배터리를 교체할 수 있느냐고 물어 보았더니, 전기를 사용하는 컴퓨터에 무슨 배터리냐며 대부분 금시초문이라고 대답했다. 배터리가 들어 있기 때문에 전원이 꺼져도 시계가 멈추지 않고 계속 가는 거라고 했더니 그때서야 이해가 간다고 했다.

며칠 후 서울에 갔을 때 아들이 컴퓨터를 해체하더니 배터리를 빼내고 나더러 끼어 보라고 했다. 그러면서 컴퓨터에 있는 모든 코드는 제자리가 아니면 들어가지 않아 간단하다면서 시범을 보여 주었다. 그래도 나는 자신이 없어 전과 마찬가지로 F1키를 누르고 탈출한 후, 또 시계를 고치면서 컴퓨터를 계속 사용했다.

그런데 어느 날 갑자기 내 손으로 한번 고쳐보고 싶은 생각이 들었다. 잘못되었을 경우 컴퓨터전문점에 연락하여 수리하기로 하고, 모든 코드를 빼고 해체하려 했다. 그런데 뒷면이 달랐다. 아이에게 전화를 했더니 제품마다 약간씩 차이가 있으니 잘 관찰하면서 천천히 해체하라고 했다. 너트를 풀고 표피를 잡아당겨도 빠지지 않았다. 이 것저것 만지작거리고 있을 때 옆에 있는 부품이 움직이는 것이 눈에 띄었다. 그 부품을 뽑아내자 뒷면이 해체되었다.

빼낸 배터리를 가지고 마트로 가서 같은 종류의 것을 사다 갈아 끼우고, 조립한 후 전원을 켜보았다. 제대로 부팅되었다. 제어판에서 시계를 열고, 시간을 맞춘 뒤, 전원을 껐다가 다시 켰다. 만사형통이었다. 나는 정말 기뻤다. 나에게 이 새로운 즐거움을 주기 위해 배터리의 수명이 다되었다고 생각하니 즐거움은 더했다.

며칠 후에 아내는 나에게 자기 손으로 고추장과 간장을 담그고 나니 그렇게 흐뭇할 수가 없다고 말했다. 지금까지 자기 손으로 담가 먹던 고추장, 된장, 그리고 간장을 건강 때문에 사서 먹는다고 생각하니 어쩐지 개운치 않았다. 그리고 무엇보다도 살아생전에는 자식들에게 자기 손으로 만든 것을 주고 싶었다. 그래서 한번 시도해 보았는데 결과가 좋아 정말 기쁘고 흐뭇하다고 했다.

그때 내가 컴퓨터 이야기를 아내에게 들려주었다. 아내는 내 이야기를 듣고 더 기뻐했다. 나는 그때까지 컴퓨터가 아내에게 기쁨을 주는 내 선물이 될 줄은 꿈에도 생각하지 못했었다.

도토리 키 재기

사람이 일을 할 때 남들처럼 또는 남들만큼만 하면 된다고 생각한다. 그리고 그런 일을 해냈을 때 그것으로 만족하는 경우가 많다. 그런 생활태도는 개성이 없거나 더 이상의 발전이 없는 삶이기 때문에 권장할 만한 것은 못된다. 그리고 개성이 없는 삶이란 평준화된 삶을 말한다.

흔히 우리 주위에서 들을 수 있는 말이 있다. 엄마 친구 아들이란 뜻의 '엄친아'다. 보통 엄마들이 자기 아들에게 자극을 주려고 자기 친구 아들은 공부뿐만 아니라 무엇이나 잘한다고 말한다. 그러면서 친구 아들만큼만 하라고 말한다. 그런 경우, 설령 그 아들이 사설학원을 다니면서까지 열심히 공부한다하더라도 어머니가 바라던 만큼 성적을 올리지 못할 것은 뻔하다. 개성이 없는 교육방법이기 때문이다.

사람이 타인과 차별화를 위해서는 개성이 필요하다. 개성이란 사람마다 지니는 남과 다른 특성이다. 개성은 노력하면 얼마든지 계발할 수 있는 개인의 잠재능력이다. 따라서 개성을 살리려고 할 경우 남들보다 몇 배의 노력을 해야 한다. 때로는 욕도 먹고, 칭찬을 들으면서 자기를 꾸준히 단련해야 한다.

만일 김연아와 박지성이 운동을 하지 않고 남들처럼 사설학원에서 수강하며 공부를 하였다면 어떻게 되었을까? 개성이 없는 노력만을 강조하기 때문에, 자기의 잠재능력을 발휘하거나 자아실현을 할 수 없어, 오늘날의 김연아와 박지성은 존재하지 않았을 것이다.

며칠 전 신문에서 야구선수 류현진 아버지의 기사를 읽은 일이 있다. 아버지는 아들에게 설령 홈런을 맞을망정 사사구를 주지 말도록 가르쳤다. 그 결과 그는 한국프로야구선수 중에서 제일 사사구가 적고, QS(Quality Start)에서 메이저리그의 기록을 능가하는 기록을 수립했다. 상위그룹에 속하는 것에 만족하지 않고 개성을 발휘하라는 아버지의 교육의 힘 덕분이다.

도토리는 떡갈나무를 비롯하여 졸참나무나 갈참나무 등 참나무과 열매의 총칭이다. 도토리가 열리는 나무는 각각 다르지만 열매의 모양이나 크기가 거의 비슷하여 구분하기가 어렵다. 각각의 개성이 없기 때문이다. 그래서 도토리는 평준화가 가장 잘된 나무 열매라 말할 수 있다.

인간 단체도 마찬가지다. 개성이 없는 집단은 차별화가 없는 평준화집단이다. 그들은 작은 일로 서로 자기가 낫다고 싸운다. '도토리 키 재기'다. 둘 다 부족하거나 모자란 것을 자랑하거나, 부족한 사람들 틈에서 나은 척하기 일쑤다.

요즘 국회에서는 인사청문회로 여·야가 모두 열을 올리고 있다. 인사청문회란 후보자의 자질이나 도덕성 그리고 정책과 업무능력을 검증하여 대통령의 인사권을 견제하는 일이다. 검증결과 자격 미달인 경우 낙마시키는 것은 당연하다.

그러나 낙마시킬 수를 미리 정해놓고 하는 정략적인 청문회는 삼가야한다. 후보자에 대한 인신공격이나 음해성 폭로로 개인의 인격에 상처를 주어서도 안 된다. 그러면 설령 청문에 통과한다 하더라도 후보자가 상처투성이가 되어 국정업무수행에 어려움을 겪기 때문이다.

현행 인사청문회를 나는 도토리 키 재기라고 표현한다. 질문하는 야당의원은 천편일률적으로 후보자가 자격이 없다고 증명하기 위해 수단과 방법을 가리지 않는다. 반면에 여당의원은 후보자를 비호하기에 급급하다. 답하는 후보자도 시원치 않다. 모두 다 거기서 거기니, 구태여 인사청문회를 할 필요가 있는지 의문이다. 똑같은 사람들끼리 하는 키 재기이기 때문이다. 나는 이 키 재기를 해결하는 구절을 성경에서 읽은 일이 있다.

신약성경에서 율법학자들과 바리사이파 사람들이 간음하다 잡힌 여자 한 사람을 예수 앞에 데리고 와, 앞에 세우고 예수에게 물었다.

"모세법에서는 여자가 간음하다가 현장에서 잡히면, 그 여인을 돌로 쳐 죽이도록 돼있습니다. 그러니 이 여인을 어떻게 처리하면 좋겠습니까?"

예수는 바로 답을 못하고 있었다. 그들이 답을 재촉하자 예수는 말했다.

"너희 중에 죄 없는 사람이 먼저 저 여자를 돌로 쳐라."

이 말을 들은 그들은 나이 많은 사람부터 하나하나 가버렸다. 마침내 여인 홀로 남겨두고 모두 가버렸다.

만일 청문회를 주관하는 위원장이 청문하는 국회의원들에게 위장

전입, 부동산투기, 탈세 그리고 뇌물수수 등의 의혹에서 자유로울 수 있는 사람이 먼저 나와서 질문하도록 한다면 청문회가 어떻게 진행될까? 적어도 자기 뒤가 구리면서 상대 후보의 흠집을 내려는 태도는 없어질 거 아닌가. 그래야 청문회가 도토리 키 재기가 아닌 진정한 청문회가 될 수 있을 거라 생각해서다.

두레박 속의 말들

　우리들 일상에서 미처 접하지 못했던 어휘들 또는 접하였어도 무슨 말인지 그리고 무엇을 의미하는지도 모르고 간과하는 경우가 많다. 샘에 내려진 두레박을 퍼 올렸을 때에야 직접 접하고 알 수 있었던 어휘들이었으니까.

　오래 전 남북정상회담 때인지 또는 이산가족상봉 때인지는 확실치 않다. 그러나 지금도 기억에 생생한 사건이 있었다. 북한에 간 남한 측 기자가 북한의 한 여성과 인터뷰를 하는 중에 일어난 일이었다.

　"북한에서도 해수욕을 가지요? 해수욕하러 어디로 갑니까?"

　갑자기 밀어대는 남측 기자의 마이크에 당황한 북한 여성이 대답했다.

　"북조선에서는 매년 묘향산으로 해수욕을 갑네다. 저도 묘향산으로 갔다 왔습네다."

　그 말을 듣는 순간 웃음바다가 되었음은 두말할 나위 없다. 그 때 그 대답을 듣던 많은 사람들이 느끼는 이질감 때문이었다. 해수욕장에 가 본 일이 없고 해수욕이 무엇인지도 모르는 사람에게 그런 질문을 했으니 동문서답할 수밖에 없잖은가.

　그런데도 그것이 특종인 양 방송에 소개되었고 우린 정말 어이없어 했다. 웃음밖에 나오지 않았지만, 그 사건은 한동안 재미있는 화젯거리가 되기도 했었다.

만약 내가 중학생이었을 때 그 질문을 받았다면 뭐라고 대답했을까? 나도 마찬가지였을 것이다. 그 당시에는 해변이나 도시에 사는 여유로운 사람 외에는 해수욕이란 용어 자체를 잘 몰랐으니까.

도시에서는 거리를 걸어가면서 많은 간판들을 볼 수 있다. 그러나 자기가 읽은 간판이 무슨 뜻인지 헷갈리는 경우도 많다. '학문외과'나 '항외과' 또는 '항원외과'라는 간판도 그렇다. 그 하단부나 옆에 자세히 기록해놓은 '치질'이나 '장내시경'이란 진료과목을 읽고서야 항문을 치료하는 병원인 줄 안다. 많은 사람들은 지금도 '항문'이란 단어가 혐오감을 준다고 생각하여 그 단어의 사용을 꺼린다.

여름 어느 날이었다. 자주 만나는 몇몇 친구들과 계곡으로 피서 겸 야유회를 간 일이 있었다. 우리 일행들은 식당 주인이 지정해 준 평상으로 가서 자리를 잡았다. 우리가 처음 잡은 자리는 '평25'였다. 그런데 한 친구가 일어나더니 이왕이면 넓은 데로 가자면서 '평30'으로 자리를 옮기자고 했다.

"평상의 넓이가 똑같은데 넓고 좁기가 어디 있어?"

나는 오히려 그곳보다는 조용하고 좋으니 옮길 필요가 없다고 설명했다.

"여기는 25평이고 저기는 30평 아닌가?"

나는 '평'은 넓이를 나타내는 단위가 아니고 자기들의 편의상 '평상'을 줄여서 쓰는 말이라고 설명했다. 따라서 '평 25'나 '평 30'이 똑같은 크기라고 내가 설명하자, 그 친구는 알았다는 듯이 더 이상 옮기자고 주장하지 않은 일이 있었다.

　인터넷이 활발해진 요즘은 항상 알기 어려운 새로운 용어들이 많이 생긴다. 군데군데 머리글자만 따서 만들어낸 조립어(造立語)다. 자세히 설명을 듣지 않고는 알 수 없는 것이 많다.

　한별고등학교 교장으로 재직할 때였다. 선생 한 분이 교장실로 들어오더니 자기들이 '고사모'라는 단체를 만들었는데 회원으로 가입할 의향이 있느냐고 물었다. 나는 우선 고사모가 무슨 뜻인지 물었다. 그러자 '고스톱을 사랑하는 사람들 모임'이란다. 그러면서 교장은 놀기를 좋아하니 회원으로 영입시키자는 회원들의 의견이 있었다고 설명했다. 나는 기꺼이 가입했었다.

　많은 사람들은 술을 마실 때 건배를 하고 마신다. 그냥 '위하여' 하고 간단히 외칠 때도 있지만 만나는 사람들의 연령에 따라 건배하는 구호가 조금씩 다르다. 어떤 모임에서는 한 사람이 "구구 팔팔" 하고 선창을 하면 "이삼사"하고 외친다. 99세까지 팔팔하게 살다가, 2,3일 안에 고통 없이 죽는 게 가장 좋은 죽음이란다. 모두 희망사항이겠지만 나이 지긋한 분들의 모임에서 자주 사용하는 구호이다.

　미국에서 오래 살다가 일시 귀국한 한 친구가 있었다. 오랜만에 만나 친구들과 함께 식사를 할 때였다. 만나서 반갑다면서 자기가 먼저 선창할 테니 "위하여"하고 따라하라는 것이었다. 그러면서 느닷없이 "성행위"하고 외쳤다. 참석한 사람들은 무슨 뜻인지도 모르고 "위하여"하고 응했다. 그런 다음 무슨 뜻이냐고 묻자 "성공과 행복을 위하여"라고 했다. 설명을 듣고 보니 그 뜻도 괜찮다는 생각이 들어, 모임을 가질 때마다 한동안 "성행위"하고 자주 외쳤다.

모가비

사람들의 활동은 두 발로부터 시작된다. 두 발로 서서, 걷고, 달리고, 그리고 뛰면서 모든 활동이 시작된다. 그래서 첫돌이 지난 어린 아이가 두 발로 서서 한 발짝씩 내딛으며 걸음마를 배울 때, 지켜보는 사람들은 누구나 손뼉을 치며 좋아하고 격려한다.

'더 빨리(Citius)', '더 높이(Altius)', 그리고 '더 힘차게(Fortius)'라는 단어의 머리글자로 만들어진, 올림픽 정신을 나타내는 'LECAF'란 단어도 걷기에서부터 시작되었지만, 더 좋은 기록을 바라는 사람들의 마음을 담은 말이다. 우리말에도 발과 관련된 재미있는 표현이 많다. 친구나 남의 일에 적극적으로 나설 때 '발 벗고 나서다'라고 하고, 서로 오가지 않거나 관계를 끊을 때 '발을 끊다'라고 한다. 어떤 자리에 드나들거나 일에 몸담게 될 때 '발을 들여 놓다'라고 말하고, 선뜻 행동으로 옮길 마음이 나지 않을 때는 '발이 내키지 않다'고 한다. 또 어떤 장소에 자주 다니지 않을 때는 '발이 뜨다'라고 하고, 마음의 가책이 생겨 마음이 켕길 때 '발이 저리다'라고 한다.

그러나 일상생활에서 더 자주 사용되는 말이 있다. '발이 넓다'라는 말이다. 이 표현은 사교의 범위가 넓고 지면(知面)이 많다는 뜻이다. 그리고 이런 사람들을 '마당발'이라고도 부른다.

사회생활에서 사람끼리의 사귐을 사교라고 한다. 그리고 마당발이란 교통수단이 발달되지 않은 시대에는 두 발로 뛰어다니며 사람을 만나고, 마음을 주고받으며 인맥을 쌓는 사교가를 일컫는 말이었다. 그들은 항상 부지런히 움직이며 행동하는 활동가였다. 그래서 어려운 일을 당했을 때 마당발 친구가 있는 경우에는 여러 면에서 도움이 되었다.

요즘은 발보다 빠른 것이 있다. 손이다. 인터넷과 스마트폰 시대가 되면서 손은 발보다 빠른 역할을 한다. 발의 속도가 손의 속도를 따를 수 없다. 발과 손의 빠르기를 비교할 때, 발로는 기껏해야 올림픽 신기록을 수립하는 정도이지만, 인터넷과 문자메시지는 광속이다. 실제로 선거에서 우리는 여러 번 경험했다. 여론조사 결과, 투표 하루 전날까지도 월등히 우세했던 후보자가 인터넷과 문자메시지의 위력 때문에 무릎을 꿇는 경우가 있었다.

그러나 문자로 맺은 관계의 결과가 두 발로 맺은 것보다 더 좋은 것만은 아니다. 비록 속도가 빠르고, 국경도 없고, 전혀 면식이 없는 사람과도 직접 대화할 수 있는 장점은 있지만, 간단한 문자만으로는 상대의 정확한 마음을 읽을 수 없다. 또 마음이 들어있지 않은 것은 깊이가 없고, 지속적이지 못하며 일회성이지만, 발로 맺은 관계는 끈끈한 정이 있고, 지속적이며 깊이가 있다. 그래서 사람들은 빠른 광속보다는 느린 마당발의 효과를 선호한다.

그렇다고 느린 마당발이 빠른 손보다 항상 미더운 것만은 아니다. 마당발 나름이다. 남에게 도움이 되는 마당발이 있는가 하면, 자기 사리사욕만을 채우려는 엉터리 마당발도 있다. 그게 모가비이다. 모가비들은 자기 주위에 있는 사람들을 자기 손아귀에 든 꼭두각시로 만드는 기술을 가지고 있다.

그런 부류의 사람들은 대개 자기과시형이다. 그들에게는 항상 다른 사람들 앞에서 자랑할 만한 인맥이 있어야 한다. 그래서 몇 번밖에 만나지 않은, 내로라하는 사람더러 자기 형님이 된다고 자랑하고, 잘 통하는 체하며 과장하기도 한다. 한마디로 브로커 기질이 농후하다.

시골에 있는 어느 중학교에서 평교사로 근무할 때였다. 교감은 자칭 마당발이었다. 교무실에서 틈만 있으면 전화통을 붙들고 시외전화를 했다. 상대는 도교육청 간부나 고위직 공무원이라고 하는데 확인되지는 않았다. 교무실에 있는 모든 사람이 다 들을 수 있을 정도로 큰소리로 상대를 형님이라 불렀다. 그래서 별명이 '형님 나요'였다. 웬 형님이 그렇게 많은지 모르겠다며 선생님들마다 얼굴을 찡그리지만, 아랑곳 하지 않고 매일 형님(?)과 통화했다. 특별한 내용도 없이 자기 인맥을 자랑하기 위한 과장된 행동이었다.

사람이 살아가는 동안에 자신이 없고, 마음이 내키지 않는 일에는 쉽게 발을 들여놓지 말고 발이 떠야 한다. 그리고 마음의 가책이 생겨 발이 저리는 일에는, 발이 넓은 마당발에게 의지하지 말고, 과감히 발을 끊어야 한다. 그래야 모가비에게 걸려드는 우를 범하지 않는다. 이것이 발이 주는 교훈이다.

그런데도 요즘 신문이나 방송에 자주 등장하는 비리사건에 관련된 사람들을 보면 한심하다. 그들은 수단과 방법을 가리지 않는 모가비의 덫에 걸린 사람들이다. 위아래도 가리지 않고 전횡하는 엉터리 마당발의 손아귀에 걸리면 누구나 꼭두각시로 전락되어야 한다. 카멜 레온 같은 그의 수법에는 아무도 자유로울 수 없다. 자연히 게이트로 번진다.

　대부분 게이트에 걸린 사람들은 "형님, 나요!"하는 모가비의 달콤한 혀 놀림에 넘어가, 그가 준 미끼에 걸린 사람들이다. 그 미끼는 현란한 변신과 능숙한 혀 놀림에 속은 사람들이 갹출한 헌금(?)의 꼬리이며 몸통은 모가비의 몫이다. 그리고 일단 모가비의 수법에 걸린 사람들은 더 이상 발을 빼지도 박지도 못해 미치고 환장한다. 모가비의 덫에 걸리지 않도록 발을 조심해야 하는 이유다.

반면교사

내가 모 고등학교 교감으로 재직할 때였다.

학교에서 농구부와 야구부 두 운동종목을 육성하고 있었는데, 내가 부임하자마자 두 종목 모두 괄목할 만한 성적을 거두었다. 두 종목 모두 선·후배가 한자리에 모여서 모교애(母校愛)를 발휘할 수 있는 기회를 제공해 주었다. 선·후배를 쉽게 하나로 동화시킬 수 있는 기회를 제공하는 것이 '응원'이란 것을 실감했으며 운동부 육성이 필요한 이유였다.

춘계전국고교농구연맹전에서 본교 농구팀은 결승에 진출하여 잠실 체육관에서 청구고와 자웅을 겨루었다. 그날 1,2학년 학생 전체가 관광버스를 이용하여 장충체육관으로 응원하러 갔었다. 그때 응원하러 나온 선배들과 한 덩어리가 되어 목청껏 모교의 승리를 외쳤다. 그날의 함성은 장충체육관을 떠나가게 했지만 아깝게 준우승에 그쳤다.

야구팀도 춘계청룡기전국고교야구대회에서 4강에 올라, 역시 1,2학년 재학생들이 서울동대문운동장으로 응원을 갔으나, 4강에 오르는 것으로 만족해야 했다. 그러나 8월에 대구시민운동장에서 개최된 전국대붕기고교야구대회에서는 결승에 진출하여 재학생과 선배들이 달구벌을 울리는 함성을 질렀다. 그리고 우승의 쾌거를 이루었다.

입상성적의 쾌감과는 달리 운동부를 운영한다는 것이 쉬운 일만은 아니었다. 경비도 문제였지만 지도자 때문에 생기는 어려움도 많았다. 대부분의 감독과 코치가 학생을 지도하면서 학부형들과 밀착돼 생긴 문제였다.

어느 날 내가 교장실로 갔더니 교장선생님이 두터운 서류뭉치를 보여주면서 읽어 보라고 했다. 농구팀 감독에 대한 비행이었다. 그 서류를 보낸 학부모는 자기 아들을 K대학에 진학을 시키든지, 아니면 감독을 해고하라고 협박했다. 그렇지 않으면 검찰에 고발하겠단다.

내가 그 서류를 읽고 있을 때, 교장선생님은 그 서류 내용이 사실이라면 감독을 해임시킬 수밖에 없는 일 아니냐고 했다. 나는 일방적으로 한쪽 말만 듣고 처리하는 것은 부당하다는 생각이 들어서, 먼저 감독에게 사실을 확인할 필요가 있다고 말했다.

나는 그 학부모를 잘 알고 있었는데 인상이 별로 좋지 않은 사람이었다. 그리고 그 아들은 중학생 때부터 선수생활을 한 것이 아니고, 단지 키가 크다는 이유로 농구를 시키면 대학에 갈 수도 있을 거라는 희망에서 도중에 편입학한 학생이었다. 실은 대학에 진학하더라도 선수생활을 계속할 수 없는 학생이었지만, 전국대회에서 4강에 들어, 자기 아들이 대학에 입학할 수 있는 자격을 얻은 것만으로도 감사해야 했는데 배은망덕이었다.

농구팀감독은 교장선생님과 나의 제자였다. 그리고 그 아버지는 고등학교 은사였다. 우리가 고등학교를 다닐 때 역사 선생님이었으며 농구팀을 지도했다. 부자간에 같은 학교 농구팀 감독이었다.

어느 날 밤에 내가 교내순찰을 하고 있을 때, 본관 뒤편 도서관 옆에서 이상한 소리가 들려왔다. 농구팀 감독이었다. 선수 두 명을 데리고 체력훈련을 시키고 있었다. 다음날도 마찬가지였다. 밤마다 선수들을 한두 명씩 불러서 교대로 지도하고 있었다. 전국규모대회에서 결승에 진출한 것이 그저 된 것이 아니었다는 것을 그때 깨달았다.

나는 서류를 검토하고 그 학부모의 사람됨을 교장선생님에게 이야기했다. 그리고 은사님과 제자라는 인연 때문이 아니라, 감독을 해고하면 다시는 그런 지도자를 구할 수 없다고 설명했다. 매일 밤 개인지도를 하는 내용을 설명하자, 교장선생님도 그 내용을 확인하고서, 하마터면 큰 실수를 할 뻔했다고 했다. 그 결과 그 감독이 계속 지도하여 그 다음해에는 본교 농구팀이 4개의 전국규모 대회를 휩쓸어 한국을 대표하여 중국에 원정도 갔었다.

7월 어느 날이었다. 야구팀 부장선생이 교무실로 오더니 협의할 일이 있으니 교장실에 가자고 했다. 본교 야구팀은 청룡기대회에서 4강에 들었기 때문에 진학문제가 해결되었으니, 출전하기로 예정된 대붕기전국고교야구대회를 K고등학교에 양보하면 어떻겠느냐고 감독이 묻더라는 내용이었다. 정말 어이가 없고 일고의 가치도 없는 말이었다.

모든 종목에서 고교생은 전국체전을 제외하고 일년에 전국규모대회에 4회밖에 출전할 수 없다. 따라서 학생들의 실전감각을 키울 기회가 한정되어 있어서, 경험을 쌓기 위해 많은 경비를 부담하면서 전지훈련도 가는데, 그 기회를 라이벌인 학교에 양보한다는 것은 언어

도단이었다.

　설령 3학년의 진학문제가 해결되었다고 하더라도, 다른 대회에서 발군의 실력을 발휘하면 더 좋은 대학에 진학할 기회도 가질 수 있는데, 그 기회를 포기한다는 것은 교육을 포기하는 행위라고 말했다. 차라리 1,2학년으로 출전하여 내년에 대비하는 것도 전지훈련의 효과가 있을 거라고도 했다.

　교장선생님도 내 말에 적극 동의하여, 내가 주장한 대로 대붕기전국고교야구대회에 출전시켰다. 그리고 결승에 올라 많은 동문들과 전교생이 응원하는 가운데 대구시민운동장을 뜨겁게 달구었다. 마침내 대붕기를 앞세우고 귀교했다. 몇 십 년 만에 맛본 정상 정복의 기쁨은 정말 통쾌했었다.

　우승을 하고 돌아온 후에 야구팀 학부모들끼리 패싸움을 하는 내홍에 시달렸다. 그 결과 감독도 스스로 그 자리를 그만두었다. 야구팀 감독으론 그것이 마지막이었다. 눈앞의 이(利)를 보고 자신이 해야 할 일을 망각한 견리망의(見利忘義)의 좋은 실례로 일찌감치 루저(loser)가 된 사례였다.

　그러나 농구팀 감독은 현재 모 대학교 감독으로 발탁되어 한국대학농구의 선두주자로 활약하고 있다. 체육지도자로서의 두 감독의 지도 자세와 능력 그리고 세상을 보는 눈의 차이가 보여준 결과였지만 반면교사의 좋은 사례였다.

어제, 오늘 그리고 내일

내가 초등학생이었을 때였다. 그땐 책·걸상이 튼튼하지 못했다. 그렇다고 지금처럼 새 책·걸상을 구입해서 사용하기도 쉽지 않았다. 비걱거리거나 부서지면 수리해서 사용해야 했다. 수리라기보다는 흔들리지 않게 못질을 하거나, 옆에 막대를 대고 못질하는 수준이었다. 그러나 수리하더라도 얼마 가지 않아 또 비걱거렸다. 그래서 담임선생님의 말씀대로 막대를 빗대고 못질해 보았다. 그러자 상당히 오래 버티었다. 그 이유를 그땐 알지 못했다.

내가 그 이유를 터득한 것은 고등학교 기하시간이었다. 한 점에서 시작하여 무한이 뻗는 선을 직선이라 하고, 두 점 사이를 이은 한정된 선을 선분이라 하며, 석 점을 이은 선은 삼각형이라 배웠다. 그래서 석 점은 평면을 이룬다는 정리도 알았다. 또 직선이나 선분은 불안정하지만 평면은 안정하며, 삼각형이 가장 안정된 도형이란 것도 그때 알았다.

비걱거리는 직사각형의 책·걸상에 막대를 빗대고 못질하면, 두 삼각형의 평면도형이 만들어졌다. 그 결과 불안정한 책·걸상이 안정을 회복하고 비걱거리지 않게 되었다. 안정을 원하는 사회생활에서 '3'이란 숫자가 자주 등장하고, 승부를 결정짓는 경기나 놀이에서도 세 판으로 결판을 내는 이유가 바로 여기에 근거하고 있었다.

사람들은 '동전의 양면'이란 말을 자주 사용한다. 동전에는 어떤 상징적인 사물이나 인물이 새겨진 면과, 액면가격이 새겨진 면의 양면이 있다는 말이다. 하지만 양면 모두 같은 값이기 때문에 이러나저러나 같다는 뜻이다. 그리고 항상 대칭되는 두 사건이 동시에 일어날 수도 있다는 말이다. 그러나 내가 동전을 시공(時空)과 연관해서 생각해 볼 때, 양면만 있는 것이 아니라 세 면이 있음을 알았다.

책상 위에 동전 한 닢이 있다고 가정하자. 눈에 보이는 앞면은 문자 그대로 현재의 면이오, 눈에 보이지 않는 뒷면은 알 수 없는 미래의 면이다. 그 동전을 뒤집어 놓으면 어떻게 될까? 눈에 보였던 현재의 그 앞면은 뒤집혀 눈에 보이지 않는 과거의 면이 되고, 눈에 보이지 않았던 미래의 뒷면은 뒤집혀 현재의 면이 되어 눈에 보이게 된다. 잠시 후 그 동전을 다시 뒤집으면 오늘 현재의 면은 또 어제의 면이 되고, 어제의 면이 되었던 뒷면은 잠시 동안 내일의 면이 되었다가, 뒤집혀 현재의 면이 된다. 양면뿐이던 동전이 과거, 현재, 그리고 미래의 세 면을 보여주지만 동전은 역시 하나다.

나는 가끔 연주회를 관람하러 간다. 연주회장에서 현재 보는 지휘자의 모습은 뒷모습이다. 그의 앞모습은 연주자들의 몫이다. 모든 연주자들은 그가 지휘하는 대로 따라서 연주해야 훌륭한 작품을 만들어 낼 수 있다. 한 명이라도 따르지 않으면 불협화음이 되어 연주회가 엉망이 된다. 그러나 연주가 성공적으로 끝나고 돌아서서 인사하는 지휘자의 모습은 연주자들이 보던 앞모습이다. 그때 관객이 보던 지휘자의 뒷모습은 이미 과거의 것이 되어 연주자들이 보게 된다. 연주자들에겐 뒷모습이 현재의 모습이다. 그리고 더 멋진 내일의 모습을 기약하며 지휘자는 연주자들과 함께 자리를 떠난다. 이와 같이 사람의 모습도 앞뒤 두 모습뿐 아니라 과거, 현재, 그리고 미래의 세 모습이 있다.

상오 0시부터 자정까지의 24시간의 동안이 하루이며, 하루는 낮과 밤으로 구분된다. 낮은 해가 뜰 때부터 질 때까지의 동안이고, 낮을 하루라고 말하는 경우도 있다. 밤은 해가 진 뒤부터 날이 새기 전까지의 동안을 말한다. 그리고 낮과 밤은 각각 대칭되는 포물선을 그리며 계속 진행된다. 각 포물선의 정점을 한낮과 한밤중이라 부르며, 그 시점이 지나면 낮과 밤은 각각 상대의 진영을 향해 매진한다.

아침은 날이 샐 때부터 아침밥을 먹을 때까지의 동안이다. 아침이 되면 사람들은 낮 동안에 할 일을 계획하고 준비한다. 밝은 낮 동안에는 열심히 일을 하지만, 낮의 피크는 한낮이다. 한낮은 피로를 풀 수 있는 휴식을 취하는 시간이다. 그러나 한낮이 지나면 낮이 점점 어둠을 향해 매진한다. 그러다가도 저녁이 가까워지면 낮은 하늘을 피로 물들이며 안간힘을 다해보지만 시간의 흐름 앞엔 속수무책이다.

어둠이 찾아오는 저녁은 낮 동안의 일을 마감하는 시간이다. 일을 마무리하고, 하루 동안 있었던 일들을 반추해 보면서 내일을 기약하고, 휴식을 찾아 잠자리에 들어갈 채비를 한다. 잠자리에 든 밤의 정점은 한밤중이며, 그 시간이 지나면 밤은 점점 여명을 향해 전진한다.

이와 같이, 낮과 밤의 궤적이 그리는 두 포물선을 사람들은 하루 또는 날이라고 하고, 그 포물선의 연속이 세월 또는 인생이라고 한다. 그러나 낮과 밤만을 가지고 인생을 운운하기엔 부족하다. 그래서 현재의 삶을 영위하는 하루를 오늘이라 하고, 눈에 보이지 않는 과거를 어제, 그리고 미래는 내일이라 한다.

동전의 양면처럼 24시간 동안의 하루가 지나면, 오늘은 어제가 되고, 내일은 오늘이 된다. 이와 같이, 어제와 오늘 그리고 내일이란 시공의 석 점이 이루는 평면 위에서 인간은 안정된 삶을 영위해 나간다. 따라서 어제가 없으면 오늘과 내일이 있을 수 없고, 반대로 내일이 없으면 오늘과 어제가 존재할 수 없다. 인생과 역사를 결정하는 어제, 오늘, 그리고 내일은 서로 떼려도 뗄 수 없는 불가분의 세 점이다.

현재인 오늘을 열심히 살아가려고 노력하는 내 모습은 시간이 지나면 어제의 모습이 된다. 그리고 어제의 내 모습은 미래의 내 모습으로 반추되었다가 시간이 지나면 오늘의 내 모습이 된다. 따라서 오늘을 멋지게 살아가기 위해서는 어제의 내 모습이 멋져야 한다. 그래야 근사한 미래의 내 모습이 오늘의 밝은 모습이 될 수 있다.

이와 같이 오늘을 사는 우리는 어제와 오늘 그리고 미래를 향하여 살아가는 꼴이다. 내가 글을 쓰는 이유가 바로 여기에 있다. 오늘 일어나는 여러 가지 현상들을 과거의 것과 연결하고 되새김하면서, 오늘을 설계하고 살아간다면, 미래의 나의 삶도 더 멋진 삶이 될 거라 생각해서이다.

팔은 안으로 굽는다

사람들은 흔히 팔은 안으로 굽는 법이라고 말한다. 이 말은 어느 사안에 대해 이해관계가 같거나 공통점이 있는 사람들끼리는 뜻을 같이 하거나 동조한다는 뜻이다. 다시 말하면, 공유하는 어느 문화적 요소가 있는 사람들끼리는 서로 상대방을 포용할 수 있으나, 반대로 이해관계가 없거나 공통점이 없을 때는 배타한다는 말이다.

그 결과 혈연, 지연, 학연이란 말들이 생기며, 팔은 안으로 굽는다는 말도 의미를 갖게 된다. 이 말은 공동체 구성원 간의 관계를 친숙하고 원활하게 해주기도 하고, 때로는 응집력을 불어넣어 주기도 하는 말이다. 그러나 패거리나 지역감정이란 역기능도 생긴다.

두 손을 깍지 끼고 죽 뻗으면 두 팔이 안으로 굽은 채 원의 형태가 된다. 그 원 속에 나 아닌 다른 사람도 들어 있다고 가정하자. 내 팔이니까 자연적으로 '나'가 내포되지만, 수(數)에는 상관없이 그 안에 들어 있는 나와 다른 사람은 '우리'라는 공동체를 형성한다.

원은 우주를 상징하며 하나를 의미한다. 하나를 한자어로 표현하면 동(同)이 된다. 그래서 '우리'와 '同' 속에는 내가 포함된 복수의 집단이다. 이 '우리' 또는 '同'이 '팔은 안으로 굽는 법이라'는 표현을 가장 잘 설명해 줄 수 있는 두 개의 접두어라고 나는 생각한다.

‘우리’나 ‘同’이 주는 범위는 가족, 학교, 지역사회, 국가 등 상황에 따라 범위가 달라진다. 친구끼리 모여서 ‘우리 식구’라고 말하면, 나 아닌 다른 친구들의 식구는 배제되며, 많은 학생들 앞에서 ‘우리 학교’라고 말하면, 다른 학생들의 학교는 자연히 들어가지 않는다. 이처럼 ‘우리’ 또는 ‘同’이 앞에 붙더라도 자기가 표현하고자 하는 상황과 범위에 따라 내용이 달라질 수도 있다.

내가 친구와 함께 서울 명동거리에 서 있다고 가정하자. 경상도, 강원도, 충청도 등 타시·도 출신의 사람들이 자기들의 사투리로 이야기하며 옆을 지나갈 때, 우리는 별로 관심을 보이지 않는다. 그들이 우리 고향 즉 동향(同鄕) 사람들이 아니기 때문이다.

그러나 우리와 같은 사투리를 사용하면서 지나가는 사람들을 볼 때, 설령 모르는 사람일지라도, 자기도 모르게 고개를 돌려 쳐다보게 된다. 동향 사람들이기 때문이다.

파리에 여행을 가서 어느 길가에 서 있을 때, 마침 경상도, 강원도, 충청도 사람들이 몇 명씩 떼를 지어 각자 사투리로 이야기를 하면서 옆을 지나간다고 가정하자. 그땐 명동거리에서 느꼈던 것과는 다르다. 모두 우리 동포이기 때문에 반가워 쳐다보아진다. 그러나 귀국해서 그들을 어느 지역에서 다시 만났을 땐 아무런 감정을 느끼지 못한다.

또 영국에 여행을 갔다고 가정하자. 시간을 내어 축구경기 구경을 갔을 때 마침 멘체스터유나이트 팀과 첼시 팀이 경기를 하고 있었다. 그리고 박지성 선수가 선발로 출전하여 뛰고 있었다. 어느 팀을 응원하게 될까요? 물어볼 필요도 없다. 박지성이 우리 동포이기 때문이다.

누구나 외국에 가서 태극기를 보았을 땐, 자기도 모르게 두 눈에 눈물이 핑 도는 것을 느낀다. 그 이유는 우리나라 국기이기 때문이다. 그래서 외국에 나가 봐야 애국자가 된다는 말도 있다.

또 국제경기에서 우리나라 선수가 금메달을 획득하여 시상대에 오르고, 국기가 게양되면서 애국가가 연주되면, 다 함께 눈물을 흘린다. 모두 동포이기 때문이다.

'팔은 안으로 굽는 법이다'라는 말은 상황에 따라 전혀 의미가 달라질 때도 있다. 많은 사람들은 북한 사람들도 우리 동포라고 한다. 같은 피를 타고난 단일민족이란 뜻이다. 그러면서 최소한 기아문제만은 해결할 수 있도록 도와주어야 한다고 주장한다.

금강산 관광 중 피살된 박왕자씨 사건이 있었지만, 그래도 인도적 차원에서 도와주어야 한다고 말하는 사람들이 있었다. 그러다가 천안함 사건이 불거지자 국론은 달라졌다. 공개적으로 도와주어야 한다는 말은 수면 아래로 가라앉았다. 그리고 동포라는 말 사용을 삼갔다.

그러다가 천안함 사건, 나로호 사건, 6.2지방선거후유증 등, 여러 가지 국내의 현안사건들을 한 방에 잠재워버린 사건이 있었다. 2010 남아공 월드컵이었다. 그 경기에서 우리나라는 처음으로 원정 16강에 올랐다. 예상한 성적을 거두었다고 모든 국민들이 환호했다. 적어도 2002 월드컵에서 한국이 4강에 오른 것이 홈그라운드의 이점만은 아니었다는 것을 입증한 쾌거라고 좋아했다.

그러나 우리나라와 함께 월드컵본선에 동반해서 참가한 북한이 브라질에게 석패했을 땐, 모두 졌지만 잘했다고 아쉬워했다. 그러다가

포르투갈에 대패했을 때는 수중용 축구화가 없어서 그랬을 거라고
동정하는 사람들도 있었다. 역시 외국에 나가면 북한 사람들도 우리
동포라는 뜻이며, 팔은 안으로 굽는다는 좋은 예일 거라 생각되었다.

할아버지 수학선생

"새벽에 일어나 책을 읽으면, 조용하고 정신이 맑아 머리에 쏙쏙 잘 들어오니, 앞으로 학생들은 일찍 자고 일찍 일어나 공부하는 습관을 기르시오."

새로 부임한 교장선생님이 애국조회 시간에 전교생에게 한 말씀이었다. 마침 그 무렵에 월말고사가 있었다. 학생들은 교장선생님의 말씀대로 일찍 자고 일찍 일어나 시험공부를 하기로 했다. 그 결과 교장선생님 때문에 시험을 망쳤다고 항의하는 학생들로 교장실이 난리였단다. 이는 고등학교에 다니던 질녀가 나에게 들려준 재미있는 일화였다.

공부하는 방법은 사람에 따라 다르다. 개인의 지문(指紋)처럼 독특하다. 때로는 부모님한테 태도가 바르지 못하다고 꾸중을 들으면서도 이어폰을 귀에 끼우거나, 다리를 떨고 머리나 발을 만지작거리면서 책을 읽는 학생, 또 라디오나 TV를 켜 놓은 채 책을 읽는 등 각양각색이다. 완전히 똑같은 방법으로 공부하는 학생은 한 명도 없다. 속도, 태도, 리듬과 관심의 영역이 각각 다르기 때문이다.

학생들이 일률적으로 그리고 똑같은 방법으로 공부하는 경우, 거의 혹은 전혀 배우지 못한다. 그래서 생활 습관과 리듬이 다른 교장선생님의 방법을 택한 학생들이 실패한 것은 당연했다. 자기에게 주어진 시간을 잘 활용하는 것, 그것이 효율적인 학습효과를 거둘 수 있는 방법이기 때문이다.

몇 년 전 큰딸아이 집에 갔을 때였다. 6학년인 외손녀가 수학문제를 풀다가 모르는 것이 있어서 자기 어머니를 불렀다. 딸아이는 바쁘다면서 기다리라고 했다. 잠시 후 외손녀는 또 어머니를 부르며 빨리 오라고 야단이었다. 그러자 딸아이는 바쁘다면서 외할아버지가 수학을 잘하시니 외할아버지에게 물어보라고 했다.

큰딸아이는 대학에서 수학을 전공했다. 그리고 중, 고등학교 다닐 때 가끔 어려운 수학문제를 내가 해결해 준 일이 있어서 내 수학실력을 익히 알고 있었다. 그래서 나한테 물어보라고 했다.

"에에…?"하고 외손녀는 코웃음을 치며 비아냥거리더니 혼자서 끙끙 앓고 있었다. 늙은 할아버지가 그런 문제를 풀 수 있으리라고는 상상도 못했다. 그래서 혼자 해결해 보려고 했으나 잘 안되는 모양이었다.

나는 슬그머니 일어나 외손녀에게 가서 펴 놓은 수학책을 보았다. 방정식 응용문제였다. 나는 외손녀에게 방정식의 공식을 말하도록 하고, 그 공식에 읽은 숫자를 대입시키도록 했다. 그렇게 해서 풀더니 정답을 확인하면서 맞았다고 좋아했다. 내가 외손녀의 숙제를 해결해 주자 외손녀는 놀랐다는 듯이 나에게 물었다.

"할아버지는 축구선수였고 또 영어선생이었다면서 어떻게 이런 것도 알아?"

칠순이 넘은 내가, 더구나 수학선생도 아니었다는데, 방정식 문제를 풀 수 있으리라고는 상상을 못했던 모양이었다. 그래서 자기 엄마의 말을 듣고 반신반의했지만, 내가 그 문제를 해결해주자 의외라는 듯이 물었다.

실제로 나는 고등학교를 졸업한 지 50년이 넘었으며, 졸업 후 수학 문제를 접해 본 일도 없었다. 그러나 아직도 인수분해나 1·2차 방정식 정도는 자신이 있었다. 그래서 고등학생이었을 때 내가 공부한 방법을 들려주었다.

내가 고등학생이었던 50년대 말에는 정규수업이 끝나면 보충수업이 없었다. 모든 학생들이 집에 가서 공부할 때, 나는 학교 운동장에서 축구 연습을 했다. 그래서 공부하는 방법에 대해 많은 고민을 했었다.

운동으로 지친 몸을 이끌고 집에 온 나는 피곤한 몸으로 숙제도 하고 공부도 해야만 했다. 한번 눈을 감으면 다음날 아침에 학교에 가라고 깨울 때까지 일어나지 못하기 때문에, 잠들기 전에 모든 것을 해결해야 했다.

나는 수업시간에는 조는 일이 거의 없었다. 그리고 집에 와서는 잠들기 전에 수업시간에 들은 내용들을 상기하면서 노트에 다시 쓰는 방법을 택했다. 쓰다 막히면 학교에서 필기한 것을 펼쳐서 확인하고 그리고 계속했다.

그 때 노트에 정리된 내용들은 더 이상 별도로 시험공부를 할 필요가 없었다. 그때의 습관 때문에 지금도 난필이지만, 무엇을 암기할 때는 반드시 백지에 쓰면서 해야 한다. 나는 이렇게 나의 시간을 활용하는 방법으로 운동도 하고 공부도 했다. 그리고 무엇보다도 수학

문제 풀이가 재미있었다.

"할아버지도 학교 다닐 때 수학공부를 열심히 했지. 먼저 공식을 유도하는 방법을 익히고 숫자를 대입하는 식으로 하면 문제풀이가 재미도 있고, 공부한 내용을 잊지 않는 법이란다. 그러니 공부할 때는 정성을 들여서 열심히 해야 돼."

내 설명을 들은 외손녀는 자신이 없다는 듯이 모기 소리 만하게 알았다고 대꾸했다.

그 후 내가 큰딸아이 집에 갈 때마다 외손녀는 빙긋이 웃으면서 나에게 수학책을 들고 왔다. 자기 어머니는 한 번 설명해주고 문제를 풀다가 틀리면 그것도 모르느냐고 야단을 치기 때문에 할아버지 선생이 마음이 편하단다. 그래서 나는 졸지에 수학선생이 되었다. 할아버지 수학선생이었다.

혜안(慧眼)

　며칠간 진행된 인사청문회는 나라 전체를 떠들썩하게 했다. 총리후보자든 장관후보자든 그들은 모두 국정을 이끌어갈 지도자급 인사들이기 때문이었다. 그러나 그 청문회는 대다수 국민들에게 희망과 꿈을 주기는커녕 허탈감과 실망감을 안겨주었다. 위장전입, 부동산투기, 세금탈루, 부정대출, 말 바꾸기 등, 그들의 지금까지의 행보가 대한민국 지도자급 인사로서는 떳떳하지 못하다고 평가되기 때문이었다.

　더구나 그들은 한결같이 고위공직자를 지낸 사람들이었기 때문에 그들에 대한 국민들의 분노는 더 컸다. 법을 생활화하고 지켜야 할 사람들이 불법과 탈법을 저지르고도 뉘우침이 없는 것을 보고 많은 사람들은 화를 냈다. 그들은 죄송하다는 말 한 마디만 하면 면죄부가 주어지는 것으로 착각하고 있었다. 그러기에 ‘죄송 청문회’라는 신조어까지 등장했다.

　오죽하면 대통령께서도 앞으로는 인사검증을 더 철저히 해야 한다고 말했겠는가? 그러나 그 말은 지금까지 인사검증을 소홀히 한 점을 인정하는 표현이기도 했다. 지금까지 신중하지 못했다는 점을 인정하고 앞으로는 더 분발하라고 경고하는 일이라 생각됐다.

사람들은 인사가 만사라고 한다. 모든 일 가운데 가장 중요한 것이 인사라는 말이다. 물론 완벽하고 유능한 사람을 뽑아 적재적소에 배치하는 것이 쉬운 일은 아니다. 그러기에 인사는 아무리 신중을 기해도 지나치지 않다고 말하지 않는가.

시쳇말로 자기들이 하면 로맨스요 세인이 하면 불륜이란 말이 있다. 이는 지도자의 위치에 있는 사람들이 갖는 도덕불감증을 가장 잘 표현한 말이다. 보통사람에겐 치욕적인 형벌이 되거나, 자기가 평생을 봉직한 직장에서조차 떠나야 하는 심각한 사건을, 그들은 '사소하다'고 판단하며 관행이란 이름으로 포장해버렸다. 이는 국민을 기만하는 교만한 사람들의 행태였다.

교만한 사람이란 남을 배려하는 마음이 전혀 없이 자기들의 주장만을 내세운다. 타인의 이목은 전혀 염두에 두지 않고 남을 무시하고 속이기 일쑤다. 그러면서 다른 사람의 잘못은 용서가 없다. 노블레스 오블리주의 도덕률을 지켜야할 지도자적 위치에 있으면서도 자기들이 저지른 부정이나 불·탈법을 '조금'이나 '사소한' 일로 간과(看過)해버린다. 때문에 많은 사람들은 그런 사람들에 대해 거부반응을 일으키고 있다.

대통령실장은 인사검증 시스템 정비문제와 관련해 앞으론 사람이 살아온 배경과 주변 환경, 그리고 질적인 측면을 파악하고 살펴보겠다고 했다. 현장도 확인해보고 여론도 참고하는 등 수준 높은 검증을 하겠다고 했다. 만시지탄이다. 하지만 그것이 생각만큼 쉬운가. 사람이 하는 일엔 편견이 따르기 때문이다.

편견이란 공정하지 못하고 한쪽으로 치우친 편협한 생각이다. 편견에 영향을 주는 것은 혈연이나 지연 그리고 학연 등 인맥과, 종교와 사상 그리고 이념과 같은 외적요인 등 다양하다. 생활수준이나 개인의 용모도 편견에 영향을 줄 수도 있다. 이러한 편견에서 벗어나지 못하면 올바르고 적확한 판단은 기대할 수 없다.

나는 공정한 사회를 이끌 지도자급 인사를 선정하는 기준을 성경에서 찾아보았다. 구약성경에서 사울 임금의 후계자를 뽑기 위해 이사이 집으로 간 사무엘은 호걸형의 큰아들 엘리압을 보고 자기가 찾는 사람이라 생각하고 기뻐하며 그에게 기름을 부으려 했다. 그때 주님께서 사무엘에게 계시했다.

"겉모습이나 키 큰 것만 보아서는 안 된다. 사람들은 겉모양을 보지만, 눈에 들어오는 대로 보지 말고 속마음을 보아야 한다."

사무엘은 그 선정기준으로 이사이의 일곱 아들을 제치고 양치기하는 막내아들을 선정하여 기름을 부었다. 그러자 키가 작은 그는 거인 골리앗과의 싸움에서 자기 능력을 발휘하여 사무엘의 선정이 정당했음을 입증했다. 그 후 다윗은 온 이스라엘의 임금이 되었다.

영국속담에 Sound mind in sound body라는 말이 있다. 건전한 신체에 건전한 정신이 깃든다는 말이다. 지금 우리사회에는 신체도 건전하고 정신도 건전한 사람이 필요하다. 그리고 그런 사람들로 충만한 사회가 살맛나는 사회요 건강한 사회다. 따라서 그런 사회를 이끌 지도자급 인사를 뽑는 인사선정 기준은 눈에 보이는 '외관'이 아니라 눈에 보이지 않는 '건전한 속마음'이 되어야 한다. 그래서 인사가 어렵다.

이번 청문회를 통해서 우리나라가 조금씩 깨끗하고 공정한 사회로 진입하고 있음을 보여주었고, 또 한편으로는 국민들의 눈높이도 확인됐다. 따라서 지금보다 더 공정한 인사선정기준을 만들어 적용해야 할 필요가 있지만, 그보다도 더 중요하고 필요한 것은 속마음을 읽을 수 있는 혜안(慧眼)이다.

호루라기를 불자

어렸을 때 가위로 양철을 잘라서 장난감 호루라기를 만들어 불고 다닌 경험은 있었지만, 내가 호루라기에 관심을 가지게 된 것은 고등학교 1학년 때였다. 영어교과서에 나오는 「WHISTLE」 이라는 글을 배우면서 호루라기가 우리 생활에 미치는 영향이 대단히 크다는 것을 알았다.

어린 밴자민 프렝클린은 자기 친구들이 불고 다니는 호루라기가 몹시 부러웠다. 어느 날 용돈이 생겨 호루라기를 사서 온 집 안을 신나게 불고 돌아다녔다. 형이 시끄럽다고 만류해도 계속 불고 다녔다. 그러자 화가 난 형이 호루라기를 빼앗아 부수어 버렸다.

형의 폭거에 분함을 참지 못한 프렝클린은 자기 방으로 들어가 실컷 울었다. 그런데 그때 자기가 형으로부터 질책을 받은 것은 호루라기 때문이란 것을 깨달았다. 그리고 호루라기는 타인의 행동을 방해하거나 저지하는 데 사용하는 것인 줄도 모르고 비싸게 샀다고 후회했다. 그때 평생 자기 생활의 좌우명이 된 「Don't pay too much for the whistle.」 이라는 교훈을 얻었다. 가격과 가치를 판단할 줄 아는 사람이 되어야 한다는 의미였지만, 쓸데없는 짓을 하지 말고 멈추라는 뜻이 내포된 경구였다.

내가 호루라기의 위력을 실감한 것은 축구심판을 보면서부터였다. 반칙을 범한 선수는 말할 것도 없고, 격렬하게 다투던 선수들도 나의 호루라기소리 한 방이면 끝났다. 경기장 안에서 주심 호루라기의 위력은 대단했다.

그런데 어느 날 심판을 마치고 본부석으로 갔을 때였다. 선배 한 분이 옆으로 오더니 주심의 호루라기소리가 본부석에서도 들을 수 없을 정도로 너무 작다고 지적해주었다. 선수들이 내 호루라기소리를 듣고 지시에 잘 따라주었다고 말했지만, 주심의 호루라기소리는 선수들만을 위한 것이 아니라 관중들에게도 필요하단다. 호루라기소리를 듣고 주심의 판정에 관심을 가질 때 관람질서도 확립되고 관중들은 경기에 더 관심을 갖는다는 뜻이었다. 그때부터 난 온 운동장이 떠나가도록 호루라기를 힘껏 불었다.

하지만, 스포츠에서 명장면은 심판이 없는 듯한 상태에서 나온다. 경기의 조정자로서 심판의 역할이 중요한 까닭이다. 사소한 부정행위나 반칙이 눈에 띄는 대로 호루라기를 불어대면 경기가 원활하지 못하고 자주 중단되어 선수나 관중은 신경질이 난다. 호루라기 사용에 신중을 기해야 하는 이유다.

요즘 잇단 학생들의 자살로 학생생활지도 문제가 사회적 이슈가 되고 있다. 원인이 집단따돌림과 학교폭력이라고 시끄럽게 떠들고 있지만, 그 문제를 해결할만한 뾰족한 해법은 별로 나오지 않고 있다. 그런데 최근에 그 해결책으로 호루라기를 이용하자는 의견이 대두되고 있다. 나도 호루라기를 잘 활용하면 효과가 있을 거라 생각된다.

나는 치안이 취약한 곳에 위치한 남녀공학고등학교 학생주임으로 근무할 때, 야간자율학습을 마치고 늦게 귀가하는 여학생들의 안전을 위해 호루라기를 사용토록 한 경험이 있었다. 여학생들은 모두 목에 호루라기를 걸고 다녔다. 축구심판을 통해서 얻은 경험으로 취한 조처였다.

학교폭력 문제는 가해자와 피해자만의 문제가 아니다. 학생들 전체의 문제다. 학생들은 비겁쟁이로 낙인찍힐 두려움 때문에 피해를 당하고도 선생이나 부모에게 숨긴다. 또 현장을 목격한 학생들도 자신이 피해자가 되지 않은 것만으로 만족하고 방관자가 된다. 학교폭력은 무기력하고 비겁한 방관자들 때문에 만연되는 범죄다.

그런 학교폭력을 근절하기 위해서는 폭력의 실태를 가장 잘 알고 있는 학생들의 용기가 필요하다. 현장을 목격하고도 외면하는 무기력한 비겁자가 되지 말고, 목격할 때마다 용기를 가지고 적극 대처하려고 노력하는 학생들의 용기 말이다. 자기가 외면하면 대신에 다른 친구가 폭력의 희생자가 된다는 사실을 자각하고, 모두 용기를 가지고 적극 대응하면 학교폭력은 뿌리 뽑을 수 있다고 본다. 그때 필요한 것이 호루라기다.

폭력현장을 목격한 학생이 호루라기를 불면 가해학생은 행동을 주춤한다. 그리고 그 소리를 듣고 많은 학생들이 몰려들면 꽁무니를 뺀다. 또 현장에 모인 모든 학생들이 동시에 호루라기를 분다고 상상해 보라. 기대되는 호루라기의 효과이다.

그러나 호루라기를 불 학생들의 용기가 관건이다. 교사 학부모 그리고 사회가 삼위일체가 되어 학생들에게 호루라기를 불 용기를 북돋아 주어야 하는 이유다.

제3부

어느 가을날의 착시현상

싸리나무는 슬픔에 잠겨 머리를 풀고, 땅바닥에 주저앉아 통곡하는 여인네처럼, 가지를 땅에 늘어뜨린 채, 힘없이 다소곳하게 앉아 있었다. 인위적으로 약품 처리하여, 노랗게 단풍이 들도록 한 것 같은 느낌이 들 정도로 정교해서 내가 속았다.

까마귀 나는 장안산에 오르다

성당 반석회에서는 11월 14일에 장수군 계남면 장안리에 위치한 장안산으로 등산을 갔다. 호남정맥의 최고봉(1,235m)인 장안산은 장수군립공원이며 가을철 억새가 일품이다. 신부를 포함해 12명의 일행이 한 석의 여유도 없이 봉고차로 정각 1시에 성당을 출발했다. 소양에서 장계까지 고속도로를 이용하니 시간이 많이 단축되었다.

다른 해에 비해 단풍이 좋을 거라고 예고한 대로 차창 밖으로 보이는 풍경마다 정말 장관이었다. 차를 모는 김시몬은 단풍에 매료되어 연속 탄성을 질렀다. 열심히 운전이나 하라는 소리를 듣고도, 좋은 걸 어떻게 하느냐고 말하면서 계속 싱글벙글했다.

등산로 입구인 무룡고개에 도착했을 때, 주차장에는 많은 관광버스와 승용차들이 즐비하게 서 있었다. 이름난 억새를 보기 위해서 온 등산객들이었다. 등산로 곳곳에 설치된 목조계단 때문에 등산은 수월했지만, 무엇보다 물기가 배어있는 듯 촉촉한 느낌을 주는 등산로가 발걸음을 가볍게 했다. 산 중턱에 올라 눈앞에 전개된 산들을 감상하며 휴식을 취하고 있을 때, 오싹할 정도의 한기가 느껴지는 늦가을 바람이 몸에 밴 땀을 식혀 주었다. 그 산들을 바라보고 있노라니 마음이 후련해졌다. 마주보이는 백운산과 이름도 모르는 겹겹이 쌓인 산 뒤로 멀리 지리산이 희미하게 보였다. 지리산은 모든 산을 평정한 거산(巨山)의 늠름한 위용을 자랑하며, 엷은 미소를 띠고, 하늘 높이 우뚝 솟아 있었다. 연무로 가물거리는 산을 그린 동양화를 감상하는 느낌이었다.

"신부를 이렇게 늦게 데려오면 늙은 나더러 어떻게 하란 말이야!"

성긴 하얀 머리카락을 한 억새가 불평을 했다. 그 말을 듣고, 봄철엔 가까운 데서 꽃구경을 하느라고 정신이 없었고, 여름철엔 너무 무더워 산행을 중단했으며, 초가을엔 장마 때문에 올 수 없어 미루다가, 겨우 택일을 하여 이제야 왔노라고 나는 변명했다. 그러자 세월 앞에 약이 없는 법이라며 한숨을 쉬더니, 어쩔 수 없는 일 아니냐는 듯 곰삭을 정도로 폭삭 늙은 머리카락을 연방 끄덕였다.

내가 변명을 늘어놓고 있을 때, 일행을 반가이 맞이하는 진객이 있었다. 정상부근에서 "까아악 까아악"하고 울어대는 까마귀들이었다. 까마귀들은 늦었지만 오기를 잘했다고 반겼다. 참으로 오랜만에 듣는 소리였다. 하도 뜻밖이어서 까치가 아닐까 하고 자세히 쳐다보았다. 날개 끝에 하얀 깃털이 없는 것으로 봐 틀림없이 까마귀들이었다. 여러 마리가 떼를 지어 고공비행을 하며 일행을 환영해 주었다. 까마귀는 어미에게 먹이를 물어다 준다 하여 반포조(反哺鳥) 또는 효조(孝鳥)라고 불리며, 서양의 동화에서는 보은하는 새로 알려졌다. 그러나 울음소리가 듣기 흉하다 하여 흉조(兇鳥)로 전락되었으며, 주위에서 자취를 감춘 지 오래였다.

일행이 정상에 올랐을 때도 까마귀는 상공을 선회하고 있었다. 까마귀의 환영을 받으며, 회장이 가져온 복분자주를 마시면서 사과시식회를 열었다. 가져온 사과의 산지가 모두 달랐고, 하산할 때 짐을 가볍게 하기 위해서 각자 자기 사과가 맛이 좋다고 우기는 바람에 생긴 즉흥적인 시식회였다.

하산할 땐 정상에서 마신 복분자주의 효험 덕인지, 다리가 아프다고 불평하는 사람은 한 사람도 없었다. 오히려 내려갈 때만 같으면 매일이라도 등산을 하겠다고 호기를 부리며, 케이블카를 타고 올라갔다가, 내려가기만 하는 등산은 없느냐고 묻는 사람에게, 그것은 등산이 아니라 하산이라고 나는 말했다.

장안산의 억새는 인상적이지 못했다. 철이 지난 탓도 있었지만, 억새밭이 싸리나무, 국수나무, 그리고 조릿대에게 잠식되어 터전을 잃어가고 있었다. 맥을 유지하고 있는 놈들도 이미 쇠잔해져 머리를 흔들 기력이 없는 듯했다.

일행이 까마귀들의 전송을 받으며 하산하여 무룡고개 주차장에 이르렀을 때, 모두 보약 한 제는 먹은 기분이라며 좋아했다. 화장실에 다녀오는 사람마다 오줌발이 세어졌다며, 보약 덕인가 보다고 얼굴이 해낙낙해졌다.

귀가 길에 오른 시간은 석양 무렵이었다. 야산의 노란 단풍들을 황혼이 붉게 덧칠하여 말로 표현할 수 없는 비색을 띠고 있었다. 정말 멋진 경관이었다. 일행이 만추의 비경을 만끽하며 달리고 있을 때, 자웅을 겨루는 듯 우뚝 서 있는 마이산의 암·수 두 봉우리가 시야에 들어왔다. 마이산은 언제 보아도 사람의 마음을 흐뭇하게 해주었다.

"지난 10월에 산행은 어디로 갔지요?"

신부가 기억이 없다는 듯 차 안에서 물었다. 장소를 결정했던 김시

몬도 기억이 나지 않는다고 했다. 혹 불명산으로 가지 않았느냐고 물었을 때, 나는 그 산에 등산한 내용을 글로 썼기 때문에 아니라고 말했다. 소양에 가지 않았느냐고 회장이 말하자, 누군가 소양은 8월에 보신탕을 먹으러 갔었다고 했다. 아무도 기억을 못하고 있을 때, 총무가 상관 측백나무 숲으로 갔다고 했다. 그 말을 듣고서야 모두 생각이 났다. 그때 누군가 뒤에서 반석회의 정회원이 될 사람은 총무뿐이라고 말했다. 그 소리를 듣고 일행은 모두 웃었다. 나이 탓이라고는 말하지 않고, 산에서 본 까마귀 때문에 기억력이 까막까막해졌다고 핑계를 대며 자위했다.

전주에 도착한 일행은 바로 치명자산 바자회장으로 갔다. 사무장과 수녀가 일행을 반겨주었다. 바자회장에 들어가자 낯익은 사람들이 많았다. 자원봉사 때문에 나온 화산성당 자매님들이었다. 가져온 식사와 안주 그리고 동동주는 게 눈 감추듯 했다. 모두 장안산에서 먹은 보약 덕으로 식욕이 왕성해진 탓도 있었겠지만, 일행이 마시고 먹는 것이 성당신축공사를 위한 벽돌이 된다는 흐뭇한 마음 때문이었다. 오늘의 장안산 등산은 까마귀의 영접을 받으며 에너지도 비축하고, 마음껏 먹고 마시면서 봉사하는 일석이조의 효과를 본 멋진 등산이었다.

내장산 단풍놀이

　11월 둘째 주 월요일이었다. 나는 내장산 단풍이 최고의 절정이란 아침 뉴스를 들었다. 어제는 휴일이라 너무 많은 사람이 운집하여 복잡했으나, 오늘이 단풍구경하기에 가장 좋은 날이 될 거라는 뉴스였다. 나는 아내에게 선심을 쓰기로 하고, 내장산 단풍구경을 가자고 말했다. 운전하기 복잡할 테니 대중교통을 이용하며 한가롭게 하루를 즐기는 여유를 갖자고 했다. 내 말을 듣고 아내는 아무 말 없이 어디론가 전화를 걸더니 가자고 했다.

　아내가 전화를 건 사람은 죽마고우의 처였다. 그 친구는 나와 아주 다정한 친구였는데 세상을 떠났다. 아내와는 친 자매처럼 지내고 있는 처지이며, 단풍이 들면 내장사로 구경을 가기로 약속했었지만, 서로 연락이 없다가 아내의 전화를 받고 우리 집으로 달려왔다.

　직행버스로 정읍에 도착했을 때, 그곳에는 광주에서 내장산까지 운행하는 직행버스가 기다리고 있었다. 단풍철만 운행하는 임시버스였다. 버스 안에는 광주에서 오는 관광객 몇 명만 타고 있었다. 우리 일행과 서울에서 온 사람들이 합세했으나 버스 안은 한산했다. 그렇게 한산할 줄 알았으면 승용차를 가지고 왔을 텐데 하고 후회하며 버스에 타고 내장산으로 달려가고 있었다.

버스가 내장저수지에 이르러 모퉁이를 돌아갈 때였다. 잠시 멈추던 버스가 움직일 줄 몰랐다. 앞을 보니 아찔했다. 차들이 한 줄로 길게 늘어져 움직일 줄 모르고 서 있었다. 아내는 차를 안 가지고 오길 참 잘했다고 했다. 가다서다 하다가 단풍나무를 가로수로 심어놓은 곳에 이르렀을 때, 눈에 띈 단풍들의 색깔이 정말 기가 막히게 좋았다.

서울에서 온 여인들은 이미 본전을 뺐다고 좋아했다. 아침 일찍부터 고속버스를 타고 여기까지 왔는데, 멋진 단풍을 보니 기분이 좋아져, 오길 참 잘했다며 연방 탄성을 질렀다. 버스 차창으로 보이는 단풍도 끝내 주었다. 그런데 한 가지 문제가 있었다. 버스 창에 붙여놓은 썬팅 때문이었다. 단풍의 빛깔이 창 위 부분과 아래 부분으로 보이는 것이 달랐다. 고개를 숙이며 창 아래 부분에 눈을 대고 확인을 해야만 했다. 관광버스를 탈 때마다 느꼈지만, 좋은 경치를 구경하려고 관광버스를 타는데, 썬팅 때문에 좋은 풍경을 제대로 볼 수 없어 불편했다.

"나 좀 여기서 내려 주시오."

갑갑하다는 듯이 한 아주머니가 소리쳤다. 차가 움직이려 하지 않자 걸어가는 것이 낫겠다고 생각했던 모양이었다.

"아지매, 나는 두 손으로 운전대를 잡고 있응께, 이 손으로 아지매를 내려줄 수 없소. 운전대를 잡고 아지매를 내려주면 교통사고가 나거든요. 그러닝께 나더러 내려달라고 하지 말고 혼자서 내리시우. 그러나 쬐끔만 참으면 된당께요. 그리고 갈 때는 복잡스러운께 버스 타지 말고 걸어가시오."

운전기사의 멋진 유머와 사투리에 모두 배꼽을 잡고 웃었다. 약 50분쯤 지나자 터미널에 도착했다. 기사는 잘 가라는 말 대신에 갈 때는 복잡하니 걸어서 가라고 농담도 했다.

일행은 미리 간단한 점심 식사를 하고 걸어가기로 했다. 평일인데도 문자 그대로 인산인해였다. 금년에 단풍이 가장 좋을 거라는 예고도 있었지만, 입구에서부터 장관이었다. 일행은 구경하러 왔기 때문에 서틀버스를 타지 않고 걸어갔다. 많은 인파 속에 끼여 단풍을 만끽하며, 떠밀려가듯 걸어가고 있을 때였다.

"우측통행합시다. 우측통행합시다."

갑자기 남편처럼 보이는 젊은 사람과 함께 내려오는 젊은 여인이 어린이의 손을 잡고 외치면서 걸어오고 있었다. 올라가는 많은 인파 속에서 내려오기가 힘들었던 모양이었다. 대부분 비켜주어 내려가게 했지만 정말 어처구니없는 일이었다. 여인이 큰소리치면서 내려오고 있는 길은 상행선이었다. 자기가 역보행하고 있으면서, 다른 사람더러 길을 비키라고 큰소리치고 있었다. 교통사고 현장도 아니고 노름판도 아닌데 큰소리치는 것이 우스웠지만 애교로 보아 넘겼다.

단풍나무가 아닌 다른 수종들은 거의 잎이 떨어져 앙상한데, 단풍나무들만 형형색색으로 물든 이파리들을 뽐내고 있었다. 철이 덜든 싱싱한 놈들은 아직도 파란 이파리들을 달고 있었지만, 빨갛고 노랗게 물든 이파리들과 뒤범벅이 되어 멋진 앙상블을 이루고 있었다. 대자연의 오묘한 신비였다.

걸어가는 길은 비단결처럼 폭신했다. 이미 떨어진 잡목들의 낙엽 위에 떨어진, 덜 마르고 성미 급한 단풍잎이 발걸음을 부드럽게 해

주었다. 거기에다 오전에 떨어진 빗방울의 촉촉한 감촉 때문에 걷기
엔 안성맞춤이었다.

여기저기 드물게 보이는 돌감나무에 주저리주저리 열린 빨간 열매
들은 가을장마에도 거뜬히 견디어 낸 강인한 생명력을 보여 주고 있
었다. 그것을 보니 대학생시절에 내장산을 찾았던 추억이 새로워졌
다. 그땐 막걸리 통을 옆에 놓고 마셔가며 돌감을 안주로 삼았다. 지
금은 고목이 되어 사랑받지 못하는 나무가 되었지만, 형형색색의 이
파리를 뽐내며 시위하는 단풍나무 사이에서, 빨간 열매를 달고 의젓
이 버티며, 옛 정취를 자랑하고 있는 돌감나무도 이 단풍철에 한 몫
하고 있었다.

사람들이 많이 모이는 곳에는 항상 꼴불견이 있는 법이다. 역보행
하면서 큰소리치는 경우도 그렇지만, 복잡한 공간을 달리는 승용차나
관광버스가 그것들이다. 무슨 특권이라도 가지고 있는 듯이 뽐내며
다니는 꼴도 정말 가관이었지만, 초파일도 아닌데 방생체험이라고 써
붙인 채 관광객을 싣고 다니는 관광버스는 정말 눈꼴사나웠다.

오전에 버스를 타고 올 때 기사한테서 들은 이야기이다. 제3주차장
은 텅텅 비어 있지만, 자기 차만은 한 발이라도 더 가까운 곳으로 가
져가려는 사람들의 이기심 때문에 정체된단다. 주차장이 만원이어서
진입을 금하면 복흥으로 간다고 거짓말을 한다. 그러면 더 이상 제재
할 수가 없다. 마찬가지로 방생체험으로 내장사에 들어간다는데 제
재할 수가 없는 일 아닌가? 종교행사를 빙자해 종교인들을 모독하고
있다는 사실을 깨닫지 못한 파렴치한 사람들의 행동이다. 이런 엉터
리들이 없었다면 단풍놀이가 한층 더 즐거웠을 거라 생각했다.

농촌의 새 풍속도

방죽을 쌓아 물이 고이면 물고기는 모여든다. 깊은 데서 헤엄치던 물고기는 얕은 데선 답답하다. 그런데도 새 물맛을 보면 신천지에서 흘러오는 생명수인 양 기를 쓰고 오른다. 다시 헤엄칠 날을 기대하며 온갖 고통을 감내하고 모험의 길로 나선다. 헤엄치던 그 물은 뒤에 오는 자에게 양보한다. 그래서 물이 있으면 항상 물고기로 채워진다. 그리고 한번 떠난 물에는 다시 돌아오지 않는다. 돌아오는 놈들은 한물간 놈들이다.

우리 농촌도 마찬가지다. 떠나기로 작정한 사람들은 결국은 떠난다. 그래도 농촌은 폐허가 되지 않고 유지되어 간다. 다른 데서 올라오는 새로운 젊은 피로 수혈되어 농촌은 생동감을 되찾는다. 젊은이들이 귀농하는 경우는 다르겠지만, 한번 떠난 사람이 다시 돌아오면 한물간 귀찮은 존재가 된다.

고급공무원생활을 하다가 정년퇴임한 친구가 있었다. 그는 편안한 노후생활을 하겠다고 고향을 찾았다. 손으로 화초도 가꾸고 독서나 하며 여생을 한가하게 즐기면서 살겠다고 마음먹었다. 그래서 원래 자기가 살았던 집을 되찾아 수리도 하고 이사까지 했다. 마을 사람들을 초청하여 잔치도 벌였고 고향사람들도 그의 귀향을 환영해 주었다.

이사한 지 며칠 후 한 여인이 찾아왔다. 얼핏 보아도 한국여자는 아니었다. 웬일이냐고 묻자, 알아듣기 힘든 말로 자기는 이 마을 이장인데 마을회관에서 반상회가 있으니 참석하라고 했다.

그 다음날 그 여자가 다시 찾아왔다. 반상회에 참석하지 않은 이유를 따지더니, 반상회에서 논의한 내용을 말하고, 앞으로는 빠지지 말고 꼭 참석하라고 말하며 갔다. 지금까지 없었던 새로운 어른(?)을 만나는 기분이어서 기분이 상했지만 참고 견디었다.

어느 날 저녁에 그 친구는 마을회관을 찾아갔다. 거기 가면 많은 사람들을 만날 수 있을 거라 생각해서였다. 회관 문을 열어 보니 남자는 한 명도 없고 전부 여자들이어서 민망해 죽을 뻔했단다. 마을에 남자는 몇 명 안 되고 대부분 여자들이기 때문에 마을회관은 여자들 차지라는 사실을 몰라서 일어난 해프닝이었다.

이 친구가 고향에서 편안한 노후생활을 즐기겠다고 한 계획은 처음부터 계산착오였다. 농촌은 농사꾼이 아닌 사람이 여가를 즐기는 곳이 아니라는 것을 미처 생각하지 못했다. 우선 대화할 상대가 없어 하루하루가 감옥과 같았다. 농사에 전념하기 위해 귀농한 사람이 아니면 고향에서는 환영받지 못한다는 사실도 몰랐다. 금의환향이란 말은 언감생심이었다.

농촌사람들에게 그는 생활과 문화의 차이 때문에 눈엣가시가 될 뿐만 아니라, 으스대며 남을 업신여기는 것으로 보였다. 자연히 대화가 단절되어 오갈 곳이 없는 한물간 사람이 되었다.

그는 인근에 떨어져 있는 옛 친구들을 찾았다. 함께 술을 마시다 보니 자리가 길어져 귀가시간이 늦어지기도 하고, 자기가 직접 운전하다가 음주단속에 걸린 경우도 있었다. 대리운전을 시켜 집으로 돌아오는 경우가 잦아지자, 자연히 밖에 나가는 것을 싫어하는 아내와 가끔 트러블도 생겼다. 그래서 다시 짐을 꾸리고 고향을 떠나야만 했다.

농사로 늙은 부모들은 자식들이 농부가 되는 것을 원치 않았다. 공무원이나 대기업에 취직하여 도시에서 살며 자기의 전철을 밟지 않기를 바랐다. 또 아들 하나가 잘 되면 모든 식구들을 다 부양할 수 있을 거라 기대하고 하나만 열심히 가르쳤다. 부모가 원하는 대로 그들은 농촌을 떠났다.

70년대 초 새마을사업이 한창일 때 농촌사람들은 잘 살 수 있다는 희망에 부풀었지만 산업화와 도시화의 물결이 불어오면서 변하기 시작했다. 고향을 지키며 살던 사람들은 남·여 할 것 없이 무조건 도시와 산업현장으로 떠났다. 그것이 농촌의 노령화와 공동화 현상의 원인이었다. 그러나 농촌인구의 감소는 농촌의 기계화를 촉진하기도 했다.

어쩌다 도시로 갈 여력이 없어 마지못해 고향을 지키며 사는 사람도 있었다. 그러한 농촌총각에게 시집올 처녀는 없어 자연히 노총각 신세가 되었다. 그래서 한때 농촌총각의 결혼이 심각한 사회문제가 되었으나 살기 좋은 한국농촌의 신선한 물맛을 보려고 외국에서 몰려오는 사람들이 있었다. 멀리 중국, 베트남, 필리핀 등 동남아 여러 나라에서 올라와 농촌총각들과 결혼하고 한국인으로서 자리를 잡아

가고 있다. 젊은 이국 여성들로 한국 농촌은 지금 다시 활기를 찾아
가고 있는 중이다.

한국농촌으로 시집온 여성들은 일가친척이 없는 이국땅에서 많은
문화적 어려움을 극복하며 살아가지만, 그 지역에 없어서는 안 될 존
재가 된 사람들도 많다. 마을 이장은 그들 몫이며, 마을 어린이와 2세
들을 위한 원어민 교사까지 겸하며 내국인보다 더 열심히 살아가는
사람도 있다. 그들이야말로 우리 농촌에 수혈된 '젊은 피'다.

다문화가정이란 말도 자주 들어 익숙한 말이 되었다. 그리고 다문
화가정 때문에 농촌은 지금 변하고 있다. 외국인 여자와 결혼한 남자
들은 자기 부인을 사랑하고 이해하기 위해 그들의 문화를 배우려고
노력한다. 부인 덕으로 외국나들이도 자연스럽게 되었다.

한국남자와 결혼한 여인들도 우리말을 익히고 우리문화를 배우느
라 많은 고생을 한다. 그리고 자기 2세들에게 원어민으로서 자기 모
국어를 가르치기도 하고 자기 모국의 문화도 가르친다. 또 자기들 고
유의 음식을 만들어 자연스럽게 접하게 한다. 그래서 농촌어린이들
은 점점 국제화 단계로 진입하고 있다. 우리 농촌은 많은 인종이 공
존하며 새로운 미래와 활로를 개척해 나가는 역동적인 다문화의 현
장이 되어 가고 있는 중이다. 이것이 오늘날 우리 농촌의 새로운 풍
속도다.

동창회에서 새만금에 나들이가다

2010년 7월 1일은 고등학교를 졸업한 지 50년이 된 동기동창들의 분기별 임원회의 겸 야유회를 위해 나들이 하는 날이었다. 비록 희끗희끗한 머리칼과 빛나는 두상의 계급장을 감추기 위해 모자를 눌러 썼지만, 모처럼 친구들을 만나 주름진 얼굴에 피어난 웃음은 마냥 즐겁고 기쁜 표정들이었다.

장마철이라 아침부터 비가 내릴 듯이 하늘은 잔뜩 인상을 쓰고 있었다. 모두 27명이 예정보다 10분 늦게 새만금을 향해 출발했다. 도중에 최병준 동문이 운영하는 약국에 들러 필요한 음료수를 지원받기로 했다. 출발하자마자 유관수 회장의 간단한 인사가 있었고 마이크는 전주시문화원장인 서승 동문에게 넘겨졌다.

서승 동문은 우리가 나들이할 때마다 전문 MC역을 맡았다. 해박한 고대사와 문화재에 관한 지식, 그리고 기자출신답게 지칠 줄 모르는 입담으로 친구들을 항상 즐겁게 해주었다.

마이크를 들자마자, 김제 벽골제가 축조된 시기가 신라시대인지 백제시대인지 묻는 질문을 던졌다. 질문하는 태도로 보아 백제가 아니라는 것은 분명했지만, 언제 김제가 신라 땅이 되었을까 하고 모두 의심되어 답을 못하고 망설였다.

김제시에서 제작한 벽골제 안내문에도 신라와 백제를 혼용하여 헷갈리게 하고 있다고 했다. 원래 백제로 표기되었으나 출토된 비문에서 '신라'라는 문구가 나와 어려움을 겪고 있단다.

고대사에서는 새로 창건된 나라 이름을 '신라'라 했단다. '새 나라'라는 뜻이다. 마치 새로운 마을 이름이 거의 '신촌(新村)'이나 신기리(新基里)였던 것처럼. 그래서 신라라는 나라가 여러 곳이 있었으며, 삼국을 통일한 신라는 호남지역의 신라와 가야지역의 나라가 합병하여 만든 신라라고 설명했다. 그러자 모든 의문이 풀렸다.

북에서부터 남으로 내려온 고대사 설명을 듣고 보니 우리가 알고 있었던 역사와는 좀 생소한 감이 있었다. 보학(譜學)을 통한 새로운 역사 연구방법도 재미있는 추세라고 설명했다. 그리고 신라 이야기를 하다 보니 자연히 청주한씨들이 남하하여 정착하게 된 것도 들려주었다.

우리는 미국에 거주하는 김영식 동문이 일시 귀국했다가, 모친상을 당해 삼우제를 지내는 날이기 때문에, 홍덕으로 가 그 친구를 태우고 선운사로 가기로 했다. 그래서 부안을 거처 고창으로 향했다.

도중에 상서면 호벌치에 있는 코무덤 이야기도 나왔다. 호벌치는 정유재란 때 줄포만을 거처 부안읍으로 쳐들어오는 왜병과 맞서 싸우다 목숨을 잃은 선현들을 기리기 위한 기념비가 있는 곳이다. 그곳에는 코무덤이 있다.

코무덤은 왜란 때 일본군이 전리품을 확인하기 위해 목 대신 베어갔던 코를 묻은 무덤이었다. 그런데 이 코무덤은 일본 바젠시에 있는 것으로, 동래 자비사의 박삼중 스님의 노력으로 1992년 11월에 현해 탄을 건너와, 부산 동래 자비사에 임시 봉안해 오다가, 1년 후에 이곳 호벌치에 안치됐다. 당시 부안문화원장 김원철 선배의 협조로 그곳에 안장했다.

우리는 김영식 동문을 홍덕에서 태우고 선운사로 향했다. 그곳에서 풍천장어로 점심을 했다. 바닷가에 왔으니 회를 먹자는 친구도 있었으나 풍천장어로 통일했다. 모처럼 고창 특산품 복분자주를 곁들인 포식이었다. 그곳에서 사진작가 김택권 동문의 사진촬영 솜씨자랑도 있었다.

식사 후, 버스 맨 앞좌석에 앉은 형성우 동문이 마이크를 잡았다. 퇴직한 후 모처럼 동문들과 함께 여행하니 감회가 새롭다면서, 하모니카는 가져오지 않았지만, 마이크를 잡은 김에 전주출신 가수 진송남이 부른 '저 바다가 없었다면'을 열창했다. 그 다음은 전문 오락MC 이상일 동문이 주도했다.

엄석철의 '누이'와 강세형의 '고향초'가 빵빠래를 울렸다. 두 사람은 기분 좋다면서 헌금을 냈다. 이상일 동문도 '옥경이'를 뽑고서 헌금을 냈다. 이에 질세라 모처럼 인천에서 내려온 이선중 동문이 메들리로 몇 곡을 뽑더니 역시 헌금을 냈다. 그리고 50주년기념행사 편집장인 한상갑 동문이 원고청탁을 하면서 허스키로 부른 '서울의 탱고'는 완전히 분위기를 사로잡았다.

고려청자도요지, 반계유적지, 내소사 앞을 지나 외변산을 거쳐 바다를 노래하며 새만금 방조제를 향해 달렸다. 이윽고 변산면 대항리에 있는 새만금기념관에 이르렀을 때, 김택권 작가가 사진솜씨를 또 한번 발휘하기로 했는데 집합시간이 오래 걸렸다. 차에서 내려 화장실로 향할 때는 모두 뛰어가는데 나올 때는 한결 같이 느리었다. 나이 탓이니 뭐라 할 수도 없었다.

기념관을 출발하자 마이크는 다시 서승 동문에게 넘겨졌다. 새만금의 유래와 오늘의 새만금이 있기까지의 어려움과 많은 일화들을 소개해주었다. 서승 동문의 설명을 듣지 않고 새만금방조제를 구경하는 사람들은 막연히 수평선과 시설물만 보고 감탄하면서 시간을 보낼 거란 생각도 들었다.

서해의 여러 섬들에 교회가 세워진 계기도 설명해 주었다. 새만금을 반대하는 단체는 종교행사로 위장해 집회가 허용됐으나, 찬성하는 쪽은 종교행사가 아니기 때문에 허용되지 않아 해산해야만 했다. 그러나 목사를 동원한 예배활동으로 시작하자 집회가 허용되었다. 자연히 기독교와 가까워질 수밖에. 그래서 서해에 있는 섬마다 교회가 설립되었단다.

나는 대항리에서 가력도, 비응도에서 신시도까지는 여러 번 가보았기 때문에 새로운 것은 별로 없었다. 다만, 날씨 탓으로 시계가 흐려져, 확 트인 수평선을 구경할 수 없는 것이 아쉬웠다. 나뿐만 아니라 다른 지역에서 온 많은 관광객들도 서운하다고 말했다.

우리는 군산에서 저녁식사를 하기로 했으나 식사시간까지 시간적 여유가 있었다. 그래서 노가다관광을 하기로 했다. 노가다관광이란 목적지가 없이 무작정 출발했다가 눈에 보이는 곳에 들르는 관광이란다. 나도 오늘 처음으로 알았다. 그래서 비응도에 있는 현대중공업 조선소에 가서 외부만이라도 구경하기로 했다.

그런데 갑자기 서승 동문이 또 마이크를 잡더니, 한병일 동문의 노력이 있으면 조선소 내부도 구경할 수 있을 거라 귀띔했다. 그러자 우리가 조선소 외부를 한바퀴 돌면서 풍력발전소까지 구경하는 동안에 한병일 동문은 누군가에게 전화를 걸었다. 잠시 후 정문으로 가면 안내자가 나올 거라는 연락을 받고 정문으로 갔다. 오전에 서승 동문이 자랑해준 한씨족보 턱을 톡톡히 한 셈이었다. 동생이 현대중공업 전무였다.

안내양도 깜짝 놀랐단다. 1개월 또는 적어도 보름 전에 예약을 해야 하는데, 예약도 없는 관광객을 안내하기는 자기도 처음이라고 했다. 우리는 노가다관광을 하다가 조선소 내부를 관광하게 됐지만, 차를 타고 쇳조각만 구경하는 꼴이었는데, 운 좋게도 새로 건조한 배의 진수 장면을 볼 수 있었다. 회장의 다른 이름이 진수여서 그런지 진수 장면을 쉽게 구경할 수 있었다. 보트만큼 작은 두 척의 배가 로프를 이용하여 끈질기게 이리저리 조금씩 끌더니, 도크에 놓여있는 그 큰 화물선을 바다로 예인했다. 그 광경은 정말 기가 막혔다.

군산복집에서의 만찬도 정말 괜찮았다. 일만 오천 원하는 복국을 일만 원씩만 갹출했으니, 유관수 회장도 오전에 서승 동문이 자랑해준 할아버지 턱을 톡톡히 했다. 오랜만의 동창회 나들이가 정말 화기애애하고 흐뭇했다.

바래봉 철쭉과 노동체험

남원시 운봉읍에는 국립종축원이 있었다. 그 뒷산 정상이 지리산의 한 봉우리인 바래봉이다. 바래봉은 절에서 사용하는 스님들의 목조 밥그릇인 바리때를 엎어놓은 모양과 비슷하다고 하여 붙여진 이름이다. 그러나 정상이 삿갓 모양으로 생겨 그 지역사람들은 삿갓봉이라 부르기도 한다.

바래봉 기슭에 있는 종축원의 정식 명칭은 '국립종축원남원지원'이었다. 박정희 대통령이 호주와 뉴질랜드 순방 중, 축산 선진기술에 감탄한 나머지 우리나라에서도 축산을 제대로 해보자고 다짐하며, 호주정부와 계약을 맺고 면양을 수입했다.

바래봉 등산은 운봉읍 용산리에서부터 시작된다. 목장 뒤에 있는 목장길을 따라 오른다. 그러나 그 길은 원래 등산로가 아니었다. 차가 다닐 수 있을 만큼 넓어서 도로나 임도로 착각하는 사람들이 많지만, 여름철 피서를 위해 면양들을 바래봉 초지로 유도하는 목장길이었다. 지금은 등산로로 사용되어 등산이 수월하다.

바래봉 정상에 올라 능선을 바라보면 능선들이 부드럽고 순한, 그러면서도 풍만한 여인들의 나신처럼 굴곡이 완만하다. 이곳에 종축장을 설립한 이유였다. 여름철 면양의 피서지로 만들기 위해 주위에 있는 모든 나무를 벌목하고 초지로 조성했다.

예로부터 이른 봄에 피는 연분홍의 진달래꽃을 참꽃(또는 참진달래꽃)이라 하여 꽃잎을 따서 먹기도 했고, 다른 식용으로도 사용했다. 대표적인 것이 진달래전과 진달래술이었다. 그러나 산철쭉은 개꽃(또는 개진달래꽃)이라 하여 먹지 않았다. 손가락으로 만지면 끈적거리며 달라붙었다.

바래봉이 목장으로 개발되면서부터 면양들이 나무의 새순들을 모두 먹어 나무들이 말라죽었지만, 독이 있는 철쭉은 먹지 않았다. 또 초지를 조성하기 위해 시비한 비료와 면양들의 분뇨가 철쭉의 걸음이 되어 무성하게 되었다. 바래봉이 철쭉 군락지가 된 연유였다.

산철쭉은 대부분 큰 나무 사이에서 제멋대로 자라, 모양이 일정하지 않고, 띄엄띄엄 떨어져 있으며 연분홍 꽃이 핀다. 그러나 바래봉의 철쭉은 사람 허리 높이의 키에 잘 가꾸어 놓은 듯이 군락을 이루고 있으며, 진홍색 꽃이 핀다.

4월 하순이면 산기슭에서부터 피기 시작하여 점점 정상을 향해 올라간다. 중간 부분, 8부 능선, 정상 부근의 개화시기가 각각 달라서 3~4주 동안 계속 꽃을 감상할 수 있다. 5월이 되면 멀리 산 아래에서도 육안으로 울긋불긋한 꽃을 볼 수 있다.

내가 운봉중학교 교감으로 재직하고 있던 5월 중순 어느 날 오후였다. 중간고사를 마치고 선생님들과 함께 바래봉으로 꽃구경을 갔다. 모세가 호렙산 떨기에서 이는 불꽃을 보고 올라가듯, 우리도 진홍색 빛에 끌려 서서히 산에 오르고 있었다. 도중에 보이는 철쭉에 감탄사를 연발하며 목장길을 따라 걷고 있었다.

목장길이 끝나는 정상부근에 이르렀을 때였다. 승합차 한 대가 눈에 띄었다. 정신 나간 사람들이 꽃구경하러 온 게 아니라 드라이브하러 왔는가 보다고 생각하며, 정상에 올라 이곳저곳 꽃을 감상하며 넋을 잃고 서 있었을 때, 누군가 나를 불렀다. 네 명의 고등학교 동창들이었다. 반갑게 인사를 나누고, 그들이 가지고 온 삽겹살과 소주를 얻어먹으니 기분은 괜찮았다. 그들은 오전에 왔단다.

잠시 후 친구들은 하산하고, 나는 선생님들과 더 머물며 꽃구경을 했다. 마침 운봉이 고향인 교무주임으로부터 바래봉과 철쭉에 관한 설명을 들었다. 정상에서부터 약 1.5㎞인 팔랑치 일대까지가 철쭉이 가장 좋고, 더 올라가면 세걸산을 지나 정령치에 이른다고 했다.

꽃구경을 마치고 하산하여 목장 뒤에 이르렀을 때였다. 시끄러운 소리가 들려 왔다. 가까이 가서 보니 정상에서 만난 친구들이 종축원 직원들과 옥신각신하고 있었다. 정상부근에서 본 승합차도 눈에 띄었다. 앞을 보니 차가 지날 수 없을 정도로 길에 흙이 쌓여 있었다.

목장길은 차가 다닐 수 없었다. 차가 다니는 소리를 듣고, 새끼 밴 면양들이 소음 때문에 스트레스를 받아 마구 뛰어다니면, 사람의 힘으로 제압할 수 없단다. 그런데 올라가고 있는 자동차의 모습이 한 직원의 눈에 띄어, 얼른 뛰어가 통행을 만류하려 했으나 이미 지나쳐 버렸다. 화가 난 종축장 직원들이 차가 통과할 수 없도록 길에 흙을 날라다 쌓아 놓았다.

친구들은 처음부터 차를 몰고 산에 올라갈 생각은 없었다. 등산로 밑에 갔을 때, 보이는 길이 넓어 이 정도면 승합차로 올라갈 수 있을 거라 생각하고, 차를 서서히 몰았다. 차량을 통제하는 표시판이나 신호도 없었다. 그래서 가는 데까지 가 보자는 식이었다.

그러나 승합차 덕분에 거의 정상까지 올라가, 남들보다 수월하게 꽃구경을 한다고 으스대다가, 내려오는 길에 그런 변을 당했다. 친구들은 변명도 하고 사정도 해 보았다. 그러나 상대는 꼼짝도 안했다.

궁여지책으로 남원시 기관장들을 동원하여 해결하려고 노력했다. 서로 기관이 달랐기 때문에 그들의 말이 통할 리가 없었다. 그들은 국립기관의 직원이라며 안하무인격이었다. 그 지역에서 기관장회의를 하거나 친목행사를 해도 전혀 참석하지 않았다. 지역사회와는 격리된 별천지여서 그곳에서 무슨 일이 일어나고, 또 면양이 언제 임신하는 지도 아는 사람은 아무도 없었다.

그때까지는 어떤 차량도 정상까지 올라간 적이 없었다. 그러나 지프형 승합차가 개발되면서 그 정도의 정상에는 얼마든지 오를 수 있었지만 그들은 전혀 대비하지 못했다. 차의 통행을 막는 차단기나 어떤 시설도 없었다. 엄격히 따지면 직무유기였다. 그러면서 올라간 차만 가지고 시비했다.

종축장 직원들은 국립기관이라는 그릇된 자부심 때문에 외부와 단절된 생활을 하고 있었다. 차가 통행하지 못하도록 길에 흙을 쌓는 행위도 오랫동안 폐쇄된 생활을 한 결과에서 표출된 퇴행이었다.

종축장 직원은 친구들의 실수가 본의 아님이 확인되었지만, 다른 직원들이 모두 퇴근해 버려 흙을 치울 사람이 없다고 배짱을 부렸다. 퇴근이라고 해야 종축장 안에 있는 숙소에 머물고 있었지만 협조를 하려 하지 않았다. 본의 아니게 차 안에서 밤을 새워야 하는 신세가 된 친구들은, 2km쯤 떨어진 마을에 가서 삽을 빌려, 밤늦게까지 길에 쌓인 흙을 치우고 차를 몰고 돌아왔다.

　바래봉 철쭉이 좋다는 소리를 듣고 모처럼 철쭉구경을 갔다가, 삽질도 해본 경험이 없는 사람들이 종축장 직원들의 아집 때문에 철야 노동을 하는 신세로 전락되었었다. 철쭉 때문에 돈을 주고도 사지 못할 멋진(?) 노동체험을 했단다.

상팔자

양력 8월 25일은 큰딸의 생일이었다. 그리고 작은딸 둘째아들 휘영이의 생일도 같은 날이었다. 그날 저녁에 모처럼 가족들이 작은 식당에 모두 모여 조촐한 축하연을 베풀고 있었다. 간단한 기념품을 건네고 건배를 한 다음 식사를 하려고 할 때, 내 휴대폰을 만지작거리던 큰 외손녀가 나에게 온 매일을 읽더니 자기 엄마한테 큰 소리로 말했다.

"엄마, 오늘이 할아버지 생일이야."

외손녀는 나만 보면 휴대폰을 달라고 하여 게임을 하기도 하고, 이것저것 만지작거린다. 가끔 내가 처리하기 곤란한 기능을 설치해놓고 나를 곤혹스럽게 한 적도 있었다. 한번은 비밀번호를 묻기에 알려주었더니 초기화해, 입력해 둔 전화번호가 전부 삭제되어 애를 먹은 일도 있었다. 아이들이 휴대폰 만지는 데는 뭐가 있다.

며칠 전이었다. 큰딸한테서 집으로 전화가 왔다. 자기와 휘영이가 생일이 같은 날이어서 양가 식구들과 오빠 내외와 함께 식사를 하기로 계획했다는 연락이었다. 엄마와 아빠도 가급적 참석하면 좋겠다는 말을 듣고 아내는 몹시 가고 싶어 하는 눈치였다. 그러나 내가 문제였다. 나는 수요일마다 하는 등반 모임에 거의 빠지는 일이 없었다. 그래서 아내는 살며시 내 의중을 떠보려고 물었다.

"당신은 수요일에는 어디 못가지요? 하루라도 빠지면 큰일 나니까?"

물어보나마나 내 대답은 뻔하다는 투였다. 그런데 내가 가겠다고 말하자 의외라는 듯이 속으로 반기면서 물었다.

"어쩐 일이요? 해가 서쪽에서 뜨겠네!"

"25일은 연아와 휘영이 생일도 되지만 내 호적상 생일도 되잖아. 그러니 생일잔치를 한다면 당연히 나도 참석해야지."

내 말을 들은 아내는 기분이 좋아서 큰딸에게 얼른 전화를 걸었다.

"별일이다. 네 아빠도 가신단다."

내 벌써 종심(從心)의 고개를 넘기다 보니 자식들이 한자리에 모이는 것보다 더 좋은 일이 없었다, 아내도 마찬가지였다. 그리고 마침 8월 27일에는 아내가 서울 S병원에 진료예약이 돼 있어, 실제로는 하루 전에 올라가는 셈이었다.

예약한 식당은 천개산 등산로 입구에 있었다. 주말에는 앉을 자리가 없을 정도로 번잡한 곳인데 평일인데다가 장마 끝이라 그런지 한산했다. 큰 홀에 몇 사람만 앉아서 식사하는 모습이 눈에 띨 뿐, 홀 전체를 전세한 기분이었다. 우리는 선풍기도 끄고 산에서 불어오는 자연바람을 즐기며 한가로이 시간을 보내고 있었다.

"맞아. 오늘이 할아버지 생일이야. 그런데 호적생일이야. 그래도 네가 할아버지에게 술은 한 잔 권해드려야 돼."

큰딸의 설명에 이해가 안 되는지 외손녀가 또 물었다.

"그런데 호적생일이 뭐야?"

외손녀의 질문에 큰딸이 설명해주었다.

"호적이란 한집안의 호주를 중심으로 그 가족들의 이름과 생년월일이 기록된 법정장부야. 사람이 태어나면 호적에 이름과 태어난 날을 등재해야 하는데, 할아버지는 틀리게 되었단다. 1월에 태어나셨는데 잘못하여 8월 25일에 태어나신 것으로 됐대. 그래서 실제 생일하고 다르기 때문에 호적생일이라 말한 거야. 말하자면 법적으로는 오늘이 생일이야."

엄마의 설명을 듣고 이해가 됐는지, 알았다면서 소주병을 들더니 말했다.

"할아버지, 생일축하해요. 술 한 잔 받으세요. 호적생일도 생일이거든요."

그 말을 들으니 나는 비록 덤으로 생일잔치를 하는 것이나 다름없었지만 기분은 괜찮았다. 그리고 무엇보다도 서툰 솜씨로 처음 큰 외손녀가 따라주는 술잔을 받고 보니, '조그마한 것이 이제 다 컸구나!' 하는 생각이 들어 감회가 깊었다. 나는 기분이 날아갈 것 같아 한번에 죽 마시고 '크으' 소리를 질렀다.

호적에 내 생일은 8월 25일이다. 큰딸과 외손자의 진짜 생일도 같은 날이니 이것은 정말 기이한 인연이 아닐 수 없다. 그래서 오늘은 잊을 수 없는 날이다.

함께 직장생활을 했던 몇몇 지인들과, 은행이나 병원 그리고 연금공단 등 나와 거래가 있어서 내 주민등록번호와 전화번호의 기록이 있는 기관에서는 내 호적생일을 축하해준다. 축전을 보내기도 하고 문자메시지를 보내기도 한다. 그 메시지를 외손녀가 읽은 것이었다.

나는 덤으로 생일을 축하해주는 아들과 딸들의 권주에 취할 정도
로 마셨다. 옆에 앉아서 지켜보던 아내도 오늘만큼은 술을 적게 마시
라는 잔소리를 하지 않아서 좋았다. 호적생일 덕이었다. 그리고 보니
호적생일도 즐길 수 있는 나는, 일년에 두 번 생일잔치를 벌이게 되
니, 내 팔자도 꽤 괜찮은 편이란 생각이 들었다. 내 팔자가 상팔자였
다.

세월이 약이다

현대인은 매일 매일 정보의 홍수 속에서 살아간다. 눈을 뜨면 출시되는 신제품의 사용정보를 위해 항상 노력해야 한다. 특히 연만한 사람들은 신제품의 사용을 강요당했을 때 잘 활용하지 못하여 정신적 질환을 갖게 되는 경우가 많다. 그 질환의 원인은 스트레스다. 스트레스는 감당하기 어려운 정신적·육체적 자극이 가해졌을 때 나타나는 생체적 반응이다.

사람은 살아가면서 많은 물건을 잃어버린다. 자기도 모르게 떨어뜨리거나 놓쳐서 잃어버리는 경우도 있지만, 몰래 훔쳐가는 소매치기나 절도, 교묘한 방법으로 사람들을 현혹시키고 속이는 사기, 그리고 폭행이나 협박 등 강제수단으로 금품을 강탈당하여 잃어버리는 경우도 있다.

자신의 과실에 의해서든 타인의 힘에 의해서든 사람이 실물을 하면 쉽게 그것을 잊지 못한다. 평소 애지중지하는 소지품이면 더욱 그렇다. 그 결과 정신적으로 어려움을 당할 때가 많다. 그리고 그 정도가 심하면 스트레스의 원인이 되어 정신질환이 되기도 한다.

정년퇴임 후 친구들과 동부인하여 캐나다 관광여행을 갔을 때였다.

밴쿠버에 도착하여 퀸엘리자베스공원을 관광하고 있었다. 여러 가지 꽃과 나무에 매혹되어 열심히 가이드의 설명을 듣고 메모도 하며 관광을 하고 있었다. 관광할 때 나는 가이드의 설명을 듣기 위해 항상 선발대로 걷는 버릇이 있었다. 그날도 가이드와 맨 앞에 걸어가고 있었다.

"이교장 선생님!"

뒤에서 부르는 소리를 듣고 돌아보니 우리를 안내하는 관광회사 직원이었다.

"사모님 가방 들고 왔어요?"

뜬금없는 질문에 나는 직감적으로 아내가 가방을 잃어버렸다고 생각하고 아내에게 다가갔다. 친구 부인과 기념촬영을 하고 가방을 찾았으나 보이지 않았다. 아내는 혹시나 내가 가져가지 않았을까 기대하고 있었다. 나는 바로 사진 촬영 장소로 뛰어가 보았지만, 가방이 남아 있을 리 없었다.

여행할 때마다 여권과 소지품 관리를 잘하라고 귀가 아프게 듣는다. 소지품을 분실했을 때 오는 스트레스 때문에 여행을 망치기 때문이다. 하지만 순간적인 방심으로 분실사고는 가끔 일어난다.

아내가 사진 촬영을 하면서 잠깐 카메라에 시선을 집중하는 사이에 등 뒤 벤치에 놓은 가방이 없어졌다. 다행히도 여권은 내 호주머니 속에 보관하고 있었다. 가방 안에는 별다른 귀중품은 없었으나 여자들이 소중하게 여기는 화장품과 필수품들이 들어있었다.

화장품과 필요한 것은 호텔에 가서 사자고 위로했지만 얼굴이 밝지 않았다. 잃어버린 물건만이 문제가 아니었단다. 그 많은 사람 중에 자기만 실물을 했으니, 혼자서 바보가 된 느낌이 들어 자존심이 상했고, 그 생각이 항상 머리를 떠나지 않아 마음이 편치 않았단다.

그래도 여기저기 관광을 하는 낮 동안에는 가방에 대한 흔적을 지울 수 있었다. 콜롬비아아아이스필드에서 온 세상이 새하얗게 변한 설원을 스노우코치를 타고 달릴 때는 잊을 수 있었다. 한번 빙하 속에 빠진 것은 몇 천 년 후 빙하가 녹은 얼음물 속에서나 찾을 수 있단다. 또 나이아가라폭포에서 굉음을 내며 용트림을 하고 흘러내리는 폭포수에 비옷을 입은 채 출렁이는 배를 타고 접근하여 환호성을 지를 때도 가방 생각은 나지 않았다.

그러나 애이불비(哀而不悲)라는 말이 있다. 슬프지만 겉으로는 슬픔을 나타내지 않는다는 뜻이다. 그렇다고 슬픈 상처가 치유되는 것은 아니지만, 남 앞에서 어쩔 수 없이 표정관리를 해야 할 때가 있다. 여행이 끝날 때까지 아내도 그러했다. 괴롭지만 괴롭지 않은 체했다. 그러나 아침저녁으로 얼굴을 손질할 때마다 기억이 되살아나 괴로웠다, 잔뜩 기대했던 해외여행이 잃어버린 가방 하나 때문에 엉망이 되어 버렸다.

몇 년 후 나는 아내에게 캐나다여행에 대해 이야기를 꺼냈었다. 아내는 빙하와 나이아가라폭포가 좋았다고 말했다. 그런데 내가 슬며시 잃어버렸던 가방 이야기를 꺼내자 아내는 웃기만 했다. 그러면서 그때는 힘들었다고 말하면서 웃기만 했다. 시간이 지나 까맣게 잊었던 사건도 어떤 계기가 되면 실마리가 풀려 다시 되살아나지만, 되살아난 기억은 스트레스를 주지 않는다는 것을 그때 깨달았다. 시간이 지나면 상처는 치유되는 법이요, 세월이 약인 까닭이다.

소중한 우리 것

여행은 자기가 체험하지 못해 알지 못하는 것을 직접 보고 배울 수 있는 생생한 기회를 제공해 준다. 그래서 여행가를 '경험이 많은 사람' 또는 '학식이 많은 사람'이라고도 한다. 여기저기 돌아다니면서 많은 산지식을 축적할 수 있기 때문이다.

익숙하지 못한 외국의 문화를 직접 대할 수 있는 길은 해외여행이다. 해외여행을 통해서 많은 사람들은 외국에서 아름다운 도시나 경치를 즐길 수도 있지만, 무엇보다도 문화의 차이를 실감하는 체험을 할 수 있어서 좋다.

사람은 외국에 가봐야 애국자가 된다는 말이 있다. 우리 것의 소중함을 깨달을 기회를 갖기 때문이다. 실제로 외국에서 관광하면서 그 정도의 관광거리는 우리나라에도 얼마든지 있다고 느껴질 때가 많다. 우리나라가 금수강산임을 실감하는 기회이다.

또 가이드의 안내로 백화점이나 대형 매점에 들러 돌아다녀 보아도 특별히 욕심이 나는 물건은 별로 없다. 마지못해 몇 가지를 샀다가 후회한 일도 있다. 국산품이 외제상품 못지않게 훌륭하다는 것도 외국에 가 봐야 실감한다.

20여 년 전에 프랑스에 여행을 갔을 때였다.

관광을 마치고 백화점에 들렀기 때문에 오후 늦은 시간이었다. 시간은 그다지 넉넉하지 않았지만, 가이드가 안내하는 대로 백화점 안을 구경하고, 몇 가지 선물용품을 골라 계산하려고 줄을 서서 차례를 기다리고 있었다.

그런데 갑자기 아무 말 없이 계산대 문이 닫혔다. 어이가 없어 뒤를 돌아보니, 나와 친구 몇 명만 서 있었다. 내 뒤에 서 있던, 코가 큰 사람들은 그냥 돌아갔다. 이유를 물어보니 근무시간이 끝나 일과를 종료한 것이란다. 우리 일행들은 어이가 없어 서로 쳐다보며 웃기만 했다.

노동문화에 익숙한 그들에게는 당연한 일상적인 일이었겠지만, 처음 당하는 나와 친구들에겐 날벼락 같은 사건이었다. 우리는 이방인의 설움이라고 자위하며, 말도 못하고 돌아설 수밖에 없었다. 그러나 사실은 그것이 노동문화를 배울 수 있는 가장 큰 경험의 순간이었다.

마감시간이 다 되었어도 행사장 안에 들어서 있거나, 줄서서 기다리는 사람들까지는 배려해 주는, 우리의 흐뭇한 인심이 새삼스럽게 아쉬워지는 순간이었다. 그때 정말 우리 것이 소중하다는 것을 새삼스럽게 느꼈다.

소련은 한때 미국과 함께 세계를 주름잡던 나라였다. 어렸을 때 '미국'이나 '소련'이란 말만 들어도 상상할 수 없을 정도로 크고, 잘 사는 나라로 알고 있었다. 선진국이기 때문에 무엇이든지 한국보다 나을 거라고 생각했다. 그런데 직접 체험해 보고 정말 놀란 일이 있었다.

정년퇴직을 하고 친구들과 함께 터키 여행을 할 때였다.

인천에서 터키까지 직항하는 비행기가 아니고 모스크바에서 환승하는 비행기를 이용하기로 했었다. 대기하는 시간이 2시간 정도이기 때문에 도시 구경은 할 수 없지만, 공항이라도 들러 보자는 계산이었다. 경비도 절감하고 좋은 체험도 할 수 있는 기회라고 생각했었다.

모스크바 공항에 도착한 시간은 자정쯤이었다. 사방이 어두워서 아무것도 볼 수 없었지만, 대합실로 나왔을 때는 기가 막혀 말문을 열지 못했다. 어두워서 완전히 지옥에 온 느낌이었다. 한국의 소도시 버스정류소에서도 그런 경험은 할 수 없었다. 신문을 읽기는커녕 화장실을 찾아다니기에도 힘들었고, 친구들의 얼굴을 식별하기 위해서는 가까이 다가가야 했다. 면세점에 진열해 놓은 물건들도 잘 판별할 수 없었고, 대합실에 있는 의자도 거의 성한 것이 없어서 앉을 수가 없었다. 하는 수 없이 우리는 신문을 깔고 앉기도 하고, 엉거주춤 서서 서성거리며 시간을 보냈다.

귀국길에는 각자 두툼한 서적이나 신문 뭉치를 미리 준비했다. 의자에 앉을 수 없으니 이층으로 올라가는 계단에 그것들을 깔고 앉아, 가져온 술을 마시며 시간을 보냈다. 우리 것의 소중함을 또 한번 느끼는 시간이었다. 세계적인 국제공항을 그렇게 관리하고도 아무 탈이 없으니, 러시아가 우리나라보다는 인심이 후한(?) 곳이란 말 아닌가.

언젠가 고르바초프 대통령이 제주도에 왔을 때 라면을 비행기 가득 싣고 간다는 기사를 읽고 의아하게 생각했었다. 그런데 나는 모스크바 공항에 가서야 그럴 수 있겠다고 생각했으니, 길고 짧은 것은 대보아야 안다는 시쳇말이 실감되었다.

나는 밤에 여행하는 것도 많은 것을 체험할 수 있는 기회라는 것을
그때 깨달았다. 밤에 가보면 어둡기는 모스크바뿐만 아니라 중국의
모든 공항도 마찬가지였다. 우리나라 공항처럼 밝은 곳은 거의 없었
다.

외국에 나가보니 역시 한국은 동방의 불꽃이요, 밝고, 인심 좋고,
그리고 살기 좋은 금수강산이었다. 항상 우리 것에 대한 긍지를 가지
고 소중히 여겨야 할 이유였다.

어느 가을날의 착시현상

10월 중순 어느 날, 하늘엔 구름 한 점 없는 전형적인 가을날이었지만, 나는 혀가 이상하다는 아내와 함께 대학병원에 갔었다. 구강내과가 대학병원에만 있어서 달리 선택의 여지가 없었기 때문이었다.

X-ray 촬영을 마치고 담당의사에게 갔을 때, 진찰을 하는 동안 30분가량 대기실에서 기다리라는 말을 듣고, 나는 혼자 앉아 있었다. 그러나 초조하여 직접 눈으로 진찰하는 현장을 지켜보는 경우보다 더 지루하기 짝이 없었다.

출입구 대기실에 비치해 놓은 여러 가지 안내책자를 읽기도 하고, 한 쪽에 설치해 놓은 자동혈압측정기로 혈압을 재기도 하고, 또 게시판에 걸려있는 게시물을 읽기도 하며 무료한 시간을 보내고 있었다.

그런데 따스한 가을 햇살이 아쉬워 출입문 창밖을 내다보았을 때, 황당한 일이 벌어졌다. 건물 밖 화단에는 머쓱히 큰 소나무 한 그루와 풀어헤친 산발머리를 한 편백나무 한 그루가 거리를 두고 서 있었는데, 그 사이에서 노랗게 만개한 개나리꽃이 눈에 띄었다.

간혹 늦가을이나 겨울에 계절감각을 잃은 정신머리 없는 개나리가 한두 송이 꽃을 피우는 것을 본 일은 있었지만, 이처럼 화창한 가을날에 가지마다 주렁주렁 만개한 개나리꽃은 본 일이 없었다.

설마 이 가을에 개나리꽃은 아니겠지 생각하고, 내 눈을 의심하며 다시 쳐다보았다. 그러나 틀림없이 개나리꽃이었다. 나는 유리창으로 바라볼 수만은 없었다. 나도 모르게 창 밖 개나리꽃을 향해 걸어가고 있었다.

"그러면 그렇지!"

잠시 후, 내 입에선 나의 어리석었음을 실토하는 감탄사가 저절로 나왔다. 아무리 눈을 씻고 쳐다보아도 분명 개나리꽃은 아니었다. 싸리나무 이파리들이 단풍이 든 듯 노랗게 변하여 개나리꽃처럼 보였다.

싸리나무는 슬픔에 잠겨 머리를 풀고, 땅바닥에 주저앉아 통곡하는 여인네처럼, 가지를 땅에 늘어뜨린 채, 힘없이 다소곳하게 앉아 있었다. 인위적으로 약품 처리하여, 노랗게 단풍이 들도록 한 것 같은 느낌이 들 정도로 정교해서 내가 속았다.

허지만 실망은 하지 않았다. 내 발걸음을 재촉한 이 착시현상은 가을에만 일어날 수 있는 거라 생각하니 마음이 가벼웠다. 가을을 즐기려고 외출하지 못한 내 마음을 위로하기 위한 착시현상이라 자위했다.

대기실에 돌아온 나는 다시 출입문 유리창으로 그 나무를 내다보았다. 역시 틀림없는 개나리꽃이었다. 나는 그 개나리꽃을 그냥 둘 수 없어 또다시 발걸음을 옮겼다. 휴대폰으로 촬영하기 위해서였다.

내가 다시 현관대기실로 들어갔을 때 간호사기 나를 불렀다. 특별한 이상 증후는 없다는 담당의사의 설명을 듣고, 가벼운 마음으로 걸어 나오면서, 나는 아내에게 그 싸리나무를 가리켰다.

"저 꽃 잘 보이지?"

내 말이 떨어지기가 무섭게 아내는 자세히 쳐다보더니 의외라는 듯이 말했다.

"이 가을에 웬 개나리꽃이야?"

나는 아내에게 개나리꽃이 아니라 노랗게 단풍 든 싸리나무 이파리들이라고 설명했다. 그러나 아내는 못 믿겠다는 듯이 현장으로 가서 확인을 하더니, 자기도 속았다면서 말없이 웃기만 했다.

그날 밤에 나는 죽마고우들과 모임이 있었다. 모임에서 만난 친구들에게 내가 병원에서 촬영한 사진을 보여주며 무슨 꽃인지 아느냐고 물었다. 친구들은 이구동성으로 개나리꽃이라고 했다. 내가 사진 속의 촬영일자를 보라고 말하자 날짜를 확인한 친구들이 이상하다는 듯이 나에게 물었다.

"그럼 그게 무어야? 어데서 찍었지?"

나는 오늘 대학병원에서 있었던 일의 자초지종을 설명했다. 내 설명을 들은 친구들은 사진만 보면 꼭 개나리꽃 같다고 말했다.

"만일 그게 개나리꽃이라면 내 차지가 되겠는가? 발 빠른 기자가 특종기사 감을 찾았다고 희희낙락하며 '만개한 가을 개나리꽃 출현'이라 대서특필할 거 아닌가?"

개나리가 아니라는 내 말을 듣고, 친구들은 개나리꽃 같은 싸리나무 이파리는 처음 보았다고 했다.

오늘 그 싸리나무 개나리꽃은 시공을 통한 진통과 착시현상이 공동으로 일궈낸 걸작이었다. 그리고 그것은 산과 들에 나가 청명한 가을을 만끽하지 못한 내 서운한 마음을 위로하기에 충분했다. 정말 멋진 보상이었다.

용담호의 추억들

1988년 3월 2일 이른 아침이었다. 나는 안천중학교에 부임하기 위해 금산행 버스를 타고 진안군 안천으로 행했다. 모래재와 진안읍 소재지를 지나 상전교를 건너자, 모래재 못지않게 꼬불꼬불한 고개가 나타났다. 코큰이재였다. 안천은 그 재에서 거리가 얼마 되지 않았다.

6월 어느 날 아침이었다. 교무실에 들어갔을 때 직원들 분위기가 이상했다. 옆에 있는 선생에게 물었더니 여선생 한 분이 화가 났단다. 그 전날 저녁에 내가 몇몇 선생들과 순금으로 놀러 가면서, 혼자 자취하는 자기에게는 연락도 없이, 고의적으로 자기를 따돌렸다는 것이 이유였다.

순금은 안천면과 용담면의 경계에 있으며, 안천 소재지에서 약 3㎞ 정도의 거리에 있는 금강의 상류지점이었다. 죽도와 상전을 지나 흐르는 물이 이곳을 경과했다. 강가 자갈밭과 모래밭이 넓어 여름이면 사람들이 즐겨 찾는 곳이었다. 그러나 이곳을 제외하면 안천은 강과 연결되는 곳이 없어, 얼굴을 씻을 수 있는 물밖에 나오지 않는다 하여 안천(顔川)이란 지명을 갖게 되었다는 말도 들었으나, 그것을 확인하지는 않았다. 그곳에서 멀지 않은 곳에 용담댐 건설예정지가 있었다.

　나는 젊은 체육선생에게 일과가 끝나는 대로 강가로 갈 준비를 하도록 부탁했다. 그 선생은 고등학교 때 내 제자였다. 순금에 사는 기능직에게 미리 부탁하여 그물을 치고 고기를 잡도록 하고, 삼겹살도 사도록 했다. 삼겹살을 굽기에는 슬레이트가 좋다는 말을 듣고 그것도 준비시켰다. 그땐 슬레이트가 발암물질이라는 사실을 몰랐다.

　일과가 끝나자, 나는 화가 난 그 여선생에게 가서, 어제 밤에 있었던 일을 사과하고 물놀이를 가자고 했다. 다른 선생들에게도 말했더니, 내가 부임하기 전에는 선생들끼리 야외에 나간다는 것은 상상도 못했다며, 고소원이나 불감청이라고 반가워했다.

　슬레이트 위에서 잘 익은 삼겹살과 소주로 허기를 채우고, 그물로 잡은 민물고기로 어죽을 끓였다. 어죽을 끓이는 동안 여선생들은 가져온 손전등을 켜고 다슬기를 잡았다. 순식간에 두 호주머니에 가득 찼다. 그 다슬기를 모아서 한 여선생이 가져갔다. 그 다슬기들은 다음 날 맛있는 부침개감이 되었다. 우린 가끔 그곳에서 다슬기를 잡으며 시간을 보냈다. 순금은 봄부터 가을까지 선생님들에게 멋진 휴식공간을 제공했다.

　진안이 고향인 사회선생 한 분이 있었다. 그는 어느 날 진안군지도를 들고 내 옆으로 오더니, 용담댐의 예정지를 붉은 색연필로 표시했다. 그곳에서부터 수몰예정지를 따라 붉게 색칠을 하더니, 그것을 교무실 칠판에 압정으로 눌러 놓았다. 그러자 갑자기 칠판 위에서 빨간 용 한 마리가 꿈틀거리는 것이었다. 그때서야 나는 용담이란 이름이 주먹구구식으로 지어진 것이 아니라는 것을 깨달았다. 그 선생은 용담댐이 완공되어 안천이 수몰되면, 중학교 건물 2층에서 낚시질하면서 옛 추억을 되새기자고 했다. 나도 그날이 오기를 고대하겠다고 말했었다.

안천에 가려면 비대재를 거쳐야 했다. 비대재는 상전면 비대리에 있는 재였다. 코비(鼻)와 큰대(大)를 쓰기 때문에 그곳 사람들은 코큰이재라 불렀다. 그런데 한국전쟁 때 코가 큰 미군의 딘 소장이 그곳에서 포로로 잡혀 비대재가 더 유명해졌다. 삼국지에서나 읽을 수 있는 이야기 같았다. 포로교환으로 귀국한 후에 후손들이 비대리에 찾아와 고마움을 표했다는 이야기도 들었다.

비대재는 모래재 못지않게 높고 꼬불꼬불했지만 모래재보다 더 위험했다. 모래재는 도로가 남향이어서 눈이 오더라도 곧 녹지만, 비대재는 북향이어서 눈이 오면 녹지 않고 빙판이 되어, 사고가 더 잦은 곳이었다. 겨울에 토요일에 집에 왔다가 월요일 아침에 출근하기 위해 시외버스를 탄 경우, 진안에서 출발한 버스가 빙판이 된 비대재에서는 올라가지 못해, 버스가 안전한 곳에 도착할 때까지, 승객들이 차에서 모두 내려서 걸어간 때도 많았다.

어느 초겨울 토요일 오후였다. 퇴근하려 할 때 눈이 내리기 시작했는데, 아무리 기다려도 버스가 오지 않았다. 이런 날엔 버스가 결행한다는 것을 잘 알고 있는 선생의 말을 듣고 걸어가기로 했다. 모두 새끼를 구해서 구두를 얽어매고 걷기 시작했다. 그 추운 북풍을 맞으며 상전까지 그 먼 길을 걸어야 했다. 아무리 눈이 와도 진안에서 상전까지는 버스가 다녔기 때문이었다. 죽을 고생을 하며 고개를 넘어 상전다리까지 가면 그곳에는 민물고기를 파는 집이 있었다. 그곳에서 민물매운탕과 막걸리로 추위를 달래며 버스가 오기를 기다렸다. 버스가 오면 민물고기가 든 비닐봉지 하나씩을 들고 승차했다. 집에 도착했을 때 아내는 비싼 것을 왜 사왔느냐고 투정이었지만, 맛을 본 뒤엔 가끔 사오라고 주문했었다.

지금 비대재는 도로도 포장되고 터널이 생겨, 도보로 직접 체험하기 전에는 옛 정서를 느낄 수 없다. 비대리 앞을 흐르는 강에서 물안경을 쓴 채, 허리를 굽히고, 다슬기를 잡던 그 많은 여인들의 모습도 볼 수 없다. 또 상전교 옆에 있던 추억의 민물고기집도 흔적이 없다. 모두 용담호로 침수되어 상전벽해가 아닌 상전벽호(桑田碧湖)가 되어 파란 물만 보이기 때문이다.

지금 생각하면 그땐 나도 어지간히 융통성이 없었나 보다. 토요일에 눈이 오거나 일기가 좋지 않을 땐, 하숙집에서 하루 더 쉴 수 있었는데, 기를 쓰고 집으로 가면서 그 고생을 했다. 어이없는 짓이었으나, 용담호와 얽힌 추억거리를 만들기 위한 것이었다고 자위한다. 나는 지금도 가끔 용담호를 지날 때마다, 이곳에서의 옛 추억들을 되씹는다.

우화(羽化)

땅 위나 어느 물체 위에 기어 다니는 애벌레나, 죽은 것처럼 가만히 누워서 때가 오기를 기다리는 번데기를 보고, 멋있게 생겼다고 감탄할 사람은 아무도 없다. 그러나 번데기가 자기 몸을 찢는 진통을 감내하며 날개가 달린 성충으로 변하는 우화에 성공한 나비를 보면, 사람들의 입에서 감탄사가 저절로 나온다. 우화는 모든 생물체가 지향하는 변화의 상징이기 때문이다.

모든 생물체의 속성은 성장과 발전이다. 그래서 매일 매일 성장과 발전을 꾀하지만, 그 성장·발전을 위해서는 꾸준히 변해야 한다. 그리고 변화가 없는 성장과 발전은 아무런 의미가 없다. 사람들이 갈채를 보내는 우화도 새로운 삶을 영위하기 위한 일종의 변화다.

인간도 예외일 수는 없다. 사람이 성장하고 발전하기 위해서는 변화의 과정은 필수이며, 살아가는 동안에 접하는 새로운 환경이나 상황에 잘 적응해야 한다. 그러나 어렵게 변화하여 적응에 성공하더라도 새로운 변화를 예상하고 또 변화해야 한다. 그렇지 않고 거기에 안주할 경우 그 이상의 발전은 찾아볼 수 없게 된다. 자연히 사고나 행동이 무디어지고 나약해지며 침체된다. 침체에서 벗어나기 위해서는 변화 주도적 사고와 태도가 필요하며, 능동적으로 변화를 시도할 수 있는 자세와 노력도 요구된다. 그것이 바람직한 변화 지향적 삶의 방향이기 때문이다.

사람들은 정년퇴임한 때부터 80인 산수(傘壽)까지의 생활을 인생2모작이라 하며, 인생2모작을 멋있게 보내야 한다고 야단이다. 젊었을 때 열심히 직장생활을 하면서 고생도 많이 했으니 말년을 무탈하고 재미있게 보내자는 뜻이다. 그래서 재능과 열정은 있었으나 가족과 일을 위해 부득이 꿈을 접고 여가로 즐기던 것들, 그리고 기회가 없어서 소홀히 했지만 시간적 여유가 있을 때 꼭 해 보고 싶었던 아쉬운 일들을 찾게 된다. 자연히 노인복지회관이나 평생교육시설의 프로그램에 참여하면서 시간을 보내는 경우가 많다.

나도 정년퇴임한 후 노인복지회관에 다니면서 바둑도 두고, 노래방에서 노래도 하고, 스포츠댄스와 사교춤도 추고, 화투놀이도 하면서 밤이면 친구들과 술도 마셨다. 남이 보기에는 아침부터 저녁까지 시간가는 줄도 모르고 정신없이 지내고 있으니 성공한 인생2모작이었다. 말하자면 정년퇴임 후 새로운 변화에 잘 적응하면서 살아가고 있었다.

그러나 나는 그것이 퇴임 후 성공적인 변화일까 하는 회의를 갖게 되었다. 생산적이지 못한 것들을 추구하고 즐기면서 시간을 보내는 것은 임기 말의 레임덕에 가까운 행동일 거라 생각되어서였다. 그리고 집행을 기다리는 사형수가 시간이 지나가기만을 기다리는 것과 다를 바 없다는 생각도 들었다. 또 산수(傘壽)가 되기까지는 아직도 앞날이 창창한데 여가를 즐기는 식으로 시간을 낭비하기에는 남은 시간이 아깝고 지루하다는 생각이 들어 새로운 변화를 모색하고 싶었다.

그러던 어느 날, 나는 모 특수고등학교 입학시험문제 출제를 총괄하는 책임자로 위촉되었었다. 30일 동안 여관에서 격리된 생활을 하면서 몇 명의 선생들과 함께 책임지고 출제를 해야 했지만, 그 기간 중에 아무 계획도 없이 시간을 보내기가 쉽지도 않을 거라 생각됐다. 그래서 나는 신약성경이란 책을 가지고 갔다. 성당을 다닌 지 오래되었지만 제대로 성경을 읽은 일이 없어서 그 기간 중에 신약성경을 정독하면서 필사(筆寫)하기 위해서였다.

그 후 나는 구약성경도 필사를 시작했다. 파카만년필까지 구입하여 본격적으로 필사를 시작했으며 일년 만에 완필(完筆)했다. 그 다음엔 BIBLE도 구하여 완필했다.

BIBLE을 완필한 후에는 오자(誤字)나 탈자(脫字)가 없는지 원서와 대조하면서 확인하고, 우리말 성경과도 비교하면서 서로 표현과 내용이 상이한 부분을 발췌하여 정리했다. 또 성경에서 많이 등장하는 수자(數字)와 관련된 부분도 발췌하며 정리했다. 자연히 글을 쓰는 습관이 생겨 내가 경험했던 일과 생각하고 있었던 것들을 글로 썼다. 그 결과 수필가로 등단하는 영광을 안았다. 나는 수필집 제1집도 상재했다.

내가 수필가가 되었다고 해서 인생2모작에 성공했다고 말하고 싶지는 않다. 그러나 글을 쓰는 것이, 생산적이지 못한 여가선용에만 전념하는 것보다는, 더 가치 있는 삶을 찾을 수 있는 선택이었다고 생각되어 흐뭇할 때가 있다. 그래서 지금은 글을 쓰는 데만 열중하고 있다.

글을 쓰기 위해서는 많이 읽고 생각하며, 눈앞의 사물이나 여러 가지 현상 또는 상황에 대한 예리한 관찰력과 판단력, 그리고 과거의 내 경험과 연계하는 작업도 필요하다. 또 확실한 자료를 얻기 위해 서적이나 참고문헌을 뒤적거리고, 바른 언어적 표현을 위해 사전을 가까이 해야 한다. 이런 행동들은 쉽지는 않지만 바람직한 변화라고 여겨져 싫지는 않다.

사람에게는 영구적으로 확정된 제자리가 없다. 자기가 차지하고 있는 자리는 항상 일시적이다. 그리고 끊임없이 변하는 자리가 제자리임을 알고 항상 새로운 제자리를 찾으러 떠나야 한다. 영광의 탈출에 성공한 우화를 보고 환호하는 이유가 여기에 있다. 나도 문필가로서 마음껏 나래를 펴고 날 수 있는 우화를 지향하며 지금은 열심히 기어가고 있다.

일석사조(一石四鳥)의 불명산 등산

유난스러웠던 찜통더위와 계속된 열대야 때문에 힘들었던 8월이 지나자, 화산동성당 반석회에서는 9월 둘째 주 일요일에 완주군 경천면에 있는 불명산으로 등산을 가기로 했다. 희망하는 형제자매들도 참석할 수 있도록 홍보도 했다. 12명의 일행은 오후 1시에 신부님의 환송을 받으며 봉고차로 성당을 출발했다.

초포다리를 건너 도심을 벗어나자 도로변 논에 벼들이 옹골지게 여물어 고개를 들지 못했다. 더운 날씨와 가뭄으로 대풍이었다. 풍년이 들면 농부들의 시름이 깊어진다니 아이러니했지만 그래도 논에 꽉 찬 벼를 보니 기분은 마냥 흐뭇했다.

차가 경천저수지를 지나 우회전하여 계곡을 따라 구불구불하고 좁은 1차선 도로를 달릴 때, 길가 밭이나 야산에서 보이는 감나무는 우리를 실망시켰다. 곶감 고장으로 유명한 이곳에서 가을장마로 감을 구경할 수 없었기 때문이었다.

주차장에 도착했을 때 타지에서 온 관광차도 한 대 보였다. 우리 일행은 이제부터 시작인데, 그들은 오전에 와서 등산을 마치고 여기저기 흩어져 계곡물을 즐기고 있었다.

그곳에서 시작되는 등산로는 60년대 우리나라 도로를 연상케 할

만큼 길이 자갈로 덮여 있었다. 그러나 시원한 숲속을 지나기 때문에 별 불평 없이 걸었다. 약 200m 쯤 걸어가자 목조다리가 나타났다. 일행을 환영하는 계곡물의 합창을 들으며 다리를 건너 계곡을 따라 걷기 시작했다. 길에는 큼직큼직한 돌이 많았지만 반은 물에 잠겨 있었다. 가을장마로 수원이 풍부해져 흐르는 계곡물소리도 제법 톤이 높았다.

돌길을 따라 조금 더 걸어가자 암벽 사이로 흘러내리는 폭포가 장관이었다. 발길을 옮길 때마다 또 다른 폭포가 보였다. 그리고 가을장마로 절벽마다 폭포를 이루었다. 암벽과 폭포와 주변의 숲이 이룬 심산유곡은 문자 그대로 한 폭의 동양화였다. 나는 그 그림을 감상하며 흐뭇한 마음으로 걷고 있을 때 불현듯 높은 산 빙하에서 흘러내리는 물이 연속적으로 폭포가 되어 장관을 이룬 중국의 구채구가 연상됐다. 정말 시의 적절한 산행이었다.

일행이 선경을 만끽하며 철제계단을 오르자 계곡이 끝난 지점에 위치한 천년고찰 화암사가 우리를 반겨주었다. 보물 제662호인 우화루는 일부를 해체해 보수 중이었다. 그 안으로 들어서자 보물 663호인 극락전이 위용을 자랑하고 있었다. 극락전은 우리나라에 단 하나뿐인 하앙식(下昻式) 구조다. 하앙식 구조란 바깥에서 처마 무게를 받치는 부재를 하나 더 설치하여 지렛대의 원리로 일반 구조물보다 처마를 훨씬 길게 내밀 수 있게 한 구조다. 그런데 이 사찰을 보수하면서 기둥을 교체한 흔적을 육안으로도 식별할 수 있도록 해놓았다. 적당한 재료가 없거나 기술부족 때문일 거라 생각되지만, 명품사찰을 보수한다고 어이없는 짝퉁으로 만들어 놓은 느낌이었다.

일행은 화암사 경내를 구경하며 잠시 휴식을 취한 후, 사찰 우측에 있는 등산로를 통해 본격적인 등산을 시작했다. 조릿대 군락을 지나 한참 올라갔을 때 중간 중간에서 쉬어가자고 엄살을 부리는 사람도 있었으나, 시루봉 정상까지 길은 그다지 험하지 않았다.

정상에서 땀을 식히며 병마개로 마시는 코냑은 시쳇말로 죽여주었다. 회장이 가져온 복분자주도 인기가 있었다. 마실 만큼 권하지 않아 조금 섭섭했지만, 병아리 눈물만큼 마시는 술맛이 그렇게 꿀맛인 줄은 미처 몰랐다.

이 산에는 조릿대 군락이 많았다. 조릿대잎차(茶)는 고혈압에 특효가 있어 일본에서는 인기가 있다고 들었다. 또 한라산 조릿대 군락도 개발할 계획이라는 보도도 들은 바 있다. 이곳 조릿대도 잘 개발하면 새로운 수입원이 될 수가 있을 거란 생각도 해보았다. 참나무도 많았지만 도토리 줍는 시기는 좀 빨랐다.

산행에서는 하산할 때 사고가 많은 법이라고 말해도 소용없다. 하산할 땐 원기가 회복돼 서로 앞장서려 했다. 임도도 있었지만 일행은 등산하러 왔기 때문에 등산로로 내려가기로 했다. 다시 폭포와 심산 계곡과 숲이 이룬 비경을 즐기며 하산했다.

오늘 불명산의 등산은 폭포와 숲이 어우러진 심산유곡과 천년고찰의 위엄을 자랑하는 보물도 감상하고, 시루봉 정상을 정복하는 기쁨을 맛볼 수 있었으니, 그야말로 일석삼조의 효과를 본 등산이었다. 나는 이렇게 좋은 경치가 우리 주위에 있으리라고는 미처 생각하지 못했다. 금수강산이란 말을 오늘에야 실감했다. 그리고 타이밍만 잘 맞추면 멋진 풍광들이 우리 주위에는 많이 있을 거라 생각했다.

나는 돌로 된 등산로를 걸어 하산하면서 수석용 돌이라도 하나 눈에 띄기를 기대하고 돌들을 살피며 걸었다. 그러나 아무리 작은 돌이라도 그 길에 없어서는 안 될 안성맞춤돌이라며 흐르는 계곡물이 속삭이는 것 같아 어리석음을 깨닫고 속으로 얼굴을 붉히며 눈을 들고 말았다.

낙차 큰 폭포를 이룰 때의 폭포수 뚝심도 긴 계곡의 터널을 건너는 동안 쇠잔하여 목조다리 부근에 도달할 때는 잔잔해졌다. 더 이상 용쓸 힘이 없어서인지, 아니면 가파른 계곡을 만나면 또다시 성난 비류(飛流)가 되기 위해 힘을 비축하기 위함인지 아직은 소강상태를 유지하고 있었다.

사람들은 폭포수나 세찬 비류에는 접근을 꺼려한다. 그러나 평지의 잔잔한 물은 자애로운 어머님 품과 같아 그 속에 안기고 싶어 한다. 자연히 부드러운 물결에 발을 담그고 두 손으로 어루만지며 물장난을 치기 일쑤다.

아니나 다를까 두 쌍의 부부가 다리 옆에서 손과 발을 담그고 하산의 마무리를 즐기고 있었다. 그들은 잔잔한 호수 위에서 한가롭게 유영하며 여유를 즐기는 평화로운 백조 같았다. 무도회에서 감미로운 왈츠리듬에 춤을 추는 환상적인 모습을 보는 착각을 일으키게 하기에 충분했다. 오늘 그들만이 일석사조의 등산 효과를 거두었으니 그야말로 크게 한 박 잡은 셈이었다.

줄탁동시(啐啄同時)

　　아덴만 여명작전은 대한민국 해군 소속 청해부대가 소말리아 해적에게 납치된 삼호해운 소속 선박 삼호주얼리호를 소말리아 인근의 아덴만 해상에서 구출한 작전이다.

　　이 작전의 성공은 최영함에 승선한 청해부대원들의 치밀한 작전계획과 일사불란하고도 민첩한 행동, 그리고 납치된 삼호 주얼리호 석해균 선장의 기지에 의한 지연작전 사이에 타이밍이 일치하여 성공한 사례였다. 이런 경우 줄탁동시라는 표현이 적절하다고 생각했다. 그러나 해적이 쏜 총상으로 석선장이 사경을 헤매고 있으니 안타까운 일이었다.

　　수정란 속의 성숙한 병아리가 부화하기 위해서 사력을 다해 부리로 껍데기를 쫀다. 그때 모든 힘과 기를 모아 쪼는 병아리의 행위를 '줄(啐)'이라 하고, 달걀 속에서 나는 '줄' 소리를 듣고 어미닭이 부화를 돕기 위해 밖에서 부리로 알껍데기를 쪼는 행위를 '탁(啄)'이라 한다. 줄과 탁이 동시에 이루어져야 병아리가 부화되니 매사에 타이밍이 중요하다는 뜻으로 '줄탁동시'란 말을 사용한다.

　　나는 어렸을 때 닭이 병아리 까는 것을 여러 번 관찰했다. 암탉이 알을 품은 지 20일쯤 되면 어른들은 품은 알을 꺼내어 흔들어 보거나, 귀에 대고 병아리 소리가 나는지 확인하는 것을 자주 보았다. 병아리 소리가 들리면 모이와 닭의어리를 준비하는 등 부화에 대비했다.

그땐 나는 어려서 줄탁이란 단어를 이해할 수도 없었고 알지도 못했다. 단지 닭이 알을 품고 시간이 지나면 병아리가 저절로 나오는 것으로 알았다. 그 이유는 알려고도 하지 않았다.

그런데 이상하게도 알을 품고 있는 닭에서 달걀을 빼내고 오리 알을 넣어주면 닭은 전과 마찬가지로 오리 알도 열심히 품고 새끼를 깠다. 그때 깬 오리새끼들은 어미닭을 제 어미로 알고, 암탉이 소리를 내면서 모이를 쪼는 모습을 하며 새끼를 부르면 오리새끼들은 조르르 모여들고 따라다녔다. 강아지나 사람이 오리새끼에게 접근하면 암탉은 공격하는 시늉을 하고 달려들었다. 그땐 새끼를 보호하기 위한 어미닭의 당연한 행동이라고만 생각했다.

요즘은 병아리를 까기 위해 암탉이 알을 품는 경우는 보기 드물다. 부화장에서 부화기를 사용한다. 그땐 어미 닭이 없으니 '줄탁'의 행위가 이루어질 리 없다. 다시 말하면 '탁'이 없어도 '줄'의 행동으로만 병아리가 부화된다는 뜻이다.

그래서 나는 '줄탁동시'라는 말이 적절한 타이밍만을 뜻한다고 생각하지 않았다. 그 외의 중요한 뜻이 내포되어 있을 거라 믿었다. 교육학에서 없어서는 안 될, 중요한 것을 시사하고 있다고 생각했다.

10여 년 전, 내가 말레시아로 관광여행을 갔을 때, 나는 조류 쇼를 관람할 기회가 있었다. 국내에서 물개나 바다표범 같은 동물들의 쇼는 관람한 일이 있었으나, 조류 쇼는 그때가 처음이었다. 동원된 새들의 종류도 앵무새, 펭귄, 홍학, 공작 등 다양했고 아주 인상적이었다.

그때 새들은 부화할 때, 맨 처음 듣는 소리를 어미 새의 음성으로 각인한다는 사실을 조련사를 통해서 알았다. 그래서 부화되자마자 제일 먼저 소리를 들려주는 사람이 조련사가 되어 새들을 길들인다고 했다. 나는 그것이 신빙할 만한 정보라고 생각했다.

조련사의 말에 의하면 '줄'의 소리를 듣고, 어미닭이 병아리가 깨기 전에 자기가 어미라는 것을 각인시키기 위해 소리를 들려주면서 쪼는 행동이 '탁'이었다. 병아리가 부화되기 전에 실기(失機)하지 않고 자기가 어미라는 사실을 각인시키고 있으니, 줄탁은 어미닭과 병아리 사이에 이루어지는 최초의 교육활동이었다. 어미닭을 제 어미로 알고 따라다니는 오리새끼들이 이를 입증했다.

나는 외손자가 둘이 있는데 한 녀석이 물개 쇼를 매우 좋아했다. 틈만 있으면 물개 쇼 흉내를 내어 사람을 웃겼다. 장난감이나 소품도 대부분 물개 쇼 흉내를 내기 위한 것들이 많았다.

나는 물개 쇼를 보여주기 위해 외손자들을 에버랜드에 데리고 갔었다. 손뼉을 치며 좋아서 소리 지르는 모습을 보면 나도 덩달아 기분이 좋았다. 물개 쇼가 끝나고 조류 쇼하는 장소로 가서, 전에 말레이시아에서 관람한 것과 유사한 조류 쇼를 관람했다. 아이들도 손뼉을 치며 좋아했다. 집에 와서는 조련사가 새 부르는 소리를 흉내 내며 놀기도 했다.

교육학에서 교육의 효과를 알아보기 위해 실시한 실험에서 많은 동물들을 이용했다. 개, 침판지. 원숭이, 그리고 쥐 등. 대부분 이들

을 실험에 반응하도록 하기 위해서 사용하는 것이 상찬(賞讚)인 보상
이었다. 대부분 그들이 좋아하는 먹이를 보상으로 주었다. 그리고 동
물이나 새들은 그 보상을 받기 위해 사람이 시키는 대로 행동했다.

동물들의 쇼나 조류들의 쇼에서도 사용되는 보상이 먹이이다. 사
육사가 원하는 대로 행동했을 때, 수고했다고 말하며 입을 쓰다듬는
시늉을 하면서 먹이를 넣어준다. 또 부리를 만지는 체하면서 새에게
도 먹이를 준다. 사람들이 눈치를 채지 못하게 재빠르게 한다. 그래
야 그들이 사육사가 원하는 대로 반응하기 때문이다.

나는 동물들을 길들이는 방법은 알지 못한다. 그러나 새들을 길들
이기 위해서는 줄탁의 원리를 이용해야 한다고 확신한다. 줄탁의 원
리를 이용하여 소리를 통해서 새가 사육사를 따르도록 하고, 거기에
보상으로 먹이를 적절히 사용하면서 길들인다. 줄탁의 원리가 관광
사업의 무궁한 보고(寶庫)가 될 수 있음을 시사하는 바다.

제4부

순례길 해오라기

치명자산은 원래 중바위(僧岩山)라 불려졌다. 그리고 학창시절엔 즐겨 가는 소풍지였다. 그런데 지금 그 산은 성(聖)과 속(俗)이 뚜렷한 자연성지(自然聖地)이다. 기도하며 오르고 내리는 순례길, 세계 유일의 동정부부가 묻혀 있는 성지, 마리아상(像)과 예수의 상이 나타나는 자연기암(自然奇岩), 그리고 전주시가지를 한눈에 조망할 수 있는 정상, 이는 하늘이 준 축복의 현장이다.

경인년을 보내며

경인년 칠월 말 어느 날이었다. 화산공원으로 산책을 가는 도중에 환상적인 사건(?)을 목격했다. 경계를 표시하기 위해 가에 세워진 파란 철책울타리 사이로 뻗은 장미 가지에서 빨간 꽃 한 송이가 멋지게 피어 있는 것이 눈에 띄었다.

오랫동안 그 길을 걸었지만 가지가 뻗는 동안에는 눈에 띄지 않았다. 그러나 비록 자유로이 움직일 수는 없었지만, 환상적인 예쁜 꽃이었다. 정말 명품이란 생각이 들었다. 설치해 놓은 철책울타리도 꽃을 피우려는 장미의 뜻을 막을 수는 없었으며, 아무리 어려운 곳이라 해도 가지를 뻗을 수만 있다면 식물은 어디에서나 꽃을 피울 수 있다는 것을 깨달았다.

경인년은 나에게는 의미 있는 한 해였다. 잔치는 벌이지 않았지만 식구들과 친지들로부터 칠순 축하를 받았고, 등단기념으로 명품만년필을 선물로 받았다. 나는 그 만년필로 많은 글을 써서 출판중인 1집 수필집도 준비했고, 2집도 쥬비 중이다. 전북문인협회외 한국문인협회 회원으로 가입도 하고 활발히 활동한 한 해였다.

여느 해와 마찬가지로 12월 중순이 되자 교회의 뾰족탑에 불이 켜지기 시작했다. 크리스마스와 세모가 다가오고 있다는 뜻이었다. 많은 사람들은 다사다난하다는 등 사자성어(四字成語)를 인용하며 자기 나름대로 일년을 정리하고 마감하지만, 나는 특별한 계획도 없이 조용히 한 해를 마감하려 했다.

사람들은 화이트 크리스마스를 선호한다. 크리스마스에는 눈이 와야 제격이란다. 하얀 눈이 소록소록 내려 온 세상을 하얗게 물들이면, 눈엣가시가 된 세상의 모든 어둠이 사라지고 새로운 빛이 세상을 밝혀 준다고 믿기 때문이다.

나도 화이트 크리스마스를 바랐다. 그러나 비록 눈발이 비치기는 했으나 내가 바라는 만큼 많은 눈이 내리지는 않았다. 그렇다고 실망하지도 않았다.

올 크리스마스엔 나는 가장 큰 선물을 받았다. 아들이 모 대학교 교수채용에 응모하여 1,2차는 통과하고 최종 총장 면접만이 남았다는 연락을 받았기 때문이었다. 그러면서 신앙생활에 대한 신부님의 소견서를 보내달라고 했다.

26일 밤에는 41년 만에 전주에 대설이 내렸다. 눈이 오면 날씨가 푸근하다는 속설도 요즘엔 통하지 않는다. 전혀 예측할 수 없는 것이 날씨요, 기상이변이다. 정말 강추위였다.

나는 아침 일찍 외출준비를 했다. 두툼한 옷을 입고 등산화를 신었다. 그리고 등산용지팡이를 들고 길을 나섰다. 모습은 어색했지만 어쩔 수 없었다. 아이에게 보낼 서류를 등기로 보내기 위해 나선 나의 앞길을 추위나 미끄러움 따위가 막을 수 없었다. 조심조심하느라고 동작은 더디었지만 추운지도 몰랐다.

다음 날 김탁구가 공들여 만들어 놓은 알찬 빵들을 죽은 쥐가 다

먹어치웠다는 불쾌한 뉴스를 들었다. 국민들의 빵에 대한 선호도와 품격을 높이려는 제빵왕 김탁구의 노력에 찬물을 끼얹는 쥐가 든 쥐 식빵이었다.

또 경로석에 앉아 있던 젊은 여인의 동영상이 세밑을 맞는 사람들을 속상하게 했다. 그것을 보고, 괜히 나이 들었다고 눈에 거슬리는 짓을 하는 옆 젊은이들에게 불쾌하다고 상관하지 말라며 아내는 나에게 훈수를 했다.

그러나 그것들을 일거에 강타한 연말의 대설과 매서운 한파 덕으로 사람들의 마음은 좀 가벼워졌다. 빙판과 추위 때문에 그런 걸 생각할 여유가 없었기 때문이었다.

새해는 토끼의 해이다. 토끼는 용궁에서도 살아남을 수 있을 만큼 지력이 풍부하다. 비록 자만심 때문에 거북이에게 패했지만 동작이 민첩하기로 토끼를 따를 자 없다. 이제 살아가면서 자기가 하고 싶은 대로 행해도 도리에 어긋나는 일이 없다는 종심의 나이에, 신묘년을 맞아 재빠르고 재치와 지혜의 상징인 토끼의 수염 하나를 턱에 더하니, 순풍에 돛을 단 격이다. 앞으로 하는 일에 거칠 것이 없으리라는 말은 나의 과분한 바람일까.

그러나 자만하지 말고 겸손해야 한다, 그래서 종심의 경인년 마지막 날엔 시끄러운 송년이 아니라 송년미사를 마치고, 집에서 아내와 다소곳이 보내며 신년의 좋은 소식을 기다리기로 했다. 파란 철책울타리 사이로 어렵게 핀 예쁜 장미꽃 한 송이처럼 아이의 좋은 결과를 기다리면서…….

교각살우(矯角殺牛)

내가 전주고등학교 교감으로 재직할 때였다.

당시의 건물은 1969년 대화재로 건물이 모두 전소되었을 때 급하게 지어져, 건물이 낡고 좁으며 교실도 부족했다. 타시·도의 이름 있는 고등학교에 비하면 정말 형편없었다. 교감인 나는, 타시·도의 고등학교에서 소위 선진학교라며 시찰을 오겠다는 연락을 받을 때마다 정말 난감했다. 방문객들에게 보여줄 만한 것이 없었기 때문이었다.

교문에서 70~80m쯤 걸어서 들어가면 체육관이 있다. 그 옆에 충혼비가 자리 잡고 있으며, 그 뒤에 구 강당(현 유도관)이 있다. 체육관은 서편 담을 따라 남북으로 길게 자리하고 있어 정문만 보인다. 그러나 그 옆에 있는 구 강당과 충혼비는 실질적인 교사 정면에 위치하고 있다.

그런데 교사 신축이 허가되어 도교육청에서 설계단계에 들어갔을 때였다, 교사의 전망(前望)을 위해 앞에 있는 이 두 시설을 모두 철거할 계획이라고 했다. 구 강당(현 유도장)은 말할 것도 없고 충혼비는 해체하여 교사 뒤로 옮길 예정이라고 했다. 그 이야기를 들은 교장선생님은 노발대발했다. 유일하게 전주고등학교의 맥과 전통을 이어오는 것이 강당과 충혼비였기 때문이었다. 차라리 신축을 포기하더라도 그 두 시설은 현재 그대로 두어야 한다고 강력히 주장했다.

강당은 내가 이 학교에 입학할 때도 있었던 인성수련장이었다. 선배들이 직접 벽돌을 나르고 지은 강당이라고 했다. 매주 월요일 1교시 애국조회시간이면 전교생이 강당에 입실하여 교장선생님의 훈화를 들었다. 그때 교장선생님은 '첫째도 공부, 둘째도 공부, 셋째도 공부'라고 강조했다. 그때에는 S대에 100명 이상 들어가야 일류고등학교라는 말을 들을 때였으니 당연했다.

그리고 일년에 몇 번씩 1,2학년 학생들은 모두 강당에 집합하여 무릎을 꿇고, 3학년 선배들의 설교를 들으며 선배에 대한 예절교육을 받기도 했다. 또 그 안에서 훌륭한 선배들이나 국내 저명인사들을 초청하여 주옥같은 말을 듣기도 한 추억어린 장소였다.

강당은 대화재에도 불구하고 유일하게 남아 지금까지 본교와 애환을 함께하는 건물이다. 교장선생님은 이 건물이 학교의 산 증인이기 때문에 언젠가는 학교역사관이 되어야 한다고 말씀하셨다.

나는 고교졸업 50주년기념 행사를 준비하면서 역사관의 필요성을 절감했다. 기념행사문집을 만들면서 은사님들의 프로필을 싣기 위해 자료를 구하려고 모교를 방문했었다. 모교교감을 역임했기 때문에 나에게 부여된 임무였다. 그러나 북중34회와 전고37회의 교지나 앨범은 어디에서도 찾아볼 수 없었다. 후에 들은 이야기였지만 1년 선배들도 마찬가지였단다. 하는 수 없이 졸업앨범을 이용하여 3학년 담임선생 명단만 실었다. 매년 50주년 기념행사가 계속될 터인데 같은 일이 반복될 것이 뻔했다. 역사관이 필요한 이유였다.

학교를 방문하는 많은 사람들은 강당 앞에 있는 충혼비가 다른 곳에서도 흔히 볼 수 있는 것이라고 착각하며 별로 관심을 기울이지 않고 지나친다. 그러나 그 충혼비는 보물로서의 가치가 있는 충혼비다.

충혼비는 국가가 6.25라는 참화를 당했을 때, 분필과 연필을 과감히 버리고, 오랑캐를 몰아내기 위해 참전했다가, 장렬히 산화한 순직교원과 전몰학도병의 명복을 빌고 영구히 우러러 받들고자, 1951년 9.28수복 1주년을 맞이하여 제막되었다.

전면 상단에는 이승만 초대대통령의 친필로 '충혼비(忠魂碑)'가 새겨져 있고, 그 하단에는 서정주 시인의 '충혼시'가 새겨져 있다. 뒷면 상단에는 당시 교장인 유청(전 국회의원)선생님의 '충혼비 건립목적과 경과'가 새겨져 있으며, 그 하단에는 신익희 초대국회의장의 '투필종융(投筆從戎), 충렬천고(忠烈千古)'라는 친필이 새겨져 있다.

우측 상단에는 한남 전성욱 선생님의 '영사불굴(寧死不屈)'의 휘호가, 그리고 그 하단에는 '전몰학도병 38명의 명단'이 새겨져 있고. 또 좌측 상단에는 역시 전성욱 선생님의 '위국단충(爲國丹忠)'이란 휘호가, 그리고 그 하단에는 '순직교원 10명의 이름'이 새겨져 있다.

내가 고등학교에 입학했을 때, 신입생들은 2주 동안 수업을 전폐하고, 매일 목총을 들고, 이 충혼비 앞에서 묵념으로 시작하며 제식훈련을 받았다. 두 교련선생님의 지도로 2주간의 훈련이 끝나야 교실에 들어가서 수업을 받았다. 우리 후배들도 마찬가지였다. 충혼비는 이 학교 신입생들에겐 학교생활을 시작하기 전에 거쳐야 하는 필수코스였다.

그러나 이 충혼비에 담긴 숭고한 정신은 전주고인 뿐만 아니라 민족 모두의 자랑이다. 그들의 거룩한 충혼은 오늘을 사는 우리 마음속에 영원히 빛날 것이며, 초대대통령의 휘호와 초대국회의장의 휘호가 함께 새겨진 충혼비는 국내에서 유일무이하다. 당연히 언젠가는 보물로 지정되어야 마땅한 시설이라고 자부한다.

소의 뿔을 바로 잡으려다가 소를 죽인다는 뜻으로 교각살우(矯角殺牛)라는 말이 있다. 결점이나 흠을 고치려다가 수단이 지나쳐 도리어 일을 그르침을 이르는 말이다. 성경에도 '거룩한 것을 개에게 주지 말고, 진주를 돼지들 앞에 던지지 마라.'라는 구절이 있다. 주위에 아무리 귀하고 소중한 것이 있어도 그 가치를 모르는 사람에겐 아무 쓸모가 없어 함부로 취급한다는 뜻이다.

하마터면 꿈이 서린 강당과, 장렬한 전몰학도병 그리고 순직교원의 명복을 비는 보물의 가치가 있는 이 충혼비가, 평범한 학교시설물로 과소평가하는 사람들 손에서 수난을 당해 교각살우의 좋은 실례가 될 뻔했었다.

돼지머리 낚시

예부터 남녀노소 할 것 없이 한국인의 시골생활은 음악과 춤으로 점철되었다. 아이들은 버들강아지가 피는 봄이 되면 버들피리부터 시작하여 보리피리와 풀피리를 만들어 불며 소를 뜯겼고, 어른들은 쟁기질을 하며 콧노래를 불렀으며, 모내기를 하면서 권농가도 불렀다. 여인들은 밥을 지을 때 부지깽이로 부뚜막을 두드려 장단을 치면서 콧노래를 불렀고, 냇가에서 방망이로 가락을 맞추며 빨래를 했다. 밤이면 홍두깨나 다듬이질을 하면서 장단 맞추어 한이 서린 노래를 불렀다.

고등학교 1학년 어느 날이었다. 1교시 수업에 들어오신 과학 선생님께서 등교하면서 아프리카북소리를 들은 사람이 몇 명이나 되는지 확인하셨다. 도시에서도 가끔 아프리카북소리를 들을 수 있으니 걱정된다면서 미신의 폐해에 대해 설명하셨다. 아프리카북소리는 우환이 있는 가정에서 밤새껏 굿을 하며 내는 소리였다.

대학을 다니던 60년대에는 샹송과 재즈가 유행했다. 젊은이라면 누구나 술을 한잔 걸치면 잘 돌아가지 않는 혀로 재즈를 웅얼거려야 멋쟁이 축에 끼었다. 그런데 우연히 나는 재즈에 관한 강의를 경청할 기회가 있었다. 그때 우리나라 굿거리장단이 재즈의 원조라는 말을 듣고 깜짝 놀랐었다. 한국의 아프리카북소리가 재즈의 원조였단다. 그 이야기를 듣고 무당이 굿을 할 때 두드리는 바가지 소리와 아프리카의 민속악기인 봉고 소리가 비슷하다고 생각했었다. 우리의 토속적인 소리가 재즈의 원조가 되다니 우리 것의 소중함이 새삼스러웠었다.

그런데 오늘 날 한국의 젊은 아이돌 그룹이 유럽을 강타하고 있다. 일본과 중국 본토를 휩쓴 한류가 프랑스에 착륙하여 파리의 소녀들을 열광시키더니, 도버해협을 넘어 영국 본토에 착륙했다. 유럽의 젊은이들이 춤·노래·연기로 만들어낸 K팝이란 종합상품의 매력에 포옥 빠졌다. 이는 재즈의 원조였던 아프리카북소리가 거듭나서 K팝으로 탈바꿈하여 코가 높은 유럽의 젊은이들을 사로잡은 셈이니, 우리의 고유문화도 잘 손질하여 포장만 잘하면 세계적 상품이 될 수 있다는 것을 시사하는 바다.

아주 어렸을 때였다. 매월 초사흗날 아침이면 방 윗목 가운데에 떡시루를 놓고, 할머니가 두 손바닥을 비비며 주문을 외우셨다. 아마도 가족의 건강과 집안에 액운이 없기를 빌었을 게다. 기원이 끝나면 그 시루떡을 온 식구가 나누어 먹었다. 그래서 어렸을 땐 초사흗날이 돌아오기를 기다렸다.

그런데 그 풍습이 지금도 남아 있는 곳이 있다. 사업을 하는 사람들은 아직도 초사흗날이 되면 떡과 돼지머리를 놓고 고사를 지낸다.

젊었을 때 함께 축구를 하면서 자동차공업소를 운영하는 친구가 있었다. 어느 날 운동이 끝난 후 그 친구는 자기 공장에 고사를 지낸 돼지머리가 있으니 가서 한잔 하자고 권했다. 출출한 판에 불감청이

언정 고소원이라 몇몇 친구들과 함께 갔다.

몇 순배 돌았을 때, 나는 넌지시 그 친구에게 고사지낼 때 무어라 비느냐고 물었다. 그 친구는 별 관심이 없이 회사가 잘 되라고 빈다고 얼버무렸다. 그의 말을 듣고 나는 장난기가 동했다.

"어이, 회사 잘되라고 비는 것은 교통사고가 많이 나라는 말아닌가? 교통사고를 줄이자고 범국민적으로 캠페인을 벌이는 판인데, 한쪽에서 사고가 많이 나기를 비는 행위는 국가시책에 역행하는 일이지."

내 말에 모두 웃으며 잔을 비웠었다. 그러면서 한 친구는 사고여부가 문제가 아니라 출출할 때 맛있는 안주감이 되어주는 돼지머리를 위해서도 가끔 고사는 지내야 한다고 말했다. 돼지머리 덕택에 취할 때까지 마셨다.

최근에 그 친구를 만나서 지금도 공장에서 고사를 지내느냐고 물었다. 그러자 지금은 돼지머리낚시를 한단다. 초사흗날이 되면 입을 벌린 돼지머리를 정문 안에 차려놓고 출근하는 사람마다 돈을 걸게 했다. 처음엔 젊은 사원들의 참여가 적었으나, 거기에 걸린 돈이 전 직원의 회식용이 되자 거의 모든 사람이 참여했다. 돼지머리도 가급적 입을 크게 벌린 것을 주문했다. 돼지머리 취급점포에서도 될 수 있는 대로 입을 크게 벌린 제품을 만들었다. 자연히 걸린 돈이 월척이 되어 전 직원이 하루 회식하기에 충분하며, 그 돼지머리낚시 덕택에 회사의 분위기가 좋아졌다. 그러면서 아이돌 그룹처럼 돼지머리낚시도 잘 포장하여 수출하면 한류를 일으켜 세계평화에 기여할 수 있을 거라고 으스댔다. 내가 돼지 먹따는 소리 하지 말라고 말하자 그는 얼른 잔을 권하며 내 입을 막아버렸다.

매형의 선종

몇 년 전 자정이 가까운 시간에 느닷없이 전화벨이 울렸다. 이 밤중에 웬 전화일까 생각하며 수화기를 들었을 때였다.

"동생, 매형이 이상해. 돌아가시려나 봐."

큰 누나의 다급한 목소리를 듣고 나는 몹시 당황했었다. 택시를 잡아타고 매형 집으로 갔을 땐 벌써 성당 애령회원들이 와서 시신을 수습하고 있었다. 이런 경우 어안이 벙벙하다는 표현이 잘 어울릴 것이었다. 바로 Y병원 영안실로 모셨다.

매형은 한국전쟁 중에 전투경찰에 투신한 후로 경찰관이 되었다. 성질이 유순하고 호인이어서 사람들은 경찰이라고 말하면 믿지 않았다. 남더러 저만치 서 있으라고 말한 적도 없었다고 했다. 융통성은 적었지만 필체가 좋아 퇴직할 때까지 경찰서 서무과나 경무과에서만 근무했다.

외근한 적이 딱 한 번 있었다. 검문소에 파견 근무했다. 60년대에는 장작이 주 연료였다. 산에서 벌목하여 장작으로 파는 일이 많았는데 대부분 부정 임산물 반출이었다. 당연히 검문소에서 근무하는 경찰들의 수입이 짭짤했다. 그런데 그것도 잠시였다. 상납을 모르는 사람을 그런 좋은 자리에 오래 놓아둘 리가 없었다.

나는 고등학교부터 대학교까지 7년간 매형 집에서 다녔다. 그래서 나와 매형과의 관계는 유별났다. 매형은 나에게 항상 되(升)글로 배워 말(斗)글로 풀어먹어야 한다고 말씀하셨다. 배울 때 소홀하지 말고 열심히 하라는 뜻이었다. 아들들도 모두 직장관계로 객지로 떠나고 누나와 두 분만 살고 있었는데 오늘 선종하셨다.

참 희한한 일이었다. 사흘 전 나는 전주에 사는 두 누나와 매형에게 점심식사를 대접한 일이 있었다. 식사를 마치고 헤어질 때 매형이 나에게 자기는 사흘밖에 남지 않았다고 했다. 쓸데없는 말을 한다고 했더니 계속 사흘밖에 남지 않았다고 했다. 그러면서 만약 자기에게 무슨 일이 있으면 편지봉투 속에 다 써 놓았으니 그대로 처리하라고 했다. 그런데 전화를 받은 그날이 헤어진 지 사흘째 되는 날이었다.

장례식장에는 앞집에 사는 분 내외도 와 있었다. 대문이 서로 마주 보고 있어 서로 앞집이었다. 그분과 매형은 동향이어서 더욱 가깝게 지냈다. 그분 말에 의하면 그날 오후에 매형이 소주 한 병을 들고 집으로 찾아왔다. 둘은 그 소주를 다 마셨다. 그런데 일어나면서 이제 마지막이라고 했다. 무슨 뜻인지 도저히 알아들을 수 없어 쓸데없는 말한다고 했으나, 더 이상 자기와는 술을 마실 수 없다고 하면서 떠났다. 그런데 헤어진 지 불과 몇 시간 만에 이 비보를 들었으니 믿을 수 없다고 했다.

또 장례미사에서 신부님의 말씀이었다. 지난 주일에 신자들을 맞이하기 위해 성당 입구에 서 있는데, 한 노인이 와서 두 손으로 자기 손을 잡더니, 다음 주부터는 못 나온다고 했다. 혹시 성당에서 좋지 않은 일이 있어서 하는 말인 줄 알고, 불편한 일이 있으면 말하라고 했으나, 무조건 다음 주부터는 못 나온다고 말했다. 그런데 영정사진을 보니 그 할아버지였다.

사람이 늙으면 누구나 죽음을 두려워하면서도 어쩔 수 없이 죽음을 맞이할 준비를 한다. 자식들에게 유언장을 써놓기도 하고, 미리 재산을 분배해 주기도 하며, 자기가 죽었을 때 정리하는 방법까지도 알려주기도 한다.

장병(長病)에 효자 없다는 말도 있다. 그래서 죽을 때까지 남에게 폐 끼치는 것을 싫어한다. 죽음복도 타고나야 한다며 편안하고 행복하게 죽기만을 바란다. 노인들의 욕심이다.

또 고통 없이 순간적으로 죽는 것이 '죽음 복'이라고 말하며, 사고로 죽는 경우도 죽음 복을 타고난 거라고 말하기도 한다. 그러나 그것은 아니다. 비록 주위 사람들에게 폐를 끼치지는 않지만, 보기 흉한 마지막 모습을 보여주기 때문이다.

대부분 노인들의 술자리에서는 한사람이 '구구팔팔'하고 건배 제의를 하면, '이삼사(死)'하고 큰소리로 외친다. 99세까지 팔팔하게 장수하며 살다가, 이삼일 동안 앓다가, 사흘 만에 죽는 것이 제일 행복한 죽음이란 뜻이다. 그러나 그것은 노인들의 희망사항이지, 어디 인생이 뜻대로만 되는 것인가. 인생의 사고(四苦)는 인력으로 할 수 없는 일 아닌가.

정황으로 보아 매형은 상당 기간 자기의 죽음을 예감하고 영감(靈感)으로 살아온 것 같았다. 나는 남겨둔 봉투를 펴 보았다. 장례절차까지 자세히 기록되어 있었다. 보훈청에서 처리하는 절차와 사망신고서까지 다 기록돼 있었다. 향년 89세였다. 정말 정정하여 주위 사람들도 모두 구순을 넘길 거라 예상했었다.

　허나, 비록 99세까지는 살지 못했지만 89세면 장수했다. 그리고 하루도 앓아눕지 않고 몇 시간 만에 돌아가셨으니 죽음 복도 타고나셨다. 매형의 죽음은 구구팔팔 이삼사는 아니었지만 팔구팔팔 영영사(死)의 신기록을 세우셨다. 부디 천국에서 평안한 안식을 기원할 뿐이다.

모교 교감과 플래카드

내가 전북교육청 장학사로 근무할 때였다. 2월 중순 어느 날, 아침 식사를 하면서 아내는 내가 전주고 교감으로 발령된 꿈을 꾸었다고 말했다. 나는 쓸데없는 개꿈이라고 말하며 출근했었다.

그날 오후였다. 중등교직과장이 사무실로 오더니 과장과 귀엣말을 하고 나간 뒤 과장이 나를 불러 퇴근시간에 술이나 한 잔 하자고 말했다. 술도 마시지 못하는 사람이기 때문에 내가 거절하자, 내가 전주고 교감으로 발령되었으니 송별회를 하자는 거였다.

그 당시엔 장학사나 연구사가 일선학교 교감으로 발령되려면 본인이 전직희망원을 제출해야 했다. 그리고 나는 전주고 교감으로 나갈 의향이 있느냐고 물었을 때 전직을 희망하지 않았었다. 따라서 내 의사에 반하는 인사발령을 했으니 나를 달래라는 교직과장의 말을 듣고 과장이 나에게 한 말이었다.

송별연을 마치고 밤늦게 집에 들어갔을 때 아내는 자지 않고 나를 기다리고 있었다. 선배 교장한테서 축하전화를 받고, 자기 꿈 이야기가 사실인 것을 알고 있었는데 들어오지 않으니 술을 마시고 누구와 싸우느라고 늦게 오는 걸로 생각했다. 그러나 나는 발령된 사실만 알 뿐 영문을 모르니 아내에게 무어라 설명할 수도 없었다.

그 다음날 아침, 이임인사 차 부교육감실에 들렀을 때 나는 모든 사실을 알게 되었다. 부교육감은 고등학교 후배였다. 그분이 인사서류를 결재하는 과정에서 모교교감으로 발령될 자의 이름을 보니 마음에 들지 않았다. 재차 결재할 때도 마찬가지였다. 적당한 사람이 떠오르지 않는다는 담당자의 말을 듣고 갑자기 나를 그 자리에 발령하도록 지시했다. 그래서 내 의사에 반하는 인사를 했으니 나에게 미안하다고 말했다.

나는 모교의 교감 자리가 공석이 될 것을 알고 있었다. 실제로 모교에서 근무하고 싶은 생각도 있었지만 승진 문제로 쉽게 내키지 않았다. 그래서 전직희망을 하지 않았었다. 아내도 그 사실을 알고 있었다.

모교 교감으로 부임하자 생활패턴이 달라졌다. 출퇴근시간이 정해진 생활을 하다가 학교로 전출되었으니 처음에는 힘들었다. 조조학습을 위해 학생들이 7시 반까지 등교하니 나는 7시까지 출근해야 했다. 그리고 1,2학년 학생들의 야간자율학습시간은 밤 10시까지이지만 3학년은 밤 12시까지였다. 당연히 퇴근시간이 12시를 넘어야 했다.

물론 각 담임들은 교대로 돌아가면서 현장지도를 하지만 교감은 혼자서 그 넓은 교무실을 지키면서 전화상담도 하고, 교내순찰도 하며 외로운 생활을 해야 했다. 시쳇말로 외로운 올빼미 생활이었다.

나는 가끔 자상하고 친절한 상사를 만나고, 또 상사는 자기 말을 잘 이해하고 따르는 직원을 만나는 것이 공무원으로서의 관운이라고 생각했다. 서로 의사가 통해야 민주적인 직장생활을 할 수 있고 직장에 보람을 느낄 수 있기 때문이었다.

교장으로 초빙되어 부임하신 분은 선배이면서도 전에 모교에서 같이 평교사로 근무했었다. 친절하면서도 자상하고 인정이 많은 선배였다. 그래서 모교교감으로 발령된 것을 후회하지는 않았다.

각 학교의 교문에는 학교의 행사나 동문들의 동정, 그리고 재학생들의 대외 입상성적을 알리는 플래카드를 부착할 시설물이 있다. 그것을 보면 그 학교의 성적을 대충 알 수 있다.

대학입학시험 결과가 발표될 때였다.

S대학교의 한 학장의 도움으로 S대에 합격한 학생들의 명단을 입수했다. 익산의 N고교 합격자 명단도 확보했다. 익산은 비평준화여서 그해 졸업생들부터 선발고사로 뽑은 학생들이었다. 전주뿐 아니라 도내에서 우수한 중학생을 선발했기 때문에 당연히 S대 입시에서 도내 1위를 차지할 거라 생각했다. 그런데 본교는 합격자가 21명인데 반해 N고교는 19명이었다. 당연히 학교교문에 'S대 합격자 도내 1위'라는 플래카드가 부착되었다.

그 다음날 도교육청에서 전화가 왔다. 왜 허위 플래카드를 교문에 부착했느냐고 했다. 익산의 N고교에서 항의가 들어왔단다. 나는 상대학교의 합격자 명단까지 가지고 있으니 항의하려거든 합격자의 이름과 과명을 명기하여 인터넷에 띠우고, 본교에 와서 항의하도록 하라고 했다. 그러면서 도교육청이 그런 쓸데없는 항의전화나 받는 곳이냐고 핀잔을 주었다. 그 후 아무 말이 없었다. 자존심 상한 일이었겠지만 사실은 어쩔 수 없는 일 아닌가.

물론 교장의 자유로운 학교경영철학과 진학담당선생들의 헌신적인

노력의 결과였으나, 학생들이 교문에 들어서면 거목의 히말라야시다
아치 아래를 걸으면서 학생들이 읽는 표어가 있다. '나는 나의 뜻을
이루기 위해 오늘도 이 길을 오간다.'라는 표어이다. 이 표어를 읽으
면서 학생들은 매일 새로운 다짐을 한다. 그리고 충혼비를 지나면서
이 학교의 전통과 선배들을 생각한다. 학교가 청출어람의 산실이 되
어 플래카드를 걸게 된 이유였다.

사랑의 유통기한

내가 식료품가게나 약국에 갈 때마다, 아내가 나에게 신신부탁하는 말이 있다. 유통기한을 확인하라는 말이다. 유통기한이란 상품이 생산자와 상인 그리고 소비자 사이에 거래될 수 있는 정해진 기한을 말한다. 당연히 유통기한이 경과된 것은 폐기 처분돼야 마땅하지만, 일부 악덕 상인들은 유통기한이 지나도 그대로 판매하거나, 속여서 파는 경우가 있다. 그래서 유통기한을 확인하는 일이 중요하며, 특히 식료품인 경우는 두말할 나위도 없다.

그러나 상품의 포장지에 표시된 유통기한은 알아보기가 쉽지 않다. 대부분 눈에 잘 띄지 않게 표기되어 있다. 그래서 실수로 유통기한이 다 되거나, 지난 것을 구입해 왔을 땐, 아내는, 그런 것도 제대로 구분 못하느냐고 핀잔을 주면서, 자기가 직접 가서 바꿔오는 경우도 있다.

식료품이나 의약품에만 유통기한이 있는 것일까? 아니다. 사람의 손길이 닿는 것은 무엇이나 생명력이 있으며, 생명력이 있는 것은 모두 유통기한이 있다. 나는 바위보다는 작으나 웬만큼 큰 돌덩이도 생명력이 있음을 깨달은 바 있다.

생긴 모양이나 빛깔과 무늬 따위가 묘하고 아름다운 천연석을 수석(壽石)이라고 한다. 내가 수석을 접하기 전엔 수석이란 자연을 훼손하는 행위라고 생각했었다. 그러나 수석의 아름다움을 알면서부터, 수석은, 아무 가치가 없어 방치되어 묻혀있는 돌멩이를 찾아내서, 생명력을 불어넣는 역동적이고 창조적인 일이라고 생각했다.

시시해 보이는 돌멩이에 동백기름이나 파운데이션을 바르고, 매일매일 온갖 정성을 다하며, 두 손바닥으로 문지르고 보듬으면, 생명이 없었던 차디찬 돌멩이가 생명력을 찾아 멋진 수석이 된다.

일단 좌대(座臺) 위에 올려져 실내에서 확고한 위치를 점할 때까지는 많은 사랑을 받는다. 그러나 시간이 흐름에 따라 사랑의 손길이 소원해질 수도 있다. 그러면 수석은 점점 생명력을 잃어가고 퇴색한다. 유통기한이 다 되어가기 때문이다. 그때에 다시 동백기름이나 파운데이션을 바른 뒤, 두 손바닥으로 문지르고 보듬으면, 다시 생명력을 찾아 활기를 띤다. 수석의 유통기한이 리필(refill)되어 연장된 것이다.

나는 수석 중에 호피석을 제일 좋아한다. 호랑이 표피와 같은 색이라고 해서 호피석이라 부른다. 그 중에서도 푸르스름한 청호피석이 좋다. 그 자체에서 풍기는 옅은 청록색의 은은함과 묵직한 중후감(重厚感) 때문이다.

나는 아파트로 이사하면서 거실에 있는 거실장을 교체한 일이 있었다. 그때 좌대의 길이는 53㎝, 수석의 길이가 50㎝, 높이가 23㎝, 그리고 두께가 12㎝인 청호피석을 가로·세로 60㎝인 오른쪽 거실장에 올려놓았다. 오른쪽 끝에서 45도의 완만한 경사로로 30㎝가량 올라가면 정상에 이른다. 정상의 높이는 23㎝이다. 반대쪽 경사도 그

다지 심하지 않다. 수석으로는 좀 큰 편이지만, 내가 그것을 바라보고 있으면, 어렸을 적 고향에서 멀리 들판 너머로 가물가물 보이던 부안 변산의 모습이 연상된다.

그 청호피석은 현관문을 열면 바로 눈에 띄는 위치에 놓여있다. 거실장과 수석의 크기도 제격이지만, 거실장의 색깔과 좌대의 색깔도 잘 어울려 보는 사람마다 안성맞춤이라고 말한다. 여러 개의 호피석 가운데 내가 가장 아끼는 것이다. 허지만 무게 때문에 혼자 들기가 버거워, 항상 그 자리만을 지키고 있다.

내가 외출했다가 돌아올 때, 그 수석이 화가 나, 생떼라도 쓰려는 듯이 뾰로통하게 입모양을 내밀고 있을 때가 있다. 그러면 나는 유통기한이 다하도록 애정표시를 하지 못한 것을 미안하게 생각하며, 얼른 파운데이션을 손가락 끝에 찍어서 수석에 바르고, 두 손바닥으로 어루만지며 보듬는다. 그러면 이내 입가에 가벼운 미소를 머금은 천사의 모습으로 변한다. 사랑의 유통기한이 리필된 것이다.

부부간의 사랑에도 유통기한이 있다. 그 유통기한이 다해 폐기처분당하는 것이 이혼이다. 그리고 그 이혼 때문에 인생의 유통기한까지 다해 폐인이 되거나 생을 마감하는 수도 있다. 그래서 이혼을 두려워하는 것이다. 얼마 전까지만 해도 이혼은 남의 일처럼 느껴졌다. 그런데 순식간에 높은 이혼율은 우리사회의 발등의 불이 되었다.

요즘 젊은이들은 결혼식에서, 일생 동안 고락을 함께하면서 부부로서의 도리를 다하고, 오직 당신만을 사랑하겠다고 한 서약서가 며칠 후면 휴지조각이 되어버리는 경우도 있단다. 아예 처음부터 혼인신고도 하지 않고 계약부부로 시작하는 경우도 있다.

부부간 사랑의 유통기한은 연령에 따라 다르다. 젊은이들일수록 기한이 짧다. 그들은 이혼을 번갯불에 콩 볶아먹듯 한다. 그런데 속없이 늙은이들도 덩달아 깝죽거린다. 황혼이혼이란다. 너무 오랫동안 부부로서 무시를 당하며 살아왔다면서, 지금이라도 편하게 혼자 살거나, 좋은 이성을 만나 편히 살고 싶단다.

더욱 가관인 것은 현재 살고 있는 늙은이들에게, 만약 사후에 저승에서 다시 결혼하게 된다면, 현재 살고 있는 상대와 결혼할 의향이 있느냐고 물어보는 것은 시간낭비란다. 지금까지 산 것도 억울한데 왜 또 사느냐고 항변한단다. 왜 그럴까요? 사랑의 유통기한에 리필이 없었기 때문이다.

지금이라도 유통기한을 리필 할 수 있는 방법만 강구한다면 이혼이 많이 줄어들 거라 생각된다. 따라서 남녀노소 할 것 없이 각 가정마다 수석을 몇 점씩 비치하도록 하면 어떨까? 수석을 통해 리필로 사랑의 유통기한을 연장하는 연습을 할 수 있을 거라 생각해서다.

속정(俗情)과 첫 미사

사람들은 일상생활에서 두 가지 대조적인 정서를 자주 접한다. 물욕에서 기인되는 세속적인 것과 비움에서 나오는 무아경이다. 나는 우연히 이 두 가지를 실감할 기회가 있었다.

사제서품을 받은 이원재(마르코) 신부님의 첫 미사가 우전성당에서 있는 날이었다. 늦지 않으려고 아침 일찍부터 아내와 부지런히 서둘렀으나 날씨도 춥고 길도 미끄러워 택시를 이용하기로 했다.

"돈이면 사람을 죽이기도 하고 살리기도 하는 모양이지요?"

행선지를 묻고 말없이 운전하던 기사의 난데없는 질문에 어안이 벙벙했지만, 나는 돈 때문에 사람을 속이기도 하고, 폭행도 하며, 살인까지 하는 일이 자주 일어난다고 말했다. 요즘 신문이나 방송을 통해 자주 회자되는 게이트 사건도 모두 돈 때문에 일어난 일이라고 설명했다.

"그런데 느닷없이 웬 돈 타령인가요?"

아내가 궁금하다는 듯이 묻자, 기사는 잠시 머뭇거리더니 모 장례식장에서 있었던 사건을 설명해 주었다. 나는 사실여부를 확인하지는 못했지만 만일 그게 사실이었다면 정말 어처구니없는 사건이라 생각했다.

얼마 전 모 장례식장에서 상주와 그 친척들이 지켜보는 가운데 망인에게 염을 마치고 입관까지 했다. 염이란 염습이라고도 하며 죽은 사람의 몸을 씻은 다음에 수의(壽衣)를 입히고 염포로 묶는 일이다. 입관된 시신을 그대로 장지로 운구해 매장하거나, 승화원으로 옮겨 화장을 하면 끝이다. 한번 입관하면 관을 열어보는 일은 거의 없다. 바로 그 점을 이용한 범행이었다.

미국에서 아버지의 부음을 받고 딸이 장례식장에 도착했을 때는 이미 입관이 끝났었다. 하지만 아버지의 얼굴을 마지막으로 보여 달라고 애걸복걸하는, 이역만리에서 온 딸의 청을 거절할 수가 없어 사장에게 사실을 말하고, 사정하여 관의 뚜껑을 열었다. 아뿔싸, 가족들은 기가 막혔다. 염습을 한 시신이 팬티만 입고 있었다.

내가 설마 그럴 리가 있었겠느냐고 했더니 방송과 신문에도 보도되었단다. 그 수의가 고가여서 염습을 마친 후 몰래 관을 열고 수의를 벗겨 갔다. 만일 미국에서 온 딸이 아니었더라면 그 예식장에서는 그런 사건이 계속되었을지도 모를 일이지만, 바로 화장할 주검에 그런 고가의 옷을 입힐 필요가 있느냐고 나에게 물었다. 나는 살아생전에 좋은 옷을 입히지 못한 자식으로서의 죄책감 때문에 그랬을 거라고 말했지만, 그는 이해가 안 된다고 했다. 그 후로 예식장은 문을 닫았다. 모두 세속적인 물욕 때문에 생긴 결과였다.

택시가 거의 성당에 다다랐을 때, 자기의 모든 것을 주님께 봉헌하고, 오직 신자들과 함께 생활할 새 신부님의 첫 미사에 참석하러 간다고 말하고 택시에서 내렸다. 그러자 자기도 기독교신자라면서 좋은 시간이 되기를 빈다고 말했다.

성당 안에는 벌써 신자들로 만원이었다. 평소 6명씩 앉던 의자도 오늘은 7명씩 앉아 달라는 안내 방송도 있었지만 보조의자까지 동원 해야만 했다. 기다리는 동안에 묵주기도로 시간을 보냈지만, 첫 미사 를 축복하러 오신 많은 신부님들 때문에 제단의 무게감이 더했다.

미사의 강론은 '아버지 신부님'이 하셨다. 10년 전, 눈이 초롱초롱 하고 앳된 미소년이 찾아와 신학교를 가겠다고 다부지게 말하여 추 천해 주었는데 어엿한 신부가 되어 기쁘다고 했다. 나이가 들어감에 따라 아들이 없어 씁쓸했었는데, 아들 신부가 탄생하여 신부로서 긍 지도 생겼단다. 그러면서 아주 훌륭한 신부가 될 것을 확신한다고 찬 사를 아끼지 않았다,

미사가 끝나고 2부 축하식 때였다. 많은 축하인사 다음으로 학사들 의 축가가 끝나고 새 신부와 학사들이 부모님께 '어버이의 노래'를 합 창할 때였다. 나도 모르게 내 눈엔 눈물이 핑 돌았다. 신학교에 가겠 다는 아들의 말을 처음 들었을 때 쉽게 응낙하지 못했을 터이지만, 어쩔 수 없이 마음을 비우고 허락한 뒤, 행여나 도중에 무슨 일이 생 길까 조바심하며 오늘까지 기다린 부모의 마음은, 마치 세례자 요한 이 태어날 때까지 벙어리가 된 즈가리아의 심정이었을 것이며, 인고 의 10년 세월이었기 때문이었다.

첫 미사를 집전한 새 신부님이 인사할 차례였다, 마이크를 잡고 감 사의 인사를 한 다음, 한동안 말문을 잇지 못했다. 물론 감격의 눈물 이었다. 그리고 학사시절에 겪은 심정을 토로했다. 그 기간 중에 탈 출하고자 하는 마음이 여러 번 있었다고 술회했다. 학사도 인간이기 때문에 세속의 정을 끊어버리기가 쉽지는 않았을 터였다. 나는 인간

의 욕정에서 쉽게 벗어나지 못한 인간의 고뇌를 잘 표현한 부분이었다고 생각했다. 그것은 바로 겟세마네 동산에서 피땀 흘리시며 기도한 예수님의 심정이었을 것이었다.

그런데 고민하고 있을 때마다 주님의 영이 나타나 자기를 인도해 주셨단다. 모든 것을 비우고 주님의 부르심에 부응하여 오늘의 영광을 맛보게 되었다고 말했다. 그래서 자기는 '여기에 나의 종이 있다. 그는 내가 붙들어 주는 이, 내가 선택한 이, 내 마음에 드는 이다.' 하는 성경구절을 제일 좋아하게 되었다고 말했다.

새 신부님은 1개월 후면 프랑스로 유학을 가지만, 유학 기간 내내 많은 기도를 부탁드린다고 말했다. 자기도 형제자매님들을 위해 잊지 않고 기도하겠단다. 그러면서 앞으로의 당찬 포부도 피력했다. 제단에 걸어 놓은 '그는 나의 영을 받아 뭇 민족들에게 바른 길을 펴 주리라.' 하는 성경구절이었다. 또 자기를 위해 기도할 때는 '이원재 마르코 신부'가 아니라, '성인(聖人) 이원재 신부가 되도록 해 주십시오' 라고 기도해 주시면 더욱 고맙겠다고 부탁도 했다. 나에게도 새 신부님의 앞날에 하느님의 은총이 가득하기를 기도하는 하루가 되었다.

순례길 해오라기

"재수 옴 올랐다!"

이는 뜻하지 않은 훼방꾼 때문에 사냥이 물거품이 된 허탈함과 분함을 삭이지 못한 해오라기가 하늘을 우러러 분통을 토하는 말이었다.

화산동성당 반석회에서는 매월 둘째 주일에 미사를 마치고 회원들의 건강을 위해 산행을 한다. 그러나 3월 둘째 주는 주님 수난에 동참하며 부활을 기다리는 사순 시기가 시작되는 주일이었다. 그래서 산행과 기도를 겸할 수 있는 치명자산으로 목적지를 정했다. 성당을 출발하여 전주천변을 지나 치명자산, 교구청, 한옥마을, 전동성당, 그리고 남부시장까지 약 3시간 정도 걷기로 했다.

그날은 모처럼 포근한 봄 날씨여서 성당을 출발할 때 회원들의 옷차림부터 가벼워졌다. 모두 가벼운 모자에 조끼 차림이었다. 길을 걷는 사람들의 발걸음도 제법 활발하고 날렵해 보였다.

일행이 다가공원 앞 전주천변에 이르렀을 때, 수난을 당한 천변의 수양버들이 눈에 띄었다. 시민들의 사랑을 받으며 많은 추억을 안겨

주었던 수양버들이, 주변 사람들의 계속된 민원에 떠밀려 수난을 당했다. 가지가 하나도 남겨지지 않고 모지락스러이 잘려나간 모습은 너무 심했다는 생각이 들었다.

서천교 옆에 있는 조윤호 요셉 순교비와 초록바위에 있는 남명희와 홍봉주 아들의 순교비 앞에서 묵상과 기도를 하고, 전주교 밑으로 내려갔을 때 그곳은 노인들의 천국이었다. 테이블에 둘러앉아 화투를 치는 사람들, 장기와 바둑을 두는 사람들, 그리고 호주머니에 손을 넣고 옆에 서성대며 구경하거나 훈수하는 사람들, 모두 시간이 넉넉한 노인들뿐이었다.

조금 더 걸어가자 청둥오리와 원앙들이 한가로이 유영하고 있는 천변 버들강아지 옆에서 여인들이 머리에 수건을 둘러쓰고 고개를 숙인 채, 덤불 속을 뒤적이며 무언가를 캐고 있었다. 가까이 다가가서 보니 얼굴에 많은 계급장이 달린 할머니들이었다. 할머니들은 손으로 덤불 가닥을 제치면서 쑥을 한 뿌리씩 캐어 비닐봉지에 담고 있었다. 손놀림은 둔했지만 가족들의 건강을 위해 덤불 부스러기가 섞이지 않도록 정갈스러이 담고 있었다. 옆에 있는 비닐봉지가 제법 두둑했다.

한벽당 밑에 맑게 고인 물을 보자 감탄사가 저절로 나왔다. 한가로이 노니는 물고기들을 보니 그곳에서 툼벙대며 물장구를 치던 어릴 적 생각이 주마등처럼 스쳐갔다. 그때 누군가 한 사람이 물막이에 대해 이야기하는 것을 듣고 자세히 쳐다보니 보통 물막이와는 달랐다. 콘크리트막이 위에 검은 것이 올려져 있는 튜브물막이였다. 수량이 많을 땐 물의 흐름을 원활하게 하기 위해 공기를 빼고, 수량이 적은 평상시에는 공기를 넣어 물을 가두는 시설이었다.

쉬리 모양의 전주천생태전시관을 지나 치명자산 입구에 도착했을 때 미리 와서 기다리고 있는 일행이 있었다. 그들과 합세하여 산에 오르며 십자가의 길을 따라 묵상하고 기도할 때, 각 처(處)의 십자가 밑에서 일행을 반갑게 맞이해 주는 것이 있었다. 노랗게 꽃이 핀 봄의 전령 복수초(福壽草)였다. 그 꽃은 사순 시기에 찾아오는 교우들을 영접하기 위해 일찍 피었다. 한방에서는 그 뿌리를 강심제나 이뇨제로 사용한다.

십자가의 길을 개미역사로 조성할 때 제14처를 지나 걷는 길이 화산동성당에 할당된 구역이었다. 그때 참여했던 회원들의 감회어린 추억담을 들으며 성당에 올라 기념촬영을 하고 정상을 향했다.

치명자산은 원래 중바위(僧岩山)라 불려졌다. 그리고 학창시절엔 즐겨 가는 소풍지였다. 그런데 지금 그 산은 성(聖)과 속(俗)이 뚜렷한 자연성지(自然聖地)이다. 기도하며 오르고 내리는 순례길, 세계 유일의 동정부부가 묻혀있는 성지, 마리아상(像)과 예수의 상이 나타나는 자연기암(自然奇岩), 그리고 전주시가지를 한눈에 조망할 수 있는 정상, 이는 하늘이 준 축복의 현장이다.

일행은 정상 부근에 있는 유항검(아우구스티노)일가 가족 순교자 무덤에서 시복시성기도를 바치고 묵상한 후 하산 길에 올랐다. 묘지마다 조화(造花)로 장식되고 잘 정돈된 군경묘지를 지나 교구청 잔디밭에서 잠시 휴식을 취하고 한옥마을로 향했다. 이골목저골목을 기웃기웃하면서 옛 추억을 되새기고 경기전에 도착했을 때가 오후 4시경이었다. 마침 경기전 정문에서 거행되는 3.13만세운동 재현 행사가 있어서 지나는 사람마다 손에 태극기를 들고 있었다.

우리는 전동성당을 지나 남부시장으로 향했다. 알찬 하루의 일정을 무사히 마칠 수 있었음을 감사하며 막걸리와 소주로 피로를 풀면서 마무리하기 위해 순대국집에서 여정을 풀었다.

귀가 길에 매곡교 밑 천변에 이르렀을 때였다. 마지막 보상이 일행을 기다리고 있었다. 해오라기 한 마리가 하늘을 우러러 고개를 쳐들고 물가에 서 있었다. 해오라기는 백로과로 백로, 창로, 해오리라고도 불리며, 민물과 바닷가에 살면서 개구리, 뱀, 그리고 물고기 등을 잡아먹는다. 그러나 같은 백로과지만 뭍이나 수중을 걸어 다니며 사냥하는 중대백로, 쇠백로, 그리고 왜가리와는 달리 물가에 허수아비처럼 가만히 서 있다가 눈앞에 나타나는 먹이를 사냥한다.

그 해오라기가 갑자기 고개를 주~욱 빼고 물속을 응시하며 엎드렸다. 마치 사냥감을 본 포식자가 은폐물에 몸을 숨기고 가까이 접근하기만을 기다리는 듯이 자세를 낮추고 서 있었다.

"저것이 학수고대다"

해오라기를 가리키며 내가 말하자, 일행은 모두 걸음을 멈추었다. 학수고대라는 말은 알고 있었지만 현장을 목격한 일이 없었기 때문에 모두 숨을 죽이고 구경하고 있었다.

해오라기는 발사준비를 완료하고 사정권 안에 들어오기만을 기다리는 사수처럼 신중했다. 그런데 물고기가 다가오고 있음을 감지한 듯 조심스레 한발 한발 걸음을 떼기 시작할 때였다.

"어억"

일행 중 한 사람이 느닷없이 소리를 질렀다. 그러자 그 소리에 물

고기가 달아나 버려 해오라기는 화가 나서 분통을 터뜨렸지만, 이내
모든 걸 체념하고 냉정을 되찾아, 다시 머리를 들고, 전처럼 하늘을
우러러 서 있었다. 학수고대의 현장을 목격할 수 있었던 천재일우의
기회를 놓친 우리도 아쉬워 하기는 마찬가지였다.

어느 장례식장에서

신묘년 원단에 한 친구로부터 부모상을 당한 고등학교 동창의 조문을 함께 가자고 전화가 왔었다. 나는 오전에 신년미사가 있으니 오후에 다시 연락하자고 미루었다.

부모상을 당한 친구는 미국에 거주하고 있어서 귀국여부는 분명치 않았지만 역시 동창인 친구가 망인의 사위였다.

연말에 내린 폭설과 강추위로 길이 꽁꽁 얼어붙어 대중교통을 이용하기로 했다. 그러나 버스기사들의 장기간 파업으로 시내버스도 이용하기가 쉽지 않았다. 시민들의 불편을 최소화하기 위해 관광버스를 투입했지만, 관광버스는 환승이 안 되고 배차간격도 길어 불편했다. 하루라도 빨리 노사가 타협하여 정상화되기를 바라지만 쉬운 일이 아닌가 보다. 어쩔 수 없이 불편을 감내할 수밖에.

버스 안에서 한 아주머니가 대학병원에 가려면 어디서 하차해야 하는지 물었다. 친구는 자기도 대학병원에 가는 중이라며 병원에 가는 이유를 물었다. 병원에 도착하여 응급실로 가는 방향을 알려주고, 우리는 장례식장으로 향했다.

장례식장 1층 안내전광판에서 호실을 확인했다. 1층 102호실이었다. 각계에서 보내온 조화로 1층 통로가 막힐 지경이었다. 대충 입구를 확인하고 들어가서 문상을 하려는 찰나였다.

친구는 영전에 헌화한 후 묵념을 하고 서 있었고, 내가 재배(再拜)를 하기 위해 무릎을 꿇으려는 순간, 전면 한쪽에 있는 조화바구니에 '이명박대통령'이라고 쓰인 글씨가 눈에 들어왔다. 눈앞이 아찔하여 눈을 들어 영전을 보았다. '한ㅇㅇ'이란 이름이 보였다.

나는 얼른 친구에게 사실을 말했다. 우리가 조문해야 할 사람은 '한'씨 성을 가진 사람이 아니고 '하'씨 성을 가진 사람이었기 때문이었다. 우리는 상주에게 미안하다고 사죄하고 나오려 했다.

그런데 문제가 생겼다. 입구에 있는 부의함에 미리 넣은 부의봉투 때문이었다. 부의함은 자물쇠가 단단히 채워져 있었고, 열쇠를 가진 사람이 잠시 자리를 비워 현장에 없었다. 일단 부의함에 들어간 것은 손을 댈 수 없다는 상주의 농담에도 우리는 말을 못하고 서 있기만 했다.

상주가 열쇠를 가진 사람을 찾아와 자물쇠를 열고 봉투를 찾아주었다. 우리는 백배 사죄하고 쥐구멍이라도 찾는 심정으로 뒤도 돌아보지 않고 밖으로 나왔다.

아침 뉴스 시간에 한선생의 서거에 대한 이야기를 들었고, 조간신문에서도 '애국지사 한ㅇㅇ선생 별세'라는 기사를 읽었다. 그리고 그분의 장례식장이 전북대학교장례예식장이란 것도 알고 있었다. 대부분 조문객이 많을 경우 2층에 있는 큰 호실을 사용하는 것이 보통이나, 이 분은 1층을 사용하여 일어난 해프닝이었다.

그분은 전주사범학교 재학 중 학우들과 비밀결사독서반을 조직해 독립선언문과 태극기를 제작하는 등 민족의식고취를 위한 항일운동을 하다가 체포돼 6개월간 옥고를 치른 애국지사였다. 그래서 대통령의 조화가 영전에 있었고, 많은 조화가 통행이 어려울 정도로 통로를 메우고 있었다.

밖으로 나온 우리는 이번엔 맞은편 호실 앞에 있는 망자와 상주의 이름을 두 눈으로 똑똑히 확인하고 들어가 조문을 했다. 미국에 거주하는 친구는 오지 못하여 보이지 않았지만, 우리가 찾는 빈소가 틀림없었다. 친구의 동생이 상주로 앉아 있었고, 친구인 사위가 우리를 안내했다.

우리는 조문을 마치고 사위이며 동창인 친구와, 문상 온 다른 친구들과 한자리에 앉아 조금 전에 일어난 해프닝을 이야기하며 웃었다. 망자의 향년이 94세나 되니 호상이어서 웃을 수도 있었다.

그러나 종심을 지나 새 10년을 시작하는 신묘년 새해 첫날에 차분하지 못해 야기된 낭패로 꼴사납게 되었던 모습 때문에 내 마음은 어딘지 모르게 개운치 않고 씁쓸했다. 하지만 이번 조문에서 얻은 교훈은 정말 값진 것이었다. 매사에 경거망동하지 말고, 낭패를 거울삼아 한 해 내내 조신해야 한다는 교훈 말이다.

염(廉)과 염(殮)

인생의 허무함을 나타내는 말로 공수래공수거(空手來空手去)라는 말이 있다. 빈손으로 왔다가 빈손으로 간다는 뜻이니 재물에 너무 욕심을 부리지 말라는 뜻이다. 여기서 빈손이란 아무 것도 가지지 않은 손을 말한다.

사람이 물건을 가질 때 손만으로 가지는 것은 아니다. 몸에도 가질 수 있다. 그래서 알몸으로 태어나 옷 한 벌 건졌으면 수지맞는 장사라고 하는 유행가 가사도 있지 않은가.

사람이 태어날 때 정말 누구나 빈손이나 알몸으로 태어날까? 그렇지 않다. 동물의 세계를 보아도 알 수 있다. 동물이 새끼를 낳으면 제일 먼저 새끼의 몸에 붙은 흔적을 지운다. 탯줄이든 핏자국이든 태어나면서 몸에 지니고 온 것을 전부 혀로 핥아 지운다. 적으로부터 새끼들을 보호하기 위해서다.

사람이 태어날 때도 마찬가지다. 태어나면서 어머니 뱃속에서 가져온 흔적을 모두 지워야 한다. 태어나자마자 할머니나 조산원이 아이를 깨끗이 목욕시킨다. 그런 다음 사람으로 태어난 것을 축하하며 보상으로 배냇저고리를 입힌다. 이 옷은 태어나 처음 받는 인생의 계급장이다. 이 옷은 깃과 섶을 달지 않았지만 이 옷을 입어야 비로소 그 아이는 사람이 되는 것이다. 청결한 몸으로 무에서 출발하여 인생을 건실하게 살아가라고 기원하는 의미다. 그래서 나는 이 과정을 염(廉)이라 말한다.

천주교 성당마다 각각 애령회(哀靈會)라는 신심단체가 있다. 애령회란 교우가 상(喪)을 당했을 때 봉사하는 단체다. 상가에 가서 일손을 돕기도 하지만, 주로 임종에서부터 장례 때까지 상가를 도와준다. 죽은 망자가 천당에 갈 수 있도록 주님께 기도하는 연도는 물론이고 장지에 가서 매장을 돕는다.

상가에서 가장 어려운 일이 시신 처리다. 가족이나 친지들이 주검을 만지기는커녕 옆에 오는 것조차 싫어하기 때문이다. 그래서 애령회원들이 직접 사체를 만지며 염(殮)을 하기도 하고 입관도 한다. 염(殮)은 염습이라고도 하며 죽은 이의 몸을 씻은 다음 수의를 입히고 염포로 묶는 일이다.

오랫동안 애령회장을 맡은 사람한테서 들은 에피소드다. 어느 날 병원에 입원하고 있는 환자가 임종이 임박했다는 다급한 연락을 받았다. 허겁지겁 필요한 성물(聖物)을 챙기어 수녀와 함께 병실로 찾아갔다. 대세를 주기 위해서였다. 임종했을 거라 생각하고 무심코 병실 문을 열었을 때, 눈을 초롱초롱하게 뜨고 앉아있는 환자를 보고, 질겁한 일이 한두 번이 아니었단다. 또 주검을 자주 만지다 보니 자기를 저승사자라고 농담하는 말을 들을 땐 슬프다고도 했다.

요즘은 장례식장이 많이 생겨 상황이 많이 달라졌다. 예식장 직원이 염을 한다. 두 사람이 사체 양쪽에 서서 염하는 동안 신도들은 지켜보면서 묵주기도를 한다.

나는 가정과 예식장에서 상을 치를 때, 염하는 방법에 차이가 있다는 것을 알았다. 일반 가정에서는 시설관계로 상을 당했을 때 임종 즉시 염을 한다. 그리고 사체를 손으로 만지며 청결하게 씻을 수도 없어 솜으로 입과 코를 막는 것으로 끝낸다. 그렇게 한 다음 염포로 두 팔과 발을 묶고 실내 한 쪽에 안치한다. 먼 곳에서 오는 가족에 대한 배려다. 그리고 그들이 도착한 후에 입관한다. 그러나 시설이 좋은 예식장에서는 그럴 필요가 없다. 염과 입관을 함께 한다.

나는 장례식장에서 염하는 모습을 보고 염에 대한 의미를 다시 생각해보았다. 내가 단순히 입관하기 위한 의례적인 의식이라고 생각했던 염이 정확히 무슨 뜻인지 알고 싶었다. 국어사전을 찾아보기도 하고 인터넷에서 검색도 해 보았다. 그러나 내가 원하는 답을 얻을 수 없었다. 그래서 장례식장의 현장을 마음속으로 그려보았다. 알코올과 솜으로 사체를 천천히 닦아내면서 수의를 입히는 과정이 눈에 들어왔다. 그것을 보고 나는 염(廉)과 염(殮)은 별개라고 생각했다.

죽음이란 빈 몸으로 왔다가 빈 몸으로 돌아가는 것이니 티끌하나 묻히지 않은 빈 몸이 되도록 깨끗이 해야 한다. 그 과정을 염(廉)이라고 말한다. 다시 말하면 염(廉)이란 망자의 몸에서 살아생전에 생긴 인생의 흔적을 말끔히 지우고 청결하게 하는 과정이다. 그 다음에 수의를 입히고 두 손과 발을 염포로 묶는다. 그것이 염(殮)이다.

수의(壽衣)란 염습할 때 죽은 사람에게 입히는 옷이다. 그러나 수의는 인생의 최고의 훈장과 계급장이 달린 복장이다. 그러기에 수의를 입은 망자 앞에서는 지위고하를 막론하고 무릎을 꿇고 앉아, 말도 삼가면서 경건하게 큰절을 한다. 그리고 청결한 몸으로 천당에 가서 영생하기를 기원한다.

　인생이란 사람이 태어나서 죽을 때까지 살아 있는 동안을 말한다. 일생 또는 평생이라고 말하기도 하고, '요람에서 무덤까지'라고 말하는 사람도 있다. 그러나 나는 인생이란 '염(廉)과 염(廉) 사이'라고 말하고 싶다. 그리고 이를 확인하는 행위가 염(殮)이라 생각한다.

천적

내가 동계중·고등학교 교장으로 재직하고 있을 때였다.

학교가 소재한 동계면은 북쪽엔 임실군 삼계면과 강진면, 동과 남쪽으론 남원시 대강면, 그리고 서쪽으론 순창군 적성면과 접하고 있는 작은 면소제지이다. 동계는 호피석으로 많은 수석애호가들에게 인기가 있는 고장이다. 지금도 포크레인으로 토목공사를 하면 많은 사람들이 호피석이 나오는 것을 지켜보기 위해 서 있다. 매실이 많이 나는 이 고장은 이른 봄이면 하얀 매화꽃이 장관을 이룬다. 여름에는 섬진강 상류에 있는 장구목이 유명하며, 가을엔 밤과 은행의 소출이 많은 고장이다.

장구목은 구미리를 지나 어치리에 위치하고 있다. 섬진강 상류이기도 한 이곳은 바닥이 넓은 오석(烏石)으로 되어 있다. 그 오석 위로 흐르는 맑은 물이 바로 아래에 호수 같은 얕고 작은 못을 이루고 있다. 여름엔 그곳은 물놀이하는 사람들로 북적댄다. 그 옆에는 유명한 요강바위가 있다.

요강바위는 오석으로 된 돌덩어리이며, 성인 두 사람이 들어갈 만큼 큰 구멍이 파여 있어 요강처럼 생겼다고 해서 붙여진 이름이다. 한국전쟁 때 마을 주민이 바위 속에 숨어 화를 면했다는 이야기도 있고, 아이를 낳지 못하는 여자가 바위 위에 앉으면 소원을 이룰 수 있다는 속설도 있다. 이 바위는 도굴꾼이 일본으로 빼돌리려다가 인천항에서 적발되어 제자리에 돌아와, 지금은 찾아오는 많은 방문객을 반겨주고 있다. 그리고 오래 전부터 그곳에는 적성댐이 건설될 예정이어서 개발제한지역이므로 처녀지와 같은 곳이다. 나는 이런 천혜의 자연환경 속에서 살고 있는 물고기를 보면서 천적의 의미를 깨달았다.

교장실엔 전임교장 때부터 상당히 큰 어항이 하나 있었다. 전임교장은 낚시를 좋아하여 그곳 섬진강 상류에 살고 있는 깨끗한 고기를 직접 잡아다 어항에 넣고 감상했다. 나도 그 어항 속에 임실납자루를 넣고, 한가히 유영하는 모습을 즐겼다. 납자루는 잉어과에 속하는 민물고기로 그 지역에서는 흔히 볼 수 있다. 몸은 옆으로 매우 납작하고, 방추형이며, 몸길이는 5~6cm이다.

어느 날 나는 납자루가 들어있는 그 어항 속에 꺽저기와 쏘가리를 교대로 넣어 보았다. 그리고 아침에 출근해 보면, 그 어항 속에는 머리나 꼬리만 떠 있는 경우가 있었다. 처음엔 이상하게 느껴졌지만 그놈들이 포식어종이란 것을 그때 알았다. 그놈들의 행동을 관찰하면서 정말 재미있는 사실을 발견했다.

그놈들은 동물의 왕국에서나 볼 수 있는 포식자처럼 어항 속에 있는 돌멩이 뒤에 몸을 숨기고 있다가, 물고기들이 접근하면 쏜살같이 공격했다. 공격에 실패했을 때도 공격당한 부분에 핏발이 서 있는 것을 볼 수 있었다. 그러나 공격에 성공하여 배가 부르면, 한동안 돌멩이 뒤에 몸을 숨기고 나오지 않았다. 그러면 어항 속은 다시 평온을 되찾게 되고, 납자루들은 한가로이 유영을 즐겼다. 적과의 공생이었다.

포식자들은 배가 부르면 공격을 하지 않았다. 눈에 보이는 상대도 귀찮은 존재가 되어 아무 관심이 없었다. 그러나 공격을 받은 물고기들은 간이 콩알만 해졌겠지만, 그들 때문에 살아 있는 자신들 심장의 고동소리를 잘 들을 수 있을 거라 생각했다. 언제 공격을 당할지 모르니 항상 긴장을 풀지 말아야 했지만 천적 때문에 활동이 민첩해지고 활발했다.

최근엔 양어장에서 천적을 이용하는 양어기술을 이용하고 있다고 들었다. 많은 물고기 속에 한두 마리의 천적을 투입하면, 잡아먹으려는 놈과 잡아먹히지 않으려는 놈들의 생사를 건 치열한 싸움이 전개된다. 잡아먹히지 않으려는 물고기의 활동이 민첩해져, 건강하고 튼튼하게 자라도록 하려는 방법이다. 내가 꺽저기와 쏘가리를 납자루 어항 속에 넣은 식이다. 천적은 두려운 존재지만 천적이 없으면 삶의 활기를 유지할 수도 없다. 천적은 멀리할 수도, 가까이할 수도 없는 존재라는 사실을 잘 이용하는 방법이다.

요즘 우리 주위에서 많이 볼 수 있는 고양이는 쥐의 천적이다. 그러나 고양이는 집 앞에 널려 있는 음식쓰레기통 덕으로 쥐를 잡을 필요가 없어졌다. 배가 부르니 힘을 낭비할 필요가 없어졌다. 쥐도 천적이 공격을 하지 않으니 긴장하고 도망치면서 살 필요가 없다. 자연히 살이 찐다. 그대로라면 살찐 슈퍼 쥐가 출현하여 고양이와 동등한 입장에서 평화협정을 맺으며 공생하는 날이 올 거라는 생각도 든다.

인간은 예로부터 천적을 이용하는 기술을 개발해 왔다. 의료업계에서는 인체에 해를 끼치는 병원균이나 박테리아 같은 감염물질을 제거할 수 있는 항체를 지금까지 꾸준히 개발해 오고 있다. 그 항체가 바로 병원체의 천적인 의약품이다. 그러나 병원체들도 항체를 무력화하려는 노력을 계속한다. 살아남기 위한 발버둥이다. 그래서 슈퍼박테리아가 출현했다. 이놈은 기존의 항체를 무력화시키는 힘을 가지고 있어 새로운 항체인 다른 천적의 개발을 필요로 하고 있다.

요즘은 수목을 관리하는 자연보호활동에도 천적을 이용하는 방법을 사용한다. 수목에 피해를 주는 많은 해충이 발생했을 때, 전에는 약품을 살포하여 방제했으나, 예상치 않은 후유증 때문에 고심해 왔다. 그래서 그보다 더 실효성 있고, 안전하고, 친환경적 방법인 천적을 이용하는 방법을 사용하고 있다. 천적으로 하여금 해충을 제거하도록 하는 방법이다.

사람들은 태풍을 두려워한다. 그러나 태풍이 없다면 바다는 어떻게 될까?

바다를 오염시키고 있는 모든 것을 치유할 수 있는 것은 태풍뿐이다. 사람들은 바다에 떠 있는 적조를 퇴치시키기 위해 황토를 뿌린다. 흔히 무모한 헛수고를 할 때 모래밭에 물붓기라고도 하지만, 바다에 황토를 뿌린다는 것도 정말 어이없는 일이다. 인간의 힘으로 바다를 정화하기란 쉽지 않다. 그러나 태풍이 한번 지나가면 적조는 말끔해진다. 적조의 천적은 태풍이기 때문이다.

적조뿐만 아니다. 물이 고여 있으면 바닥부터 썩는데 그 썩은 밑바닥을 정화하는 것도 태풍이다. 태풍이 불어와 큰 파도를 일으키며 바다 속까지 뒤엎어 놓으면, 바다의 모든 오염은 해소된다. 그리고 태풍이 지나고 나면 바닷물은 다시 평정을 되찾아 잔잔해지며, 바닷속 모든 생물체는 건강해진다. 바다 속 오염물질의 천적은 태풍이다.

태풍은 사람에게도 천적과 같은 무서운 존재다. 많은 재산피해는 말할 것도 없고 인명피해까지 당하기 때문이다. 그러나 태풍이 몰고 오는 비바람은 인간의 힘으로 깨끗이 할 수 없는 자연을 정화해 준다. 그리고 태풍이 지나가면 세상은 다시 평온해지고 깨끗해진다. 그렇다고 태풍은 인간이 공생할 수 있는 반가운 존재는 아니다. 그래서 천적은 불가근불가원의 존재이기도 하다.

혼불

농촌에 살던 어렸을 때였다.

여름에 작열하는 태양도 때가 되면 힘을 잃고 쇠잔해져, 아스라이 먼 서녘 하늘을 피로 물들이며 안간힘을 다해 보지만, 시간의 흐름 앞엔 더 이상 버티지 못하고 생을 마감한다. 그러면 하늘에선 별들이 하나 둘 등불을 밝히며 새 손님맞이 채비를 한다. 그때 또래친구들은 그 등불을 따라 동구 밖 방죽에 매일매일 모였다.

손바닥과 부채로 극성스런 모기와 전쟁을 치러야 하지만, 확 트인 벌판에서 불어오는 시원한 바람을 맞으며 시간을 보내기엔 방죽만한 곳이 없었다. 달 밝은 밤엔 친구들은 하늘의 별을 헤아리기도 하고, 저수지 물위에 떠있는 별들과 달을 바라보며 꿈을 나누기도 했다. 그때 내가 알고 있는 별 이름은 북쪽 하늘에 떠 있는 밥주걱 모양의 북두칠성과 북극성, 그리고 서쪽 하늘에 밝게 빛나는 샛별 정도였다. 그러다가도 하늘에 느닷없이 별똥별이 나타나면 탄성을 질렀다.

그러나 어둑어둑한 밤에 잔디밭에 앉아서 동네 '귀신형' 이야기를 들을 때가 가장 재미있었다. 귀신형은 항상 우리들의 간담을 서늘하게 하기도 하고, 즐겁게도 해주었다. 귀신형은 삼신할미부터 부뚜막의 조왕신, 뒷간의 몽당귀신과 처녀귀신, 그리고 달걀귀신과 공동묘지에 산다는 도깨비들까지 모르는 것이 없이 귀신처럼 알아서 귀신 형이라 불렀다.

귀신형의 이야기를 들을 때마다 무서워서 머리카락이 쭈뼛해졌다. 그때 옆에 있던 친구가 "에잇" 하고 소리를 지르며 몸을 살짝 밀면, 무서워 간담이 서늘해졌다. 잠시 후 장난인 줄 알고, 쥐었던 주먹을 펴며, 안도의 큰 숨을 쉬지만 스릴과 흥미는 만점이었다.

그러나 친구들과 헤어져 귀가할 때가 문제였다. 특히 캄캄한 그믐 날 밤에 혼자 골목을 걸을 땐 상황이 더 심각했다. 늘 걷던 길이라 본능적으로 어림잡아 걸었지만, 귀신형 이야기가 생각나 무서워서 힘 들었다. 발소리가 나지 않도록 발뒤꿈치를 들고, 앞바닥으로만 살금 살금 걸었다.

그때 가장 무서운 것이 쥐였다. 잔뜩 긴장을 하고 걷고 있을 때, 갑자기 옆에서 바스락거리는 소리가 들리면, 자연히 발걸음이 멈춰지 고, 머리카락이 쭝긋 서며 소름이 오싹 끼쳤다. "지지지"하는 소리를 듣고서야 쥐인 줄 알고, 식은땀을 씻으며 긴장을 풀고, 아무렇지도 않은 듯 휘파람을 불며 걸어 보지만 소용없었다. 삼십육계가 최고였 다. 걸음아 날 살려라 하고 뒤도 돌아보지 않고 달렸다. 아마 그 때의 기록을 계속 유지하면서 달리기 연습을 했더라면, 훗날 올림픽 신기 록 달성은 무난했을 거였다. 그러고도 다음 날엔 어김없이 또 방죽에 나갔다.

어느 날 밤, 갑자기 귀신형이 "귀신불이다"하고 외치는 소리를 듣 고, 깜짝 놀라 숨을 죽이며 앞을 바라보았다. 둥그런 세 뭉치의 불이 꼬리를 나부끼며 하늘하늘 날아가고 있었다. 순식간이었다. 갑자기

하늘을 가르는 번갯불이나 별똥별은 분명 아니었다. 먼 산에서 가끔 나타난다는 도깨비불도 아니었다. 놀라서 숨을 죽이고 앉아 있을 때, 귀신형이 설명해 주었다. 사람이 죽기 전에 나가는 혼불이었다. 앓아 누운 지 오래 된 동네 할머니의 혼불이었다. 혼불이 나가면 대부분 한 달 안에 마을엔 초상이 났다.

어렸을 때 할머니께서는 검지로 가끔 눈 아래와 위를 눌러 보시고, 불이 잘 안 보인다며 불이 나갔는가 보다고 말씀하셨다. 그러면서 나도 가끔 눌러 확인하라고 하셨다. 그때 눈 위나 아래에 희미하고 둥글게 나타나는 불이 혼불이라며 그 불이 나가면 죽는다고 하셨다.

집 안에 병든 노인이 있을 땐, 혼불이 나가도록 하기 위해 반드시 문구멍을 뚫어 놓아야 하고, 가끔 문도 열어 놓아야 한다고 들었다. 그렇지 않으면 혼불이 밖으로 나가지 못하고, 방안을 빙빙 돌아다닌 단다.

보름달이 휘영청 밝은 어느 날 밤이었다. 문상을 가신 아버지가 늦도록 집에 돌아오시지 않았다. 그래서 숙부와 형님 그리고 마을 청년 한 분과 함께 마중을 나간 일이 있었다. 마을 앞에 거의 돌아왔을 때, 갑자기 혼불이 날아가는 것이 눈에 띄었다. 꼬리가 없는 남자 혼불이 었다. 남자는 맺고 끊는 과단성 때문에 꼬리가 없다고 들었다. 마을에 와서 알아보니 우리 집에서 나갔다고 했다. 그 때 할아버지께서 병환으로 앓아누우신 지 오래되셨다.

할아버지가 돌아가셨을 때였다. 지관이신 먼 친척 아저씨가 오시더니, 자기가 좋은 자리를 보아 두었다고 했다. 바로 이웃 마을 뒷산이었다. 마을 뒷산이 모두 우리 산인데 엉뚱한 곳이었다. 지관 아저씨가 말씀하신 대로 땅을 사서 안장했다. 그런데 그 장소가 할아버지의 혼불이 떨어진 곳 부근이었다. 나는 그때서야 혼불이 자기가 매장될 곳으로 나간다고 생각했다.

내가 군에 입대하여 육군 팀에서 축구선수생활을 할 때였다. 합숙소가 육군교도소 내에 있었다. 교도소를 짓기 전엔 그곳은 넓은 공동묘지였다. 대부분의 묘는 이장되었으나 연고가 없는 미확인 묘가 가끔 발굴되기도 했다. 그곳에서 생활하는 동안, 밤이면 내무반에서 오락을 하기도 했지만, 밖에서 대화를 나누는 경우도 많았다. 남한산성 부근이라 산에서 들려오는 산새소리를 들으며, 시간 가는 줄 모르고 대화를 나눌 때가 많았다.

연고가 없는 묘가 발굴 된 어느 날이었다. 묘에 관한 얘기를 하다가 자연히 귀신 이야기도 나왔고, 나는 내가 본 혼불 이야기를 했다. 그런데 선수들은 내 말을 믿지 않았다. 아무리 사실이라고 말해도 곧이듣지 않았다. 선수들 대부분이 도시에서 자라서 밤에 야외에서 시간을 보낸 일이 거의 없어, 혼불을 본 일이 없었다. 나는 속이 답답했지만 다른 뾰족한 수가 없었다.

혼불은 사람들이 말하는 귀신불이 아니다. 죽은 망자의 몸에서 나가는 영혼의 실체다. 그리고 혼불이 있다는 것은 영혼이 존재한다는 증거이다. 그 영혼이 지옥에 떨어지지 않고, 극락에서든 천당에서든 영생하기를 비는 행위가 일종의 기도이다. 무신론자라고 자처하면서도 자기 부모나 선조들의 제사를 지내고, 성묘를 하며, 그들의 영생을 축원하는 것은 영혼의 존재를 믿는다는 뜻이요, 그것이 바로 종교적 행위라고 생각한다.

제5부

무대 위의 세 화분

사람들은 누구나 어떤 지위에 오르면 자기 이름을 남기고자 한
다. 행사 때마다 화환을 보내는 것과 모교 교정에 기념식수를 하
는 것도 그 일환이다. 그러나 그 기념식수 때문에 학교 관리자들
이 어려움을 당한다는 사실을 아는 사람이 얼마나 될까?

구제역과 귀향

　동물들은 기후와 환경의 변화에 따라 삶의 보금자리를 자주 옮긴다. 먹이를 쉽게 찾을 수 있고, 또 살기 편리한 곳으로 이동한다. 그러다가도 때가 되면 자기가 살던 집이나 둥지로 돌아온다. 이것을 귀소성 또는 회귀성이라 한다. 특히 번식을 위한 동물들의 귀소는 필연이다.

　환경오염이나 생태계의 변화로 찾아오던 철새들이 발을 끊으면 사람들은 더 이상 살 수 없는 곳이 된 듯 야단이다. 그러다가 환경의 복원으로 그들이 다시 찾아오면 귀빈대우를 한다. 지역마다 철새전망대를 설치하는 등 그들 모시기에 온갖 정성을 다하며 시끌벅적하다. 그리고 관광객 모집에 열을 올리며, 행여 그들이 사라질까 봐 안절부절못하며 난리다.

　하지만 AI와 같은 질병이 창궐하면 그들이 원망의 대상이 되어 말문이 막힌다. 그렇다고 그들을 강제로 몰아낼 수도 없어 전전긍긍한다.

　반면에 날아가는 철새들을 못 가게 막을 수도 없다. 제아무리 인공적으로 좋은 시설과 환경과 먹이를 제공한다 하더라도 그들의 귀소를 막을 수는 없다. 동물들의 원초적 본능이기 때문이다.

수구초심(首丘初心)이란 말이 있다. 여우가 죽을 때, 머리를 제 살던 굴 쪽으로 두고 죽는다는 이야기에서 유래된 말로 '고향을 그리워하는 마음'을 비유하여 이르는 말이다.

사람도 마찬가지로 귀소성을 가지고 있다. 오랫동안 집을 떠나 객지에서 사는 사람들은 때가 되면 고향이 그리워진다. 혈연이나 옛 친구들 그리고 고향산천이 그리워 찾게 된다. 그것이 바로 귀향이다. 번식을 위한 동물들의 귀소본능과는 다르지만 귀향도 인간의 원초적 본능이다. 그래서 고향을 떠난 사람들은 가능하다면 조금이라도 고향에서 가까운 곳에서 살기를 원한다.

전주시의 출신지별 인구분포도를 보면 재미있는 사실을 발견할 수 있다. 전주시의 동부지역에는 무주·진안·장수지역 출신들이 많이 거주하고 있다. 서부지역에는 고창·부안·정읍 그리고 김제지역 출신들이, 또 남부지역에는 순창·남원·임실지역 출신들이, 그리고 북부지역에는 익산·군산지역 출신들이 많이 거주하고 있다. 이는 마치 강원도와 경기도 북부지방에 이북출신 실향민이 많이 거주하는 것과 일맥상통하니 조금이라도 고향에서 가까운 곳에서 살고 싶어 하는 수구초심의 현상이 아닐까?

홍조(鴻爪)라는 단어가 있다. 눈이나 진흙 위에 남긴 기러기의 발자국이란 뜻이다. 이는 행적이 묘연하거나 자취를 찾기 어려움을 비유하여 이르는 말이다. 그리고 흔적 없이 사라지는 게 인생이라지만, 세상의 무상함을 되새기며 홍조를 찾아 길을 나서는 사람들도 많다. 그들의 의연한 행동도 역시 귀향이다. 가끔 '산천은 의구한데 인걸은 간 데 없네.'라고 노래하는 사람들의 귀향 말이다.

민족의 대이동이 시작되는 명절이 다가오면, 찾아갈 고향이 없는 사람들은 이미 해외여행으로 발길을 돌려 관광업계가 호황을 이룰 것으로 예상하고 있다. 그러나 고향을 떠난 사람들이 손꼽아 기다리는 명절은 부모형제와 친척들, 그리고 친구와 고향산천을 찾아 추억을 되새길 꿈에 부풀어 있는 귀향이다.

그런데 어쩌랴! 아무래도 올 설에는 귀향이 순조롭지 못할 모양이다. 전국을 휩쓸고 있는 구제역 때문이다. 이미 계획되어 있는 지자체별 큰 행사도 취소된 지 오래지만, 각 지자체와 향우회를 통해 설 연휴의 귀향을 자제하도록 부탁하고 있다. 특히 한우의 마지막 보루인 전남·북과 제주도에서 애원하고 있다. 고향을 사랑한다면 눈을 질근 감고 고향을 멀리해 달라고 호소한다.

그러나 그 호소력이 어느 정도 실효성이 있을까 궁금하다. 귀소나 귀향은 인위적인 통제가 불가능한 원초적인 본능이기 때문이다, 그래서 애향심을 발휘해 주기를 바라지만, 구제역으로 귀향을 어느 정도 막을 수 있을지 그 귀추가 주목된다.

금곡사 약수터

금곡사는 모악산 중턱에 위치한 조그마한 사찰이다. 수요일마다 그 옆에 있는 약수터까지 가는 등산모임이 있다. 같은 직종에서 근무한 경력이 있는 거의 동년배들인데다가 이심전심으로 마음이 통하여 만나면 마음이 편한 친구들의 모임이다.

중인리 버스정류장 옆에 있는 Y식당에서 만나 함께 출발한다. 땀을 흘리며 달성사를 지나 편백나무 숲에 이르면 그곳에서 잠시 휴식을 취한다. 요즘 편백나무 숲은 피톤치드가 많아 건강에 좋다며 인기상한가다.

거기에는 둥그렇게 앉을 수 있는 벤치가 설치되어 있다. 바로 앞에는 숲 해설가들의 모임 장소도 마련되어 있다. 가끔 그곳에는 모기장 텐트를 치고 쉬는 사람들도 있다. 항암치료를 받고 있는 사람들이다.

그곳에서 약 200m쯤 걸어가면 금곡사가 있다. 그 절 앞에는 대나무 숲도 있다. 그리고 바로 옆 계곡에 우리가 즐겨 찾는 약수터가 있다. 그 물은 위 계곡에서부터 흘러내린다. 그 물맛은 먹어본 사람들만이 안다.

그 약수터는 콘크리트 구조물도 없고, 물이 오래 머물 공간도 없는 무주택 약수터였다. 위에서 흘러내린 물이 약간 평퍼짐한 곳에 잠시 쉬었다가 계곡으로 흘러 내려갔다. 물을 오염시키는 것을 막기 위해 그곳 주위의 출입을 금지시키고 있었다. 위로는 철조망으로 둘러싸여 있고, 아래 부분에는 그 이상 계곡 위로 올라가지 못하게 널빤지 목책으로 막아놓았다.

그런데 그 목책 윗부분에 있는 큰 바위에는 항상 몇 개의 알루미늄 촛대가 있고, 그 위에 타다 남은 초도 보인다. 그 옆에 있는 작은 바위 위에는 같은 크기의 뾰족한 돌멩이 몇 개를 질서정연하게 세워놓아 그곳이 제단임을 짐작케 했다. 무속이나 어떤 사람들이 밤이나 인적이 드문 새벽마다 그곳에서 지성을 드리고 있다고 생각되었다. 옆 중턱에는 사람들이 오간 발길의 흔적도 있고, 목책 옆에 낡은 양철로 길을 막아놓았다. 타인의 출입을 금하는 대문이었다. 금단(禁斷)의 장소에 드나드는 사람들이 타인의 출입을 금하는 어처구니없는 행태였다.

그 약수터는 금곡사 스님의 배려로 돌확 하나를 분양받았다. 계곡 한쪽에 돌을 높게 쌓은 석축에 돌확을 하나 올려놓고, 그 위에 플라스틱 파이프로 연결하여 물을 끌어들이고, 물이 잠시 쉴 곳도 마련되어 있다. 좁은 공간이지만 최신식 석조 약수터다. 그 위에 플라스틱 파이프가 또 하나 있다. 경내에 우물이 있지만 금곡사에서도 그 물을 식수로 사용하기 위해 연결한 파이프다.

그 물에 관심이 없이 그냥 지나는 사람도 있지만, 대부분 등산객들은 돌확에 고인 물이나 파이프로 흐르는 물로 손이나 얼굴을 손질하고, 비치된 플라스틱 종지로 물맛을 즐긴다.

물을 마신 사람들은 약수터 바로 위에 있는 울울창창한 편백나무 숲 곳곳에 설치된 나무 의자에 앉아서 땀을 식히며 휴식을 취한다. 그곳에서는 신입고출이란 룰이 잘 지켜져 그곳에서 쉬는데 어려움을 겪는 사람은 거의 없다. 인자요산(仁者樂山)이란 말이 실감날 정도로 어진 사람들이 산에 오르기 때문이다.

우리도 그곳에서 잠시 머물다가 하산한다. 내려오는 내내 즐거운 노래를 부르며 계곡 밑으로 흘러내리는 물소리를 듣는다. 내딛는 발걸음도 날아갈 듯 가볍지만, 이 아름다운 자연의 소리를 시로 승화시킬 수 있는 시적 영감이 부족한 것이 아쉬울 따름이다.

요즘 산에 가는 사람들을 보면 등산하러 가는 건지 패션쇼를 하러 가는 건지 분간하기가 힘들다. 값비싼 메이커의 등산복에 등산모, 알사탕이나 음료수가 들어있는 페트병으로 채워진 때깔 좋은 배낭과 탄소소재의 스틱, 외제 선글라스에 흰 장갑 등 패션쇼를 방불케 하는 차림으로 등산이 어쩌고저쩌고 말하며 걷고 있다. 그러나 이 멋진 약수를 놓치는 사람들을 보면 물맛도 모르는 등산가 아류(亞流)들이란 생각이 들 때도 있다.

그러나 허술한 옷차림에 맨몸이지만, 대화를 즐기며 산에 올라, 산림욕과 꿀맛 같은 물맛을 음미하며, 항상 아기자기하고, 즐겁고, 그리고 행복한 시간을 보내는 우리야말로 요산요수(樂山樂水)의 풍류를 아는 등산마니아라고 자부한다.

우리는 금곡사 약수터의 물맛을 알기 때문에 그곳에 간다. 매주 수요일마다 우리는 보약을 마시고, 그 약수가 흐르면서 연주하는 음악에 맞춰 즐겁게 걷는다.

내 마음 나도 모르게

모처럼 부부가 함께 외출할 때마다 나는 항상 먼저 옷을 갈아입고 기다린다. 그러면 아내는 아직 시간이 멀었는데 왜 이리 서두르느냐며 불평을 한다. 옆에서 기다리고 서있는 모습을 보면, 자기도 서둘러야 하기 때문에 마음이 편치 않다는 뜻이다. 내가 천천히 하라고 말해도 조급해지기는 마찬가지란다.

외출할 때 아내가 무엇을 빠뜨렸을 때는 모두 내 탓이다. 내가 미리 설치는 바람에 잊어 버렸다고 불평을 한다. 나는 불평을 듣고도 아무 말대꾸도 못하고 가만히 있어야 한다. 그리고 내가 무엇을 빠뜨렸을 땐 당연한 일이라 말을 꺼내지도 못한다.

아파트 앞 작은 도로를 건널 때도 아내는 신호등이 있는 건널목으로 건너자고 고집한다. 그러나 나는 옆을 살피다가 재빨리 건너는 버릇이 생겼다. 그러면 안 되는 줄 알면서도 습관적으로 먼저 건너가, 아내가 건너오기를 기다린다. 그러면 아내는 신호등 밑에서 기다렸다가 파란불이 켜지면 건너온다. 그러고는 교통질서를 지켜야 한다느니, 서두르지 말아야 한다는 등 잔소리가 시작된다. 나는 항상 꿀 먹은 벙어리가 되어야만 한다.

내가 큰 길을 건널 때는 길이 한가하더라도 반드시 신호등을 보고 건넌다. 그러나 미리 도착하기 전에 멀리서 파란불이 켜지는 것이 보이면, 나는 헐레벌떡 뛰어서 건너간다. 하지만 아내가 건너올 때까지 기다려야 하니 걸리는 시간은 매한가지다. 아내는 자기 페이스로 천천히 걸어온다. 먼저 건너 보았자 소용없는 줄 알면서도 나는 항상 이 모양이다. 가끔 후회도 하지만 같은 상황이 벌어지면 또 그렇다. 나의 조급증 때문일까.

시내버스 승강장에서도 마찬가지다. 나는 버스를 기다릴 때마다 항상 서서 얼굴을 내밀고 멀리 바라본다. 버스가 오는지 바라보면서 서 있다. 버스가 눈에 보이고 도착할 때까지 계속 서서 서성댄다. 벤치에 차분히 앉아서 기다리는 사람들을 보면 용하다는 생각도 들고, 그들이 부러울 때도 있지만, 서성대며 바라보는 것은 나의 버릇이 되어 버렸다.

여느 때와 마찬가지로 혼자서 버스승강장에서 버스를 기다리고 있던 어느 날이었다. 차가 오는 것이 보이지 않아 승강장 옆에 세워진 시화를 읽고 있었다. 반대쪽 벽을 보니 새로 지은 도로 이름이 인쇄된 홍보물이 붙어 있었다. 내가 그것을 한참 읽고 있을 때 버스가 도착했다. 급히 달려가 타려할 때 버스가 출발해 버렸다. 나는 본능적으로 "어이"하고 소리치며 달려갔지만 이미 버스가 떠난 뒤였다.

"야, 이 X새끼야!"

이미 떠나 버려 기사가 듣지도 못할 텐데, 나도 모르게 욕설이 나왔다. 나는 왜 이전처럼 서서, 쳐다보며 기다리지 않았을까 하고 후회했다. 안 하던 짓을 하면 손해가 된다는 것을 나는 새삼 깨닫고, 다시 마음을 단단히 고쳐먹고 서서 기다렸다. 이내 버스가 도착해 올라탔지만 덕택에 내가 서서 기다리는 버릇을 고칠 수는 없게 되었다. 그러면서 사람은 역시 항상 하던 대로 하면 손해가 없다고 생각했다.

어느 날 몇몇 친구들과 모악산에 등산을 갔다가, 저녁식사를 한 뒤, 시내버스 종점에서 버스를 기다리고 있을 때였다. 여러 대의 버스가 주차돼 있었으나 문이 모두 닫혀 있었다. 어느 차가 먼저 출발할지 몰라, 차 앞 넓은 공간에서 문이 열리기를 기다리고 있었다.

"야, 이 X새끼!"

함께 기다리고 있던 한 친구가 갑자기 출발하는 버스를 보고 소리쳤다. 출발할 때 앞에서 기다리고 있는 사람들에겐 타라고 신호해 줄 거라 생각했던 것이 어리석었다. 앞에서 서성거리며 기다리고 서 있는 사람들을 보고도 기사는 한 마디 말도 없이, 버스 문을 열더니, 그냥 몰고 도망치듯 떠나 버렸다.

버스기사들의 월급제가 문제였다. 월급제가 되었으니 승객이 타거나 말거나 월급과는 상관없단다. 배짱이었다. 그래서 버스가, 출발하기를 기다리고 있는 승객들을 보고도, 그냥 말없이 떠나 버렸다.

"X새끼들!"

친구 따라 강남 가는 식으로 떠난 버스를 보면서 나도 모르게 소리쳤지만, 버스 바로 앞에 서서 기다리지 못한 것이 후회되었다. 하던 대로 해야 한다고 생각하며 다시 버스를 기다리고 있을 때, 모든 것이 마음먹기에 달려있다는 일체유심조(一切唯心造)라는 말이 떠올라 평심을 되찾으려고 노력했지만, 나는 나도 모르게 화가 치밀어, "X새끼들!" 하고 속으로 또 외쳤다.

눈 폭탄

사람은 자연을 무시하고 살아갈 수 없다. 항상 자연 속에서 자연의 무한한 혜택을 누리며 살아가지만, 자연의 고마움을 잊을 때가 많다. 그러다가 갑자기 그 규모나 세력이 강해져서 견디기 어려우면 폭(暴)이란 표현을 사용하며 불평한다. 폭서, 폭우, 폭풍, 폭설, 폭한 등이다. 그리고 그 규모가 더해져 인명을 살상하거나 건축물을 파괴할 만큼 가공할 힘을 발휘하면 폭탄이라고 표현하며 두려워한다.

기온이 0°c이하일 때 대기의 상층에서 수증기가 응결하여 땅에 내리는 흰 결정체가 눈이다. 눈이 내릴 때는 대개 날씨가 포근하다. 그리고 겨울에 눈이 많이 내리면 다음해에 풍년이 든다는 속설도 있다. 눈에 덮인 보리는 냉해를 입지 않고, 봄철에 가물어도 물 걱정이 없어서다.

또 하얀 눈이 온 세상을 덮어 버리면, 공기 중의 미세 먼지도 사라지고, 세상은 깨끗이 정화된다. 그래서 사람들은 깨끗함을 표현할 때 '눈처럼 희다'라고 말하고, 눈은 상서롭다하여 서설(瑞雪)이라고 말하며 눈이 오면 반긴다.

어렸을 땐 밤새 내린 솜이불 같은 부드러운 눈이 소복이 쌓이면 아침부터 분주했다. 아버지는 우선 대문 앞과 집 앞길의 눈을 쓸고 길을 냈다. 그리고 아침식사가 끝나면 온 식구가 달려들어, 쌓인 눈이 녹아 마당이 질퍽거리기 전에, 마당의 눈을 치웠다. 손이 시리고 힘들었지만 지나고 나면 그것도 추억거리였다. 마당 한쪽에 쌓인 눈은 봄이 되어야 녹았다.

어린이들은 낮에 눈이 오면 마냥 즐거워, 동구 밖으로 나가 이리저리 마구 뛰어다니며 놀았다. 눈싸움을 하기도 하고, 눈사람을 만들기도 하며 즐겼다. 또 비탈길에서 미끄럼을 타다가, 넘어질까 두려워 발을 제대로 떼지 못하는 어른들에게 꾸중을 듣기도 했다. 아침에 길에 쌓인 눈을 고무래로 밀고 길을 내면서 학교에 간 적도 있었다.

그러나 나는 눈 때문에 말로 표현할 수 없이 고생한 적이 있었다. 몇 년 전 내가 서울을 갈 때였다. 서울로 올라오라는 아이들의 연락을 받고, 아내는 병원 진료예약 때문에 외손녀와 함께 하루 전에 상경했으나, 나는 사정이 있어서 혼자서 가고 있었다.

아침부터 전국적으로 눈이 내린다는 일기예보가 있었지만, 토요일 오후에 전용차선을 이용하는 버스를 타면, 교통체증과는 상관없을 거라고 안이하게 생각한 것이 사건의 발단이었다.

버스가 출발하기 전부터 눈이 내리고 있었으나, 나는 편안한 마음으로 버스에 몸을 싣고 눈을 감았다. 그런데 갑자기 버스가 멈추어 서 있는 느낌이 들어 눈을 떴을 땐, 버스는 논산-천안간의 톨게이트 부근에 서 있었다. 일렬로 도열한 차들이 움직일 기미가 보이지 않이 앞이 컴컴했다. 갑자기 내린 집중폭설 때문에 가다 서다를 반복하며 지루한 시간을 보내고 있었다.

그때 우리 앞에 서 있던 승용차 한 대가 방향을 갓길 쪽으로 돌리더니 이내 눈 속에 갇혀 버렸다. 쌓인 눈이 그다지 많지 않았는데도 승용차가 움직이지 못하고 서 버렸다. 성질이 급한 사람이라고 생각은 했지만, 가속기 페달을 밟으며 안간힘을 다해도 자동차는 헛바퀴만 돌 뿐 꼼짝달싹하지 않는 것을 보고 애석한 마음이 들었다. 그리고 쌓인 눈이 승용차의 밑 부분에 닿으면 움직일 수 없다는 것을 나는 그때 알았다.

애면글면 정안휴게소에 이르렀을 때, 휴게소는 지친 사람들과 차량으로 북새통을 이루었다. 화장실도 초만원이었다. 용변을 마치고 버스에 탔을 때, 기사는 출발하기가 걱정스러운 모양이었다. 한숨을 내쉬더니 마지못해 시동을 걸었다.

휴게소를 간신히 빠져나와 차령터널 부근에 이르렀을 땐 설상가상이었다. 터널 속에서부터 차량이 엉키어 움직이지 못하고 아수라장으로 변해 있었다. 평소에 논산에서 천안까지 30~40분 걸리던 것이 오늘은 4~5시간이 걸렸다.

배고픔도 몰랐다. 기진맥진하여 더 이상 아무 생각 없이 차에 몸을 맡기고 앉아 있을 수밖에. 하지만 그곳을 빠져나와 경부고속도로에 진입했을 땐 별천지에 온 느낌이 들었다. 전혀 막힘이 없이 소통이 원활해, 마치 지옥에서 천국으로 온 것 같았다. 그때서야 피로와 허기가 느껴졌지만 별 도리가 없지 않은가. 자정이 가까워서야 아이들 집에 도착했었다.

눈송이 하나하나는 무게를 느낄 수 없다. 그러나 갑자기 많이 쌓이면 엄청난 무게를 갖게 되어 무기로 돌변한다. 통상 27cm가량의 눈이 쌓이면 비닐하우스가 붕괴되고, 1m정도 쌓이면 슬레이트 지붕이 무너진단다. 특히 눈이 많이 내리면 비닐하우스를 이용하는 농축산 농가의 피해가 크며, 양어를 하는 어촌에서도 피해가 막심하다. 눈 폭탄의 위력이다.

전주에서도 40여년 만에 내린 대설과 강추위 때문에 사람들이 고생을 많이 했다. 그러나 100년 만에 내린 강원도 지역의 집중폭설은 모든 소통을 단절시켰다. 북쪽 찬 공기를 가진 대륙고기압과 동해남부에 자리 잡고 있는 저기압이 팽팽하게 대치하여 생긴 북동풍 때문에, 동해 바닷물에서 끌어올린 수증기가 태백산맥이라는 커다란 장벽을 넘으면서 집중폭설로 변하여 '분무기효과'를 발휘하면서 강원도를 쑥대밭으로 만들었다.

그 여파로 퇴근시간에 부산, 울산, 그리고 포항지역에 갑자기 내린 폭설로 그 지역을 교통지옥으로 만들었다. 적설량은 적었지만 눈이 자주 내리지 않은 곳이어서 도로교통이 마비되어 대혼란을 겪었다.

삼척의 일부지역에서는 상상도 못할 폭설 때문에 외부와 단절된 생활을 해야 했다. 공무원과 군인 그리고 지역주민들의 제설작업 덕택으로 나들이를 할 수 있게 되자, 생필품을 마련하려고 주부들이 오랜만에 삼척 중앙시장을 찾았다. 그때 통로 위에 설치된 까대기가 눈의 무게를 견디지 못하고 순식간에 무너지면서 내린 눈 더미에 그 주부들이 매몰되어 수난을 겪었다. 천만다행으로 인근에서 제설작업을 하던 장병들의 신속한 구조작업으로 인명피해는 없었지만, 눈 폭탄의 위력을 실감하는 사건이었다.

무대 위의 세 화분

내가 전주고등학교 교감으로 재직할 때였다.

국민의 정부시절이었으니 그땐 정부 요직에 앉은 내로라하는 동문들이 많았다. 대통령비서실장, 국무총리, 국정원장, 여당대표최고위원, 감사원장, 경제기획원장관, 그 외에 많은 국회의원과 시장·군수, 그리고 시·도의원 등, 그 수를 손가락으로 셀 수도 없었다.

학교에 행사가 있을 때마다 그들이 보내준 커다란 화환이 두 줄로 현관입구를 채웠다. 그 사이를 걷는 직원들의 발걸음은 마치 꽃밭을 걷는 것처럼 가벼웠다. 휴식시간에는 많은 재학생들이 몰려와 화환에 쓰여 있는 이름과 직함을 적으며 선배들의 뒤를 이을 사람들이 되겠다고 다짐하기도 했다. 그러나 가끔 보좌관들이 와서 자기가 보낸 화환의 위치를 파악하는 행위는 눈꼴사나웠다.

사람들은 누구나 어떤 지위에 오르면 자기 이름을 남기고자 한다. 행사 때마다 화환을 보내는 것과 모교교정에 기념식수를 하는 것도 그 일환이다. 그러나 그 기념식수 때문에 학교관리자들이 어려움을 당한다는 사실을 아는 사람들이 얼마나 될까?

사전에 교장과 협의해서 수종, 나무의 크기, 그리고 위치를 정하는 것이 바람직하나, 수종과 크기는 자기들 멋대로 정하고, 식수할 위치를 건물 정면이나 사람들 눈에 잘 뜨이는 장소를 고집한다. 교장으로선 난처하기 짝이 없다. 이미 선배들이 식수한 나무들을 이식할 수도 없는 일 아닌가.

기념식수 때문에 일어난 재미있는 에피소드도 있었다.

어느 고위직에 임명된 사람을 동기동창들이 부추겨 기념식수를 하도록 권했다. 그는 친구들이 알아서 처리할 거라 생각하고 기념식수를 계획했다. 수종과 나무의 크기도 친구들이 결정한 대로 따르기로 했다. 약속된 시간에 친구들과 함께 모교에 와서, 많은 직원들과 재학생들 앞에서 기념식수를 했다.

그러나 학교정원에 식재되어 있는 다른 나무와 비교해 보니 기념식수를 안 한 것만 못했다. 주위 것에 비해 너무 초라했다.

그렇다고 직원들이나 학생들의 비아냥거림을 듣고도 그냥 지나칠 수는 없었다. 울며 겨자 먹기 식으로 며칠 뒤 다른 나무로 교체했다. 그러나 어딘지 모르게 서운해 서너 번을 교체했다. 체면을 살리기 위해 점점 큰 것으로 교체하다 보니 들어가는 경비도 만만치 않았다. 기념식수 때문에 어려움을 당했다는 후문이었다.

개교80주년기념행사가 있을 무렵이었다. 교장이 부르기에 교장실에 갔었다. 교장과 동기동창인 경제기획원장관이 도저히 기념식에 참석할 수 없어 화환대금을 송금할 테니 교장이 알아서 처리해 달라는 연락을 받고 내 의견을 들으려 했다.

나는 화환에 대해 부정적인 생각을 가지고 있었다. 행사가 끝나기가 무섭게 되가져가는 것도 보기 좋은 일이 아니었지만, 그대로 남아서 말라비틀어져 처리하기 곤란한 경우도 많이 있었기 때문이었다.

전혀 학교에 도움이 되지 않는 생색내기이며, 필요 없는 낭비라 여겼다.

나는 화환 대신 화분 두 개를 사자고 했다. 화분은 행사가 끝나면 교장실이나 교무실에 보관했다가 다음 행사 때 재활용할 수도 있고, 또 행사장 단상에 올라갈 수 있기 때문에 화분을 보낸 사람의 뜻이 가장 잘 전달될 수 있다고 했다. 실제로 행사장 입구에 즐비하게 서 있는 화환은 특별한 관심을 기울이지 않으면 누구의 것인지 확인도 안 되었다.

내 의견을 듣고 교장은 대형 화분 두 개를 사기로 했다. 그래서 등치가 30cm쯤 되는 소철화분 2개를 구입했다. 그리고 기념행사장에는 축하음악회가 예정되어 있어서 그 화분의 효과는 더 클 것으로 예상했다.

기념식 당일 나는 아침부터 인부들과 식장을 준비하고 있었다. 새로 구입한 두 화분을 단상에 올려놓고, 많은 화환을 강당 좌우로 정리하고 있을 때, 어떤 사람이 소철화분을 들고 왔다. 노송동에서 보내왔단다. 전주에서는 국정원이 소재하고 있는 노송동이라 하면 모르는 사람이 없었다. 나는 화분의 리본에 쓰인 사람의 이름을 확인하고 단상에 놓으라고 했다.

그러나 나는 그 화분을 단상에 놓아야 할지 고민됐다. 학교에서 구입한 두 화분과 같은 종류이지만 너무 초라했기 때문이었다. 그대로 놓아둔다는 것도 상대방의 자존심에 관한 문제였다.

잠시 후, 노송동에서 사람이 오더니 식장에 들러 그 화분을 들고 나왔다. 사유를 묻자 말없이 웃으면서 들고 갔다. 얼마 후 다른 두 개와 크기가 같은 소철화분을 들고 왔다. 화분을 배달한 꽃집 사장으로부터 사정 이야기를 듣고 긴급처방한 모양이었다. 전혀 예상하지 못한 일이었지만 같은 크기의 소철화분이 셋이 되었다.

행사 때마다 어려움을 겪는 것이 단상의 좌석배치였다. 그러나 개교80주년기념행사에는 좌석문제로 신경을 쓸 필요가 없었다. 음악회를 겸한 행사여서 악단이 무대를 차지하기 때문에 모든 동창회 간부나 내빈들은 단상에 올라갈 수 없었다. 무대 아래에 기수별로 자리가 정해져 있었다.

그러나 아무도 올라갈 수 없는 무대 맨 앞줄에, 적당한 간격을 유지하면서 배치된 세 개의 소철화분이 자리하고 있었다. 그 세 화분은 2층에 자리한 2,200명의 재학생과 1층에 배치된 의자에 꽉 찬 동창회원들, 그리고 강당 양쪽 벽에 두 줄로 배열된 축하화환들이 지켜보는 가운데, 뒤에서 울려 퍼지는 악단의 멜로디에 맞춰, 이름과 직함이 적힌 빨간 리본을 뽐내며 의젓이 서 있었다. 그들만이 개교80주년기념행사의 주빈이었다.

바람개비

요즘 대형건물이나 각급학교 또는 큰 음식점이나 고속버스휴게실 등의 화장실에 들어가면, 용무 중에 무료한 시간을 보내지 말고, 자투리 시간이라도 잘 활용하라는 뜻으로 설치된 여러 가지 것들이 눈에 뜨인다. 작고 앙증맞은 사진이나 그림액자, 유명인사들이 즐겨 쓰던 주옥같은 표현이나 속담들이 쓰여 있는 스티커 등이다. 그리고 그 스티커에는 반드시 출처나 사용자의 이름이 쓰여 있다. 내용도 중요하지만 그 말을 인용한 사람에게도 관심을 가지라는 뜻이니, 거기에 쓰여 있는 사람의 이름은 낙관과 같은 거라고 생각했다.

낙관(落款)이란 글씨나 그림을 완성한 뒤, 아호나 이름을 쓰고 도장을 찍는 일, 또는 그 이름이나 도장을 일컫는 말이다. 아무리 훌륭한 작품이라 할지라도 낙관이 없으면 제대로 평가를 받지 못한다. 작가를 확인할 수 없으니 문체나 화풍으로 작가를 추정할 수밖에 없어 가치가 떨어진다. 낙관은 작품의 정당한 평가와 저작권 보호 차원에서도 꼭 필요하다.

나는 우연히 '바람이 불지 않는 날에 바람개비를 돌리려면 앞으로 달려가야 한다.'는 스티커를 발견했다. 무엇이든지 자기가 하는 일에 열정을 가지고 능동적으로 대처하는 도전정신을 강조하는 말이라고 생각했지만, 거기에 기록된 '카네기'라는 이름이 마음에 거슬렸다. 카네기가 인용을 했겠지만 직접 창작한 말이라고는 생각되지 않았기 때문이었다.

분명히 카네기가 태어나기 전에도 바람개비는 있었고, 그때에도 어린이들은 바람개비를 만들어 가지고 놀았을 거다. 그리고 어린 카네기도 그렇게 하면서 소년시절을 보낸 경험이 있었기 때문에 어느 자리에서 바람개비를 인용했고, 그 이야기를 듣고 새삼스럽게 감동한 사람들이 그 표현을 자주 이용해서 카네기라는 저작자 이름이 붙어 있는 이유라고 추측했다.

나도 어렸을 때 색종이나 대나무로 바람개비를 만들어 가지고 놀았다. 칼로 대나무 토막을 여러 쪽으로 쪼갠 후, 속을 깎아 내어 얇게 만들고, 그 중심 부분을 송곳으로 구멍을 뚫었다. 대나무 양쪽 끝 부분의 일부를 약간 길고 대칭이 되게 남기고 나머지는 잘라낸 다음, 거기에 종이의 한 쪽 부분을 풀칠하고 감아 붙였다. 그런 다음, 가운데에 뚫어진 구멍에 막대를 대고 못질하고 팔랑개비를 만들었다.

나는 어렸을 때 종이로 만든 것을 바람개비라 하고 대나무로 만든 것을 팔랑개비라 불렀다. 그런데 그것들이 같은 거였다. 각각 따로따로 가지고 놀기도 했지만, 둘을 한꺼번에 가지고 노는 경우도 있었다. 그땐 바람개비의 수수깡을 입에 물고, 팔랑개비의 막대를 손에 들고 마당에 나가 달렸다. 그러면 둘 다 빙빙 돌았다. 마당이 좁다고 생각되면 마을 앞 냇가 둑으로 가서 신나게 왔다 갔다 하며 뛰어다녔다. 그 바람개비 덕으로 학창시절에 100m달리기나 오래달리기를 하면 나를 따를 사람이 없었다.

그때 나는 어려서 카네기라는 사람의 이름을 들어본 적도 없었으나, 카네기가 말한 것처럼 열심히 달리면서 바람개비를 돌렸다. 그 기억은 지금도 생생하다. 하지만 내가 알고 있는 바람개비에 대한 경험은 카네기의 것과는 달랐다.

언젠가 전국고등학생 학력평가에서 있었던 이야기였다. 한 시인의 시가 고사에 출제되었는데, 그 시의 작가는 출제된 문제의 정답을 알지 못했다. 그 내용이 보도되자 많은 사람들은 그럴 수 있다고 말했다. 마치 작가의 낙관이 있는 미술작품을 감상하는 사람들이 작가의 의도와는 전혀 달리 해석할 수도 있다는 뜻이었다.

철강왕인 카네기가 인용한 바람개비 돌리는 이야기를 읽고, 매사에 목적의식과 방법을 알고 열정을 가지고 과감히 매진하라는 뜻으로 해석했다. 그러나 교육경험이 많은 나는 바람개비에 대한 해석을 달리 하고 싶었다.

카네기는 바람개비를 돌리는 방법은 알고 있었지만, 바람개비를 활용하면 어떤 효과를 거둘 수 있는지는 구체적으로 설명하지 않았다. 내가 경험한 바로는 달리기 훈련을 할 때 바람개비는 아주 좋은 학습 자료였다.

달리기 연습을 할 때 중요한 것은 지구력과 인내력이었다. 지칠 줄 모르고 반복해서 달릴 수 있도록 하기 위해서는 달리기 자체가 재미가 있어야 했다. 그 역할을 할 수 있는 것이 바람개비였다. 바람개비를 돌리면서 달리기를 하면 재미가 있어서 지치는 줄도 모르고 달렸다.

나는 교육활동에서 바람개비는 돌리는 방법을 알게 하는 학습목표가 아니라, '달리기'라는 학습목표를 효과적으로 달성할 수 있는 훌륭한 학습 자료라고 생각했다.

봄의 서기(瑞氣)

유난히도 기승을 부리던 동장군도 입춘이 지나자 무디어진 칼날을 접었다. 40년만의 대설과 혹한으로 중무장한 그도 다가오는 봄의 서기를 감지한 듯 꽁무니를 빼고 있었다. 나도 봄의 훈기를 느끼고 가만히 앉아 있을 수만은 없었다. 봄의 기운을 찾아 양지바른 곳으로라도 가고 싶어, 겨우내 잔뜩 움츠렸던 몸을 서서히 일으켜 화산공원으로 나들이를 나섰다.

공원의 응달진 비탈과 계곡에는 아직도 쇠잔한 잔설들이 봄기운 서린 햇볕에 맥을 못 추고 패잔병처럼 힘없이 드러누워 있었다. 양지바른 등산로에는 얼었던 땅이 햇볕에 녹아 축축해져, 내딛는 발바닥의 촉감이 부드러웠다. 한결 가벼워진 발걸음을 멈추고, 심호흡을 하니 감기로 막혔던 코가 횡하니 뚫리는 것 같았다. 마스크와 장갑을 호주머니에 집어넣고, 가볍게 손을 흔들며 힘차게 걸어 보았다. 가슴도 후련해져 날아갈 기분이었다.

앙상한 가지만을 달고 호된 혹한의 홍역을 치른 나무들도 모처럼 뿌려지는 봄의 햇살과 훈훈한 바람을 맞으니 한결 가벼워진 느낌이었다. 밑에서 모락모락 피어오른 실안개에 부끄러운 듯 살포시 미소를 머금고, 얼굴을 가리며 가물거리는 모습으로 지나는 사람들을 맞이하고 있었다.

한참 걷고 있을 때, 높고 앙상한 나뭇가지에서 구성진 비둘기의 노래 소리가 들려왔다. 외로워 짝을 찾고 있는 한낮의 세레나데였다. 비둘기 소리를 반주 삼아, 까치 한 쌍이 연신 괴성을 지르며 신나게 사랑을 즐기면서 기분을 내고 있었다. 먹이를 찾던 어치도 꼬리를 흔들며 가지 사이로 이리저리 뛰어다니면서 덩달아 소리를 지르고 있었다.

까치 소리를 듣고 있노라니 갑자기 어렸을 때 부른 '설날'이란 동요가 떠올랐다. 가사 내용으로 보아 섣달 그믐날은 까치의 설날이고, 그 다음날은 어린이들의 설날이었으니, 까치가 울면 설날이 온다는 뜻이었다. 그리고 음력으로 설날은 입춘에 가까우니, 까치가 울면 봄이 온다고 생각했다.

그러나 봄을 알리는 까치는 비둘기의 노래 소리를 듣고서야 봄이 오고 있음을 깨닫고, 제 짝을 찾아 사랑을 속삭이니, 실상 봄을 알리는 전령사는 까치가 아니라 비둘기였다.

갑자기 사랑을 나누던 까치 한 마리가 뜬금없이 제정신이 든 듯 폴짝 뛰어내려 저공비행을 하더니, 나뭇가지를 물고 둥지로 향했다. 집 수리를 시작할 모양이었다. 제 몸집보다 긴 가지를 물고 두 마리가 부지런히 들랑거리는 것으로 보아 신접살이할 집을 리모델링하고 있는 모양이었다. 봄이 오기 전에 공기를 마치려는 듯 열심히 교대하고 있었다.

한가로이 대화를 나누며 걷고 있는, 옷차림이 가벼워진 여인들 틈에서 멋쩍은 듯 손에 들고 있는 아이젠을 연신 등 뒤로 감추며 걷는 여인의 수줍은 얼굴에서도 봄이 오고 있음을 느낄 수 있었다.

"행여, 아직도……"하고 동장군의 기세에 질려 자신이 없었던 나는 여느 때처럼 두터운 겨울외투를 입어서 겨드랑이에서는 땀이 배기 시작했다. 그래도 무거운 외투를 벗어 버릴 용기는 없었다. 하지만 이마의 땀을 손등으로 씻으며 발걸음을 옮길 때마다 마음은 한결 가벼웠다. 분명 봄은 가까이 오고 있었다.

겨우내 추위에 움츠렸던 나뭇가지는 따스한 봄의 훈기가 닿으면 간지러워 움직이기 시작하고, 뿌리는 땅속 깊은 우물에서 물을 길어 풍요로운 숲 가꾸기 운동에 불을 지핀다. 그것이 새봄맞이 준비운동 이다.

외로운 산비둘기는 짝을 찾아 노래 부르고, 그 리듬에 맞추어 사랑 을 나누는 까치소리는 봄의 서곡이었다. 그리고 그들의 합창소리는 얼어붙은 대지 위에 생명을 잉태할 봄의 서기를 재촉하는 감미로운 멜로디였다. 정말 봄이 가까이 오고 있음을 알리는 봄의 소리 왈츠였 다.

새벽시장

　겨울의 문턱에 들어서면 여자들에겐 김장하는 것이 제일 큰 걱정 거리다. 더구나 금년처럼 채소파동으로 배추 값이 폭등한 경우엔 그 시름이 더하다. 다행히 나는 시골에 김장용 배추를 미리 사 놓았기에 망정이지, 배추 값이 너무 비싸 김장하기도 어려울 뻔했다.

　나는, 아내의 건강 때문에, 김장하기 쉬운 방법을 찾아보라며 김장 을 담글 인부를 사서 하자고 아내에게 제안했다. 하지만 김장을 담글 여자 구하기가 쉽지 않단다. 하는 수 없이 아내가 김장을 시작하면 내가 도와주기로 했다.

　다행히 고추와 마늘 그리고 소금은 미리 사 놓았고, 배추도 승용차 로 실어오기만 하면 되었지만, 그것으로 김장준비가 다 끝나는 것은 아니었다. 여러 가지 양념감을 사기 위해 마트에도 가 보고, 재래시 장에도 가 보았다. 아내는 고개만 설레설레 흔들며 아무 것도 사지 못하고 망설였다. 그러면서 물가가 너무 비싸다고 투덜거렸다. 나는 다음날 아침 일찍 새벽시장으로 가서, 비싸든 싸든, 거기에서 모든 것을 해결하자고 했다.

　새벽 5시에 일어나 남부시장 매곡교에 갔다. 매곡교 양쪽 인도에는 지정된 장사꾼들이 좌판을 편 채 앉아서 손님이 오기를 기다리고 있었다. 그리고 팔 물건들을 잔뜩 실은 상인들의 리어카와 트럭이 다리를 점하고 있었다. 그 옆에 상인들이 서서 하나라도 더 팔려고 손을 호호 불어가며 호객행위를 하고 있었다. 이른 새벽인데도 사람들이 붐벼 걷기에도 힘들었다.

내가 차를 주차하고 그곳에 갔을 때, 아내는 이미 파와 시금치를 사놓고 나를 기다리고 있었다. 아내는 어제 갔던 재래시장보다 물건도 좋고 싸다며 흐뭇한 표정이었다. 나는 차를 좀 떨어진 곳에 주차해 놓았기 때문에, 아내가 사는 대로 조금씩 날라 승용차에 실었다.

파와 미나리 그리고 시금치를 차에 싣고 와서 아내를 찾았으나 눈에 보이지 않았다. 핸드폰으로 전화를 걸고 아내가 있는 곳을 물었더니, 배 파는 곳에 있다고 했다. 그 곳에 갔을 때, 아내는 물건을 사지 않고, 다른 사람이 흥정하는 것을 지켜보고 있었다.

"배가 만 원에 6개."라고 장사꾼이 외치자, 여인들 둘이 배를 만지작거리면서 좀 작다고 불평을 했다. 장사꾼은 그만하면 김장하기엔 적당하다며 사도록 권했다. 한 여인이 삼만 원어치 사면 몇 개를 줄 거냐고 묻자, 18개에다가 2개를 덤으로 준단다. 그러면서 비닐봉지에 20개를 담자 하나를 더 달라고 떼를 썼다.

"나는 뭘 먹고 살라고? 그러면 안 돼! 밑진단 말이야!"

장사꾼이 죽는 시늉을 해도 두 여인들은 막무가내였다. 밑지면서 파는 사람이 어디 있느냐고 말하면서 비닐봉지에 하나를 더 담았다.

"미치고 환장하겠네."

장사꾼이 하나를 빼앗으려고 하면서 하는 말이었다. 여인들은 비닐봉투를 옆으로 비키면서 돈을 건넸다. 상인은 마지못한 체 돈을 받았다. 이렇게 흥정이 끝났다.

여인들의 흥정이 끝나고, 이번에는 아내 차례였다. 아내가 이만 원어치를 달라고 하자, 그 여자는 비닐봉지에 13개를 넣었다. 그것을 본 아내는 하나를 더 달라고 했다. 장사꾼이 안 된다고 말하자, 앞의 여인들에게 판 것을 설명하면서 더 달라고 했다.

"그 여인들은 많이 샀으니까 덤으로 하나 더 주었어요."

장사꾼의 설명을 듣고 있던 아내는, 삼만 원어치가 21개면 만 원당 7개이니 이만 원어치는 14개가 된다고 설명하며, 하나를 더 달라고 떼를 썼다. 한참 실랑이를 하더니 흥정은 끝났다. 기어코 덤으로 하나를 더 얻은 아내는 기분이 좋은 모양이었다.

나는 배가 담긴 비닐봉지를 들고 차를 향해 걸으면서, 손해를 본다고 엄살을 부리는 상인과 하나라도 더 얻으려는 아내의 모습을 생각하니, 웃음이 절로 나왔다. 그러면서 우리가 살아가는 모습을 그대로 볼 수 있는 곳이 새벽시장이란 생각이 들었다.

새벽시장은 자기 물건을 팔기 위해 고객을 유인하려는 상인들의 호객행위 때문에 상쟁(相爭)이 존재하는 장소였다. 한 푼이라도 더 남기려고 엄살을 부리는 장사꾼과, 조금이라도 더 깎으려는 고객의 에누리 작전이 팽팽히 맞서, 시끌벅적하게 흥정이 계속되는 곳이었다.

그러나 그곳에선 상인과 고객 사이를 승자와 패자로 구분하지 않았다. 서로의 의견 차이를 인정하고, 흥정과 타협으로 거래를 성사시켰다. 바로 생생한 토론문화의 현장이었다. 흥정을 통해서 상인들은 물건을 팔아서 좋고, 고객은 자기가 원하는 물건을 싼(?) 가격에 구입하여 기분이 좋았다. 결과적으로 새벽시장은 패자는 없고 승자만 존재하는 상생(相生)의 현장이었다. 나는 시장경제가 민주주의의 꽃이라는 말을 새벽시장에서 실감했다.

송이버섯과 인생

　　남원에서 경남 함양으로 가는 24번 국도를 따라 달리다 보면, 아흔 아홉 굽이를 감돌아 위로만 올라가는 고갯마루가 있다. 일명 '연재'라고도 불리는 해발 450m의 여원재다. 여원재는 조선 태조 이성계의 꿈에 한 노파가 나타나 황산싸움에서 승리할 거라고 예언하여 붙여진 이름이다.

　　여원재를 넘으면 넓게 펼쳐진 평야지대다. 바로 운봉고원이다. 그 넓은 고원의 벌판을 달려 지리산 기슭에 이르면 운봉읍 소재지가 나온다. 삼국시대에는 하루아침에 신라영토였다가 백제영토가 된 격전지였다.

　　옛날엔 운봉이 현이었다. 그래서 그 지역사람들은 지금도 '운봉4개면'이란 말을 자주 사용한다. 운봉, 인월, 아영, 그리고 산내가 운봉현이었을 때를 일컫는 말이다.

　　운봉은 고지대여서 한여름에도 선풍기나 모기장이 필요 없다. 밤에는 방문을 닫아야 잠을 잘 수 있을 정도로 선선한 지역이다. 9월이면 벼농사뿐 아니라 거의 모든 가을걷이가 끝나며 고랭지 화훼단지로도 유명하다.

　　내가 운봉중학교 교감으로 재직하고 있을 때였다.

어느 토요일 아침에 기능직 한 분이 나에게 신문지로 싼 종이뭉치를 내밀었다. 송이버섯이었다. 자기 할아버지가 지리산에서 채취한 버섯이라며 맛을 보라고 가져왔다.

송이버섯은 적송(赤松)의 잔뿌리에서 자라는 버섯이다. 양지바르고, 바람이 잘 통하며, 물기가 잘 빠지는 소나무 숲에서 자라는 버섯이다. 그윽한 솔 향과 맛이 좋아서 인기가 있다. 요즘은 노인병에 효과가 있어 장수식품으로도 많이 애용되고 있다.

그러나 나는 자연산 송이버섯을 먹어 본 일이 없어 요리방법을 몰랐다. 손으로 그냥 찢어서 기름소금에 찍어 먹어도 좋고, 잘라서 고기와 함께 구어 먹어도 좋고, 연한 호박을 채로 썰어 넣고 국을 끓여도 좋다고 했다.

집에 갔을 때, 식탁에 놓여 있는 신문뭉치를 펼쳐 본 아내는 깜짝 놀라 말을 잊고 바라만 보고 있었다. 신문광고에서 본 송이버섯을 직접 보니 신기했던 모양이었다. 그러더니 정말 꼭 거시기 같다고 말하면서 웃었다.

내가 직원한테서 들은 대로 설명하자, 아내는 나가서 호박을 구해 왔다. 그리고 두 손으로 버섯을 정성껏 쥐고, 찬물로 살살 깨끗이 씻은 후, 채로 만든 호박을 넣고 국을 끓였다. 저녁식탁에 올려놓은 송이버섯국의 그윽하고 독특한 향은 일품이었다. 그날 밤에 절반은 먹고, 절반은 남겨 두었다.

그 다음날 아침, 전날 밤에 남겨 놓은 송이버섯국을 생각하고 군침을 흘리며 식탁에 갔었을 때였다. 아내의 표정이 갑자기 이상했다. 수저로 맛을 보더니 나더러 떠먹어 보라고 했다. 영 어제의 그 맛이 아니었다. 전날의 그 향은 온데간데없이 사라지고 호박 맛이었다.

학교에 가서 버섯국 이야기를 했더니, 송이버섯은 일단 국을 끓였다가 식힌 뒤 다시 데쳐 먹으면 모든 향이 사라진단다. 생으로 먹든지, 아니면 국을 끓였을 경우에는 뜨거울 때 단번에 먹어야 한다는 것을 그때 알았다.

며칠 후, 또 한 선생이 웃으면서 신문지에 싼 것을 내밀었다. 펼쳐 보니 갓이 우산처럼 활짝 핀 송이버섯이었다. 갓이 핀 송이버섯은 식용으로 사용할 수도 있지만, 한물갔기 때문에 술을 담그면 좋다고 했다. 그래서 송이술을 담근 일이 있었다. 송이는 한물가도 쓸모가 있다는 것을 그때 알았다.

인생 80을 산수(傘壽)라 한다. 평균수명이 길어지면서 왕성하게 활동하는 80세의 노인들을 흔히 볼 수 있다. 산(傘)은 우산을 뜻한다. 우산처럼 펴진 송이버섯이 한물가도 아쉬운 대로 쓸모가 있듯이 사람도 마찬가지다. 인생 80이 한물간 것이 아니라, 생전에 터득한 노하우를 활용해 향과 맛이 좋은 송이술과 같은 멋진 작품을 만들어 내는 완숙의 시기이다.

작장생활에서 얻은 지식이나 경험을 토대로 자기들의 소질을 새롭게 계발하고 활용하며 여가를 즐기는 사람도 있고, 평소 부족하거나 아쉬움을 느꼈던 것들을 평생교육프로그램을 통해 보충하고 배우면서 새로운 삶을 영위하는 사람도 있다.

건강을 위해 등산이나 스포츠 활동을 즐기고, 댄스 스포츠로 즐거운 인생을 시작한 사람도 있다. 또 악기를 연주하거나, 문학이나 예술 등 창작활동에 열중하는 사람도 있다.

그들에게 나이는 숫자에 불과하다. 쓸모없고, 먹여 살려야 하고, 귀찮은 존재만은 아니다. 늙은이 행세를 하면 우울증에 걸린다는 것을 알고, 더 열심히 살아가려고 노력한다. 적어도 미수까지는 팔팔하게 살아야 한다면서. 이왕이면 이 좋은 세상에 예쁘고 건강하게 그리고 오래 살고 싶어, 옛날에는 상상도 못했던 주름살을 펴는 시술도 하고, 포기하던 암수술도 서슴없이 한다. 돈을 버는 것이 아니지만 새로운 것을 배우거나 봉사의 삶을 사는 사람도 많다. 노인이란 용어를 새로 정립해야 하는 이유이다.

어느 여인과의 대화

오락가락하는 장마전선 때문에 찜통더위가 기승을 부리는 7월 어느 날 오전이었다. 폭염주의보 탓인지 공원에는 산책하는 사람들도 뜸했다. 내가 혼자서 열심히 걷고 있을 때 50대 후반의 세 여인들이 길에 서서 이야기를 나누며 두리번거리고 있었다.

"여름에도 꿩을 먹지요?"

내가 다가가자 몹시 기다렸다는 듯이 한 여인이 물었다. 나는 느닷없는 여인의 질문에 조금 당황했지만 내가 알고 있는 것을 차분히 말해주었다.

"글쎄요, 여름철에는 산새들을 사람들이 별로 먹지 않지요. 대부분 벌레들을 잡아먹기 때문에 기생충이 있다고 생각하고 별로 좋아하지 않아요. 꿩도 마찬가지예요. 그런데 왜 그런 걸 묻지요?"

내가 반문하자 그 여인이 얼른 대답했다.

"바로 요 밑 숲 속에 큰 꿩이 한 마리 있는데 잘 걷지도 못하고 날아가지도 못해요. 그래서 잡으려면 얼마든지 잡을 수 있을 것 같은데 먹을 수 있는지 궁금해서 그래요."

그 말을 듣고 나는 어이가 없었다.

"꿩이 그렇게 쉽게 아주머니 손에 잡히겠어요? 어림없어요. 옛날에 보리밭에서 주먹만한 꺼병이를 본 일이 있지요? 작아도 잡을 수 없었지 않아요. 그런데 그보다 더 큰 야생의 꿩이 아주머니 손에 잡히겠어요? 지금까지 여자가 맨손으로 꿩을 잡았다는 소리를 나는 들어본 일이 없네요."

나는 쓸데없는 짓 하지 말고 포기하라고 타이르듯 말했다. 내 말을 듣고 두 사람은 반대 방향으로 갔지만, 나에게 질문을 한 그 여인이 내 뒤를 따라오고 있었다. 나와 방향이 같은 모양이었다.

"아니요, 얼마든지 잡을 수 있을 것 같아요. 날지도 못하고 잘 걷지도 못해요. 예쁜 장끼처럼 보이는데 울지도 못하는 것 같아요."

그 여인은 아직도 꿩에 대한 미련이 있다는 듯 말했다. 그리고 꿩을 보고 장끼인 줄 아는 걸 보면 꿩에 대한 상식도 어느 정도 있는 듯했다. 그래서 나는 그 여인에게 자세히 설명해 주었다.

"숲과 나무들 틈새로 잡으려고 쫓아다니기도 쉽지 않지만, 야생이라 쉽게 잡히지 않아요. 또 큰 장끼가 울지도 못한다는 것은 봄철에 깬 새끼가 다 컸지만 아직 울음보가 터지지 않은 탓이요. 가끔 산에서 '끼…이…익'하고 간헐적으로 울음소리가 들리는데 이는 우는 연습을 하는 장끼 소리요. 그러다가 일단 목이 터지면 우람하고 크게 울지요."

내 설명을 듣고 있던 그 여인은 우는 놈이 장끼이고 울지 않는 놈은 까투리인지 재차 물었다. 자기가 알고 있는 것을 확인하려는 눈치였다. 그래서 나는 자세히 설명해 주었다.

"새 중에는 몸집이 크고 아름답고 큰소리로 우는 놈들이 수컷이요. 닭이나 공작을 보아도 알 수 있지 않아요? 크고 모양도 예쁘며 꼬리

깃을 자랑하는 공작이 수컷이요. 닭도 수탉이 더 크고 예쁘며 크게 울지 않아요? 마찬가지로 꿩도 울긋불긋 보기 좋게 옷을 입고 우는 놈이 수꿩 장끼요."

내 설명을 열심히 들으며 걷고 있던 그 여인은 길가 참나무 밑에 떨어져 있는 것을 줍더니 나에게 보여주었다. 사슴벌레였다.

"이놈은 수컷이요? 아니면 암컷이요?"

나는 사슴벌레의 암수를 구별하는 요령을 설명해 주었다. 두 집게가 길고 큰 것은 수컷이며, 암컷은 집게도 보이지 않을 정도로 짧지만 크기도 훨씬 작다고 했다. 또 장수하늘소와 다른 점도 설명해 주었다.

"어떻게 그렇게 잘 알아요?"

내 설명을 듣던 그 아주머니가 나에게 물었다. 나는 고향이 시골이었고, 어렸을 때부터 많이 보아서 안다고 했다. 그때 마침 앞을 날아가는 산비둘기를 보더니 그 아주머니가 또 물었다.

"비둘기는 암수를 어떻게 구분하지요?"

나는 전에 어린 손자 녀석과 함께 걸으면서 계속 질문을 당해 어려움을 겪은 일이 있었다. 바로 그때의 기분이었다. 손자 녀석은 일단 질문을 하기 시작하면 끝이 없었다. 말의 꼬리를 잡고 계속 질문하기 때문이었다. 그러다가 가끔 답하기 어려운 질문을 받았을 때, 나는 차마 모른다고는 말하지 않고, 크면 안다고 말했다. 그러나 이 여인한테도 크면 안다고 말할 수는 없지 않은가.

"잘 모르겠는데요. 그러나 나뭇가지에 앉아서 '구구 구구구'하고 우는 놈은 틀림없이 수놈입니다."

실제로 나는 비둘기를 보고 암수를 구분할 줄 몰라 이렇게 대답했
다. 그러자 그 여인은 나를 쳐다보며 의아하다는 듯이 말했다.

"모르는 것도 있긴 있네요?"

나는 더 이상 대답을 하지 않고 반환점을 돌아서 되돌아왔다. 하지
만 그 여인 덕분에 더운 줄 모르고 즐겁게 산책을 했다.

인상적인 어떤 결혼식

2010년 10월 9일은 후배 교장 아들의 결혼식이 있는 날이었다. 멀리 서울에서 식을 치르기 때문에 아침 일찍부터 서둘러야 했다. 이 결혼식은 퇴직 후 소원해졌던 많은 지인들을 만날 수 있는 기회를 제공해 주기도 했다. 9시에 관광버스로 전주를 출발하여 12시 30분경 식장에 도착했다.

결혼식이 오후 2시이기 때문에 교회 지하에 마련된 점심식사부터 하기로 했다. 몇몇 친구들과 함께 출입구 쪽에 있는 테이블에 앉았다. 나는 교회 안에서 식사하기 때문에 술이 없다는 것을 알고, 사전에 혼주에게 은밀히 술을 준비하도록 귀띔했었다. 그러나 눈치 없는 사람이 소주를 박스 채 들고 들어오다가 안내자에게 발각되어 압수당하는 수모를 당했다. 하는 수 없이 반주가 없는 밋밋한 식사를 해야 할 형편이었다.

하객으로 참석한 사람들이 모두 교인은 아니라는 것을 알 텐데, 일률적으로 금주를 강요하는 것은 부당하다고 불평하며 모래알 씹는 식으로 식사를 하고 있을 때였다. 식당 주방에서 한 사람이 큰 사이다병을 들고 나와 한쪽에 놓는 것이 눈에 띄었다. 눈치 빠른 사람이 그것을 가져다 종이컵에 따랐다. 압수당한 소주였다. 가라앉았던 분위기가 이내 되살아나 식사 시간이 화기애애해졌다.

결혼식 시간이 되자 사회자가 개회를 선언하고 웅장한 결혼행진곡이 울려 퍼지는 가운데 신랑과 신부가 입장했다. 이어서 다함께 찬송가를 부르더니 전주에서 올라온 목사의 기도로 예식이 진행되었다. 그리고 사회자가 성경의 한 구절을 읽자, 주례 목사는 예식의 특수성을 설명했다. 오늘 이 자리는 많은 하객들이 참석한 가운데 치르는 두 사람의 성스런 자리이니, 축하를 받아야 할 두 사람 위주로 식을 진행한다고 말했다.

그리고 그 교회에서 치르는 결혼식의 주빈인 신랑·신부의 평가기준을 설명했다. 그 교회 신도이면서 비신도와 결혼하는 사람은 0점, 배우자가 다른 교회 신도이면 100점, 둘 다 그 교회신도이거나, 아니면 결혼 후 그 교회의 신도가 되기로 약속한 경우는 200점이라고 설명했다. 오늘의 신부는 200점 만점을 획득한 멋진 신부라며 신부의 이력까지 설명했다.

지금까지 그 교회에서 식을 올리는 신혼 남녀는 누구나 면접고사를 치렀단다. 만일 면접고사를 통과하지 못하면 결혼식이 무효라며 신중히 치를 것을 당부했다. 나는 결혼식 전에 선을 보면서 면접고사를 치른다는 이야기는 들었으나 결혼식장에서 면접고사를 치른다는 말은 처음 들었다. 고사과목은 성경이며 범위는 그날 사회자가 낭독한 성경의 내용이었다.

"여자 중에 여자는 어떤 여자인가요?"라며 주례가 먼저 신부에게 물었다.

"여자 중에 여자는 백합화와 같은 여자입니다."라고 신부가 대답했다.

“백합화는 어떤 꽃인가요?”하고 주례가 다시 묻자,

“백합화는 가시나무 가운데 피어나는 꽃입니다.”하고 신부가 대답했다. 그러자 신부는 합격이라며 주례는 신랑을 향해 물었다.

“남자 중에 남자는 어떤 남자인가요?”

신랑이 당황한 듯 즉답을 못하고 머뭇거리자, 사회자에게 성서내용을 다시 한번 더 읽도록 했다. 그런 다음 다시 물었다.

“남자 중에 남자는 어떤 남자인가요?”

“남자 중에 남자는 수풀 속의 사과나무입니다.”하고 신랑이 대답하자,

“사과나무는 어떤 나무인가요?”하고 또 물었다.

“사과나무는 인간에게 그늘과 기쁨을 주는 나무입니다.”하고 신랑이 대답하자, 모두 만점으로 통과했다면서 다음 단계인 결혼서약을 하도록 했다.

결혼서약은 신랑·신부 각자가 미리 준비한 서약서를 직접 하객 앞에서 큰소리로 낭독한 후, 서명을 하고 상대방에게 건네도록 했다. 그리고 그 서약서를 죽을 때까지 보관하라고 이른 후, 축복기도를 하고, 두 사람이 부부가 된 것을 성부와 성자와 성령의 이름으로 공포했다. 또한 이제 둘이 아니요 한 몸이 되었으니, 하느님이 짝지어 주신 것을 사람이 나누지 못할 것이라고 성경을 인용하여 선언했다. 그리고 준비된 혼인증서를 증정하자 중창단이 축가를 불렀다. 결혼식의 피크였다.

신랑·신부가 양가 부모들에게 인사할 차례였다. 보통은 딸을 시집보내는 섭섭한 마음을 위로하기 위해 신부 측 부모에게 먼저 인사하

는 것이 통례로 되어 있으나, 신랑 측 부모에게 먼저 하도록 했다. 떠나보내는 슬픔보다는 딸이 밖에 나갔다가 얻어온 새 아들을 맞는 기쁨이 더 크다는 이유에서였다. 이어서 신랑·신부와 양가 부모들이 모두 단상으로 올라가, 합동으로 하객들에게 인사하고 식은 마무리되어 갔다.

찬송에 이어 주례의 축도가 있은 후, 장엄한 결혼 행진곡에 발을 맞추며 팔짱을 낀 새 부부가 보무도 당당이 퇴장하고 있었다. 그러나 끝은 항상 아쉬운 법이다. 뒤풀이가 있어야 한다. 퇴장하는 신랑·신부를 그냥 놓아둘 리가 없을 거라고 생각하고 있을 때, 아니나 다를까 신랑 친구들의 짓궂은 장난이 시작되었다. 그 친구들 사이사이 희희낙락하는 표정을 한 젊은 여인들이 끼어있는 것을 보니 신부의 친구들도 가세한 모양이었다. 모두 애교로 보아줄 수 있는 장난이었다. 잠시 후 모두가 기립박수를 치자 결혼식은 대단원의 막이 내렸다.

오늘 주례는 우리가 결혼식장에서 흔히 들을 수 있는 '인류대사'라든가, 인생의 선배로서 신혼부부에게 주는, 살아가면서 지켜야 할 여러 가지 교훈을 언급하지도 않았다. 그러면서도 참으로 알차고 아주 인상 깊었던 결혼식이었다.

휴대전화기와 아내 호칭게임

　휴대전화기가 일반화되면서 우리 생활에 많은 변화를 가져왔다. 일부 문화가 퇴출되기도 했지만 새로운 문화도 생겼다. 공중전화기 사용이 줄어들자 전화카드가 필요 없게 되었고, 손목에 차고 다니던 묵중한 손목시계도 사라져, 도시에서 호황을 누리던 고급시계점포도 눈에 띄게 줄었다.

　그러나 가장 아쉬운 것은 농촌풍경의 변화다. 중참이나 새참을 머리에 이고 아이들을 앞세운 채, 아장아장 논두렁을 걷던 여인네들의 풍속도는 이젠 눈으로 찾아볼 수 없다. 일하던 농부들이 논에서든 밭에서든 아무 때나 휴대전화기로 주문하면 잠시 후 오토바이가 달려오기 때문이다.

　휴대전화기의 외형과 기능도 자꾸 바뀌고 있다. 커서 휴대하기 불편하다고 점점 작게 만들어, 휴대하기 쉽게 그리고 모양도 예쁘게 만들었지만, 요즘은 기능이 다양해지면서 다시 눈에 띄게 커져가고 있다.

　나는 가지고 있던 작고 예쁜 휴대전화기를 실수로 땅에 떨어뜨려 액정화면이 망가졌다. 대리점에 가지고 갔더니, 새 것으로 교체하는 편이 낫다고 하여 신형으로 바꾸었다. 새로운 기능을 익히느라 힘은

들었지만, 화면이 전보다 크고 글씨도 크게 보여 사용하기는 편했다. 많은 기능을 잘 익히지 못했지만 무엇보다 영상통화를 할 수 있어 좋았다.

어느 날 외손녀한테서 영상통화로 전화가 왔다. 나와 통화를 하더니 외할머니를 바꿔달라고 했다. 내가 아내를 바꿔 주자, 아내는 영상에 나타난 외손녀들의 얼굴을 보고 좋아서 어쩔 줄 몰라 했다.

그런데 통화할 때 휴대전화기를 자꾸 귀 쪽으로 가져갔다. 영상이 사라지고, 말이 잘 들리지 않자 당황하는 빛이 역력했다. 그냥 정면을 보면서 말하라고 일러주면, 알았다고 말하면서도, 말할 때는 도로 귀 쪽으로 가져가곤 했다. 통화는 잘 안됐지만 그래도 얼굴을 보았으니 기분은 좋았단다.

그런데 영상통화 때문에 사건이 생겼다. 내가 외손녀들과 통화할 때 나타난 내 사진을 보더니, 아내는 질겁하며 옷을 입어야 한다고 했다. 러닝셔츠바람으로 외손녀들과 통화한다고 성화였다. 이 더위에 무슨 옷을 입어야 하느냐고 말했더니, 내복만 입고 영상으로 통화하는 법이 어디 있느냐고 큰소리였다. 그리고 언제 또 영상전화가 올지 모르니 옷을 꼭 입고 있어야 한다고 했다. 나는 새 휴대전화기 때문에 또 하나의 멍에를 쓴 셈이었다.

요즘은 발신자의 이름이나 전화번호가 창에 뜨기 때문에 편리한 경우도 있다. 전화를 받기 전에 상대를 알 수도 있지만, 상대가 불편한 관계일 때는 수신을 거부할 수도 있다. 그런데 나는 입력해 놓은 이름 때문에 휴대전화기가 성인들의 놀이기구로도 사용될 수 있다는 것을 우연히 알았다.

어느 모임에서 있었던 일이었다. 흔히 부르는 아내의 호칭을 알아맞히는 게임을 한 일이 있었다. 아내를 부르는 칭호가 다양하기 때문이었다. 사회자는, 아내 부르는 칭호가 실제와 맞고, 또 멋진 이름을 사용하는 사람을 골라, 상품을 주겠다고 발표하고, 집에서 부르는 칭호를 말하도록 했다. 말할 때마다 칭호와 이름을 기록하고, 직접 집으로 전화해서 확인한다고 했다. 거짓말을 하지 말라는 뜻이었다.

'어이', '이봐', '여보', '당신', '여편네', 등등 각양각색이었다. 아들이나 딸의 이름을 따서 '00 어미'라고 부르는 사람도 있었다. 또 아이 셋을 낳아 '셋째 어미'라고 부르는 사람도 있었다. 허지만 술이 몇 잔 들어가서 그런지 여기에 기록하기에 민망한 칭호도 있었다. 사회자는 지금까지 발표한 호칭이 사실이냐고 재차 물어 본 후 확인작업에 들어갔다.

게임시작 전에 집으로 전화를 걸어서 확인한다고 발표했지만 확인 방법이 발표와는 달랐다. 거짓말을 못하도록 연막전술을 폈단다. 발표한 사람을 한 명씩 부르더니, 자기 휴대전화기를 꺼내서, 단축키2번을 누르도록 했다. 대부분 자기 집 전화번호는 단축키1번에 입력하고, 자기 부인의 이름을 2번에 입력하기 때문에 2번에 입력된 이름을 호칭으로 간주한다고 설명했다.

사람들은 멋진 호칭이 나오기를 기대했지만 실망했다. 호언장담하고 앞에 나간 사람들도 모두 시무룩해졌다. 자기들이 발표한 호칭으로 입력한 사람은 한 명도 없었다. 대부분 부인의 실명으로 입력했다. 사실은 나도 그랬다. 그러니 멋진 이름이 나올 리가 없었다.

거기 모인 사람들은. 비록 혼자 독점하고 이용하는 휴대전화기이

지만, 앞으론 단축키2번만은 다시 관리하기로 의견을 모았다. 요즘
연속극 화면에서 자주 볼 수 있듯이, 부인의 이름만은 아주 멋진 이
름으로 입력하자고 했다. 설령 입력한 대로 부르지 않더라도, 아름다
운 이름이 휴대전화기에 뜰 때마다, 새로운 게임을 시작하는 기분이
되어, 부부간의 생활이 더 화기애애해질 거라 생각해서였다.

흰 바지를 입은 여인들

사람들은 대개 타인이나 다른 집단과 차별화를 위해 특별한 모습을 하거나 치장을 한다. 한땐 독특한 체형을 갖는 것이 유행했다. 배가 나와야 사장이 되었고, 지위가 높고 돈 많은 체하기 위해서도 뚱뚱해지려 노력했다. 그러나 요즘은 상황이 달라졌다. 비만은 건강이 이상하다는 증거이며, 몸이 가늘어야 사람 행세를 하는 시대가 되었다. 다이어트 붐이 일어난 까닭이다.

요즘은 몸에 특별한 심벌을 부착하기도 하고, 각기 다른 제복을 입기도 한다. 가슴에 이상한 글을 새긴 옷을 입기도 하고, 등번호를 달기도 하며, 가슴에 배지나 휘장을 달기도 한다. 또 어깨에 견장을 달거나 완장을 두르는 경우도 있으며, 손가락에 반지를 끼기도 하지만 가락지의 위치나 종류에 따라 표시되는 신분도 각각 다르다.

자신의 부를 뽐내기 위해 값비싼 보석이나 패물로 여러 가지 악서세리를 만들어 신체의 일부에 착용하는 경우도 있다. 요즘은 발찌까지 착용하는 사람도 있다. 타인과 식별되는 부착물을 착용해야 신분이 상승되어 어깨가 올라간다고 생각하기 때문이다.

가슴에 심벌을 부착해서 가장 잘 알려진 여인은 '헤스터'였다. 간통한 벌로 평생 'A'라는 주홍글씨를 가슴에 달고 살아야 했지만, 그 당시엔 간음한 여인이기 때문에 접근하지 말라는 경고의 표시였다.

그러나 황당하고 극적인 막장드라마를 즐기는 요즘 세대들은 그것을 보면 어떻게 생각할까? 분명히 느낌이 다를 것이다. 오히려 모든 사람이 이미 다 알고 있고, 실제로 더 이상 물러설 공간도 없으니, 이판사판으로 즐기자고 충동하며 접근할 지도 모른다.

요즘 성범죄자나 강력범죄자들을 위해 도입된 전자발찌는 주홍글씨를 리바이벌한 최신형이다. 가슴에 달게 하지 않고, 보이지 않는 발목에 부착하게 한 것만으로도, 인간의 존엄성을 중시하는 인간애(?)를 보여준 단적인 예이다. 그 덕분에 비싼 순금이나 보석발찌를 마련한 여인들은, 자신들이 성범죄자가 되지 않기 위해서도, 그것을 사용하지 않고, 열심히 보관만 해야 하니 분통이 터질 노릇이다.

유난히도 더위가 극성을 부리던 8월 어느 날, 아내가 오후에 경희대의료원에 예약되어 있어 모처럼 서울 나들이를 했다. 오전에 경동시장 구경을 하고, 점심식사도 그곳에서 해결한 후, 경희대로 가기로 했다. 지금은 폐쇄되었지만 성황을 이루던 구백화점 자리에 위치한 식당가는 시장에서 가까워 그대로 운영되고 있었다.

4층 식당가에 올라갔을 때였다. 내가 '백반 8000원'이라고 쓰인 간판을 보고 막 들어가려 할 때, 앞에 서있던 건장한 청년이 가로 막더니 입장료를 내란다. 그 때 흰 바지를 입고 멋을 부린 여인들 몇 명은 그냥 들어갔다. 나는 식사하러 가는데 웬 입장료냐며, 저 여인들은 그냥 들어가게 하고, 나는 못 들어가게 하는 이유가 무어냐고 항의했다. 그러자 그 여인들은 단골손님이란다. 그 말을 듣고 입구를 살펴보니 '콜라텍'이란 간판이 눈에 띄었다. 나는 그때서야 모든 걸 알아

차리고 다른 곳으로 가 식사했다.

콜라텍이란 일정한 입장료를 내고 들어가, 사교춤을 추는 공공연한 무도장이다. 처음 만난 사람들끼리 춤을 추다가, 기분이 맞으면 콜라를 마시기도 하고, 운이 좋은 때는 맥주도 마신다. 또 더 재수 좋은 날엔 인심이 넉넉한 아저씨를 만나 식사 대접도 받는 곳이다.

물 좋은 콜라텍이 되기 위해서는 남자손님들이 왔을 때 항상 상대할 여자들이 대기하고 있어야 한다. 그래야 남자손님들이 자주 들러 기분을 내면서 돈을 쓴다. 여자단골손님의 확보가 필요한 이유다.

추리닝이 상용화되지 않은 60~70년대만 하더라도 흰 바지는 여학생들의 단골 체육복이었다. 그리고 소풍을 갈 때도 그 바지를 입었다. 그래서 여인들이 흰 바지를 입는다는 것은 특별한 외출을 의미했다. 또 젊은 남자들이 흰 바지를 입고 백구두를 신으면 최고의 멋쟁이 '한량'이란 말을 들었다. 거기에다 번지르르하게 머릿기름을 바르면 '기생오빠'라 불렸다. 예나 지금이나 흰색은 항상 깨끗함을 상징하기 때문이었다.

콜라텍에선 단골이 된 여인들은 입장료를 받지 않았다. 자유롭게 드나들며 손님들을 대할 수 있게 하고, 남자고객이 왔을 때 헛걸음하지 않도록 하기 위해서였다. 대신 다른 손님과 식별하기 쉽게 흰 바지를 입도록 했다. 그래서 흰 바지를 입은 여인들이 많이 보였다.

이 더위에 짧은 치마도 아니고 긴 흰 바지를 입는다는 것이 쉬운 일은 아니지만, 입장료가 무료이기 때문에 흰 바지를 입었다. 그리고 흰 바지는 단골손님이란 표시이며, 남자 손님들에겐 부담이 없는 파트너라는 뜻이었다. 그리고 여자들은 흰 바지 덕으로 마음껏 즐길 수도 있었다.

　내가 식사를 마치고, 에스컬레이터를 타고 내려올 때도 흰 바지를 입은 여인들이 떼를 지어 올라가고 있었다. 모두 인심 좋은 아저씨 만나기를 기대하고 땀을 흘리며 열심히 올라가고 있었다.

이희근 수필집 『산에 올라가 봐야』를 읽고

道松 金 永 植(미국 볼티모어)

고등학교 동기인 이희근 친구로부터 뜻밖의 귀한 책 선물을 받고 무척이나 기뻤다. 한편, 해외 멀리 있는 나에게까지 신경을 써주고 배려해준 우리 친구에게 무한한 감사를 느낀다.

그러나 그의 책 『산에 올라가 봐야』(이희근 지음)를 처음 받아보았을 때, 우리 친구는 문학하는 친구가 아니고 고등학교 때 축구선수로만 내 뇌리 속에 각인되어 있는데 이 친구가 어떻게 수필을 썼을까? 또 그 내용은 어떤 것일까? 등 온갖 생각들이 내 머리 속에서 떠나지 않았다.

하지만 보내준 친구의 성의도 있어서 책을 읽어보기로 했지만, 처음에는 별로 탐탁하게 생각하지 않았다. 실은 책을 열어 볼 마음도 별로 없었다. 그런데 읽을수록 점점 재미가 있고 글의 내용도 좋아 거의 뜬 눈으로 밤을 새워 완독했다. 친구의 책에 대한 나의 편견은 정말 기우였다. 친구의 자연에 대한 관찰력, 교육적인 안목, 여러 경험을 통한 예리한 통찰력, 음악적인 식견 등 많은 것들이 나를 깜짝 놀라게 했다. 그래서 역시 고등학교는 좋은 학교를 나와야 한다고 생각했다.

나는 수필에 대한 전문전인 지식은 없다. 그러나 수필은 우선 흥미가 있고 교훈적이거나 철학적이어야 한다고 생각한다. 재미가 없고 내용도 그저 그렇다면 우선 좋은 독자가 있을 수 없기 때문이다. 그런데 우선 저자의 책은 이 두 가지가 모두 갖추어져 있었다.

저자의 책 내용은 흔히 TV에서 나오는 억지로 웃기는 이야기나 허구로 만들어 내는 인위적이거나 가식적인 것이 아니고, 그가 살아오면서 실제로 경험하고 느꼈던 바를 진솔하게 표현해 동시대를 살아온 우리 모두에게 실감이 가고 너무나 가슴에 와 닿아 구구절절 신선한 충격을 주었다. 그의 수필에는 겸양, 솔직 그리고 겉치레로 꾸며진 인간의 외면보다는 내면적 세계를 강조하는 철학적인 깊은 면을 볼 수 있었다.

'영상과 실체'라는 그의 머리글에서부터 심상치 않았다. 보통 사람들은 자기 얼굴이나 모습을 무심히 생각하고 지나쳐 버릴 것을 심도 있게 표현해 독자로 하여금 자기 성찰의 기회를 가질 수 있도록 넌지시 시사해주고 있다.

"지도를 그려도 좋다. 자주 채알을 쳐라. 그래야 빨리 자란다." 이 문장은 이 책의 "대낮에 친 채알"에 나오는 대목이다. 성인들이 대낮에 채알을 쳤다고 하면 성욕이 발동했다는 의미여서 점잖은 사람들은 말하기를 삼가는 말이다. 그러나 같은 내용인데도 '자주 채알을 쳐라, 그래야 빨리 자란다.'라는 표현에서 재치와 재미는 물론이고, 祖

孫 간의 사랑에 대한 진솔한 장면이 저속하게 느껴지지 않게 잘 묘사되어 있다.

'봄이 오는 소리'에서도 필자의 자연에 대한 사랑, 그리고 특히 미물인 개구리의 생태계까지도 예리하게 터치한 그의 관찰력과 통찰력에 놀랄 뿐이다.

저자의 수필에는 생활의 지혜, 기지, 교육적인 것이 가득해 독자로 하여금 얻는 것이 많아서 좋다. 그것이 독자로 하여금 흥미를 갖도록 하는 주역이다.

저자는 교육의 허울에 대한 예리한 시선을 보낸다. 그것으로 하여금 때 묻은 껍질을 벗기려 한다. 벗기되 가시 돋친 분노가 아니고 상대편을 아프게 찌르는 송곳은 더더욱 아니다. 오랫동안의 그의 교육적 경험을 토대로 강요가 아니고 지혜롭게 암시해주고 지적할 뿐이다. 그래서 독자로 하여금 더욱 흥미를 끌 것이다.

저자는 70대 초반에 이르고 있다. 요즈음 사람들은 노년이 되면 어떻게 시간을 보낼 것이냐에 많은 관심을 갖는다. 불가에서도 늙는 일을 네 가지 고통 중의 하나로 지적하고 있지 않은가. 그런데 저자는 즐겁게 노년을 보낼 수 있는 길을 잘 알고 있다. 그래서 아주 뜻있고 좋은 노년의 길에 이미 들어서 있다. 아주 멋있고 또 부럽다.

저자는 자연 그리고 인간사회 어디에서나 그의 수필 소재를 찾고 있었다. 신록이 피어나는 봄의 산천초목에서 뿐만 아니라 심지어 개구리에서까지, 그리고 채알을 치고 새근새근 낮잠을 자는 손자의 단잠 속에도 소재가 있었다. 실로 무궁무진한 것 같다. 이런 모든 소재들이 그의 명수필로 잉태되고 있었다.

필자는 물론 독자인 우리 모두가 동시대를 함께 살아가면서 그의 글을 통해서 그의 뜻과 생각을 공유할 수 있게 해 주어 독자로서 멀리에서 큰 감사와 박수를 보낸다.

친구인 오하근 교수의 발문은 나로 하여금 60여 년 동안 이어온 우리의 우정을 더욱 돈독히 하고 점검하는 좋은 본보기여서 흐뭇했다.

첫 수필집 『산에 올라가 봐야』의 상재를 축하하면서, 아울러 친구의 제2의 수필집이 계속 나오기를! 친구의 건승을 빌며!

Yeoung-Shik Kim
20 West Baltimore Street
Baltimore, Maryland 21201
U.S.A.
410 - 727 - 4695

사랑의 유통기한

이희근 수필집

발 행 일 | 2012년 8월 30일
지 은 이 | 이희근
발 행 인 | 李憲錫
발 행 처 | 오늘의문학사
출판등록 | 제55호(1993년 6월 23일)
주   소 | 대전광역시 동구 삼성1동 125-6 한밭오피스텔 401호
전화번호 | (042)624-2980
팩시밀리 | (042)628-2983
홈페이지 | http://www.lito77.co.kr(홈페이지)
전자우편 | hs2980@hanmail.net

공 급 처 | 한국출판협동조합
주문전화 | (070)7119-1741~2
팩시밀리 | (031)944-8234~6

ISBN 978-89-5669-514-3(03810)
값 10,000원